닿을 수 있는 세상

닿을 수 있는 세상

마일리스 드 케랑갈 장편소설
윤진 옮김

UN MONDE À PORTÉE DE MAIN
by MAYLIS DE KERANGAL

듣는 이 없으면
나뭇잎 흔드는 바람 소리가 있는가?
——간화선(看話禪)

폴라 카르스트가 계단에 나타나고, 오늘 저녁에 그녀
는 외출을 한다. 한눈에 알 수 있다. 소리 나게 아파트
문을 닫은 뒤로 감지되는 속도의 변화, 가빠지는 호흡,
무거워진 심장 박동, 흰색 셔츠 위로 여미지 않은 짙은
롱 코트, 7센티미터 굽의 부츠, 가방은 없이 핸드폰과
담배와 현찰, 움직일 때마다 소리 나는(작은북의 떨림)
열쇠 꾸러미까지 전부 들어간 주머니, 어깨 위로 출렁
거리는 머릿결, 한 층씩 내려가는 그녀를 따라 현관을
향해 소용돌이치는 나선 계단. 그런 뒤에 거리로 나서
기 직전 대형 거울이 끼어들고, 걸음을 급히 멈춘 그녀
가 다가가서 홍채 색깔이 서로 다른 두 눈을 살피고 눈
까풀에 너무 짙게 칠해진 아이섀도를 검지로 문질러 골
고루 펴고 파리한 뺨을 꼬집어 보고 립스틱이 잘 배어
들도록 입술을 눌러 준다. 이 모든 일을 하는 동안 그녀

는 자신의 얼굴에 숨겨진 교태에, 그리고 증상이 심하진 않지만 해 질 무렵이면 더 표 나는 외사시(外斜視)에 신경 쓰지 않는다. 거리로 나서기 전 셔츠 단추도 하나 더 풀었다. 밖은 1월이고 겨울이고 춥고 습기 찬 북풍이 불어도 스카프는 없다. 그녀는 살갗을 내보이고 싶고 밤바람이 옷깃 안으로 들어오게 하고 싶다.

브뤼셀의 메탈로 30-1번지, 2007년 10월부터 2008년 3월까지 그곳 미술 학교를 다닌 스무 명 남짓 학생들 중 셋이 여전히 친하게 지내고, 연락처와 작업장 정보를 주고받고 엉터리로 짠 계획을 미리 알려 주고 기한 내에 작업을 마무리할 수 있도록 서로 도와준다. 바로 그 셋이(검은색 롱 코트를 입고 스모키 화장을 한 폴라도 그중 하나다) 오늘 저녁 파리에서 만난다.

놓칠 수 없는 기회였다. 천체들이 한 줄로 늘어서는 더없이 아름다운 합(合)의 순간. 핼리 혜성보다 보기 힘든 기회지! 그들은 각자 컴퓨터 앞에 앉아 흥분하며 허풍스러운 메시지들을 쏟아 냈고, 말을 뒷받침해 줄 장면들을 천체 사진 사이트에서 찾아냈다. 하지만 오후가 끝날 무렵에는 하나같이 재회를 주저했다. 포슈 거리의 어느 집 현관에서 온종일 사다리 의자에 올라서서 일한 케이트는 차라리 집에서 타라마[1]를 손가락으로 찍어 먹으면서 「왕좌의 게임」을 보며 뒹굴고 싶었고, 조나스는 사흘 후에 넘겨주어야 하는 정글 벽화를 좀 더 붙잡고 있고 싶었고, 폴라는 바로 오늘 오전에 비행기로 모스크바에서 돌아와 아직 적응도 안 된 상태인데 굳이 지금 만날 필요가 있을까 확신이 서지 않았다. 그런데 날이 저물자 더 강한 무언가가 셋을 집 밖으로 밀어냈다. 몸 안에 잠재되어 있던 어떤 것, 육체적 욕망, 서로를, 서로의 얼굴과 몸짓을, 목소리의 결을, 움직이고 마시고 담배 피울 때의 행동을, 메탈로에서의 그들을 되살려 낼 전부를 확인하고 싶은 욕망이었다.

사람이 꽉 찬 어두운 카페. 장터의 소음과 성당 안의 어슴푸레한 빛. 셋 모두 약속 장소에 제시간에 나타났다. 완벽한 일치. 그들은 곧바로 달려가고, 포옹과 함께 수문(水門)이 열리고, 사람들 틈에 길을 내고, 하나로 용접된 덩어리처럼 한 줄로 들어선다. 케이트, 뿌리만 검은 백금색 머리카락, 187센티미터의 키, 스키 바지 안에 볼록한 엉덩이, 두 팔로 감싸 안은 오토바이 헬멧, 윗입술이 작아 보일 정도로 커다란 치아. 그리고 조나스, 부엉이 눈, 칙칙한 피부, 올가미 밧줄 같은 팔, 뉴욕

[1] 생선알을 올리브유에 버무린 그리스 요리. 주로 빵 등에 발라서 먹는다. 이하 모든 주는 옮긴이 주이다.

양키스 모자. 그리고 폴라, 안색이 훨씬 좋다. 그들은 카페 안쪽으로 가서 구석의 테이블에 앉고, 두 명은 맥주를 한 명은 스프리츠[2]를 주문한다(케이트. 난 색깔 있는 게 좋아). 이어 그들은 흡연자들로 하여금 저녁 내내 카페 안과 거리를 오가게 만드는 시계추 운동을 개시하고, 담배를 입에 물고 불을 손에 움켜쥐고 카페 밖으로 나간다. 손가락 한 번 튕길 짧은 순간에 온종일 쌓인 피로가 사라지고 흥분이 되살아난다. 밤이 열리고, 이야기가 시작된다.

폴라 카르스트, 귀환을 환영해. 지금까지 뭘 정복했는지 말해 봐. 어디 어떤 전공(戰功)을 세우셨는지 얘기해 보라고! 조나스가 성냥을 켜자 흔들리는 성냥불 속에 그의 얼굴이 나부끼고 살갗은 흡사 구리 같다. 그 순간에 폴라는 모스크바에 가 있다. 그녀는 쉰 목소리로, 세 달, 가을을 보낸 모스필름의 세트장을 되짚어간다. 파노라마식 인상이나 모호한 이야기가 아니고, 시간 순서대로의 회고도 아니고, 첫 촬영 전날 정전이 되는 바람에 암흑에 빠진 세트장에서 촛불을 켜놓고 마무리해야 했던 안나 카레니나의 거실 장면부터 시작한다. 마치 언어가 시각을 따라가며 동시통역을 하듯, 마치 말을 하면 볼 수 있게 되는 것처럼 천천히 출발하고, 장소들과 코니스들과 문들과 목재 내장재와 장식 패널의 형

2 발포성 백포도주와 탄산수로 만드는 칵테일로, 빨간색을 띤다.

11

태와 굽도리 패널의 디자인과 스투코[3]의 고운 결을, 그리고 벽 위에 그림자가 늘어지도록 표현하는 특수한 방법을 이야기한다. 청자녹색, 연한 파란색, 황금색, 백자흰색 등 색상도 정확하게 밝힌다. 서서히 흥분이 고조되면서 폴라가 이마를 높게 들고 볼이 벌게져선 안나 카레니나의 거실을 칠하느라 미친 듯이 급하게 일해야 했던 그 밤의 일을 상세히 전한다. 검은색 패딩 점퍼 차림에 아디다스 이지 스니커즈를 신은 제작자들이 잔뜩 긴장한 얼굴로 들어와 못을 박는 듯한 단호함과 부드러운 호의가 함께 담긴 러시아어를 쏟아 내면서 작업이 지체되면 안 된다고, 절대 안 된다고 재촉하며 보너스를 줄 수 있다고 암시하기도 했다. 그 순간 폴라는 밤새워 일해야 함을 깨달았고, 더구나 흐릿한 불빛 속에서 해야 한다는 사실에 다급해졌다. 색채가 정확할 수 없을 테고, 나중에 스포트라이트를 비추면 연결 부분이 드러날 텐데. 거의 광기 상태였어. 폴라가 검지로 자기 관자놀이를 두드리고, 조나스와 케이트는 말없이 듣고 있다. 그들이 보기에 폴라가 말하는 광기는 바람직한, 그들 역시 자부심과 함께 지니고 있는 광기다. 이어 폴라는 느닷없이 나타난 학생들 때문에 질겁했던 일을 이야기한다. 프로덕션 디자이너가 급히 인원을 보강하느

---

3 소석회에 대리석 분과 점토분을 섞은 재료를 써서 벽면을 마무리하는 방식으로, 굳으면 대리석처럼 보인다.

라 미술 학교 학생들, 재능이 없지는 않지만 당연히 돈
이 부족해서 이런 일에 자원한 아이들을 데려왔다. 보
나 마나 다 망쳐 버릴 텐데. 결국 그날 밤 폴라는 학생
한 명에게 아이폰 램프로 물감들을 비추게 하고 바닥에
깔아 놓은 비닐 위에 무릎을 꿇고 직접 색을 고르고 배
합해서 팔레트를 만들어 주어야 했다. 그런 뒤에도 어
디를 칠해야 하는지 한 명씩 자리를 정해 주었고, 마치
갈바니 전기가 흘러 몸이 저절로 움직이는 듯 분명하고
재빠른 동작으로 학생들 하나하나에게 다가갔고, 갈 길
못 찾고 망설이는 남학생 혹은 여학생에게 붓 터치를
다듬어 주고 어두운 곳을 살려 주고 흰색에 윤기를 내
주며 어떤 결과를 얻어야 하는지 알려 주었다. 자정쯤
에야 각자 자기 자리에서 제대로 집중해서 조용히 칠할
수 있었다. 세트장은 당장이라도 튀어 오를 트램펄린처
럼, 돛을 접어 태풍을 맞을 태세를 갖춘 배처럼 긴장이
팽팽하고 촛불 아래 이리저리 움직이는 얼굴들, 번쩍이
는 눈빛들, 마르스블랙 빛깔 눈동자들과 함께 비현실적
인 분위기였다. 들리는 소리는 목재 판 위로 붓이 스치
는 소리, 바닥에 깔아 놓은 비닐 위로 신발 깔창이 닿는
슈욱슈욱 소리, 그리고 숨소리, 그 난장판 속에 몸을 둥
글게 말고 웅크린 채 꼼짝 않고 있는 개 한 마리를 포함
해서 모두의 숨소리가 전부였다. 그러다 어디선가 터져
나오는 목소리, 탄성. *бля смотри, смотри здесь как*

красиво(끝내줘, 이것 좀 봐, 정말 아름다워). 주의 깊게 귀를 기울여 보면 아주 나지막하게 흘러나오는 러시아어 랩. 사람들로 가득 찬 스튜디오는 계속 바스락거리고 새벽까지도 긴장이 느껴진다. 폴라는 피곤한 줄 모르고, 밤이 깊어질수록 동작이 민첩하고 자유롭고 단호해진다. 오전 6시경에 전기공들이 모스크바 일대에서 구한 엔진 발전기들을 들고 엄숙하게 입장했고, 누군가 테너의 목소리로 Fiat lux(빛이 생겨라)!라고 외쳤고, 전부 다시 켜졌다. 강한 스포트라이트들이 세트장 위로 새하얀 조명을 쏟아 내면서, 겨울 아침 은색 빛 속에 안나 카레니나의 응접실이 모습을 드러냈다. 응접실이 있었다. 거기 존재했다. 높은 창문들에는 성에가 끼고 거리에는 눈이 쌓여 있지만, 거실 안은 따뜻하고 편안했다. 벽난로 아궁이에서는 불길이 탁탁 소리 내며 기세등등하게 타오르고, 거실 전체에 커피 향내가 떠다녔다. 제작자들이 샤워를 하고 말끔히 면도하고 환한 미소를 띤 얼굴로 돌아와서 보드카병을 땄고, 시나몬과 카르다몬 가루를 뿌린 미지근한 블린[4] 박스를 열었다. 그들은 학생들의 목덜미를 움켜쥔 채로 돈을 나누어 주며 마피아 대부 같은 은밀한 남성적 공모의 분위기를 연출했고, 혹은 통화 앱으로 로스앤젤레스나 런던 혹은 베를린을 연결해서 시끄럽게 영어로 떠들었다. 중압감

4 밀가루 혹은 메밀가루로 만드는 러시아의 팬케이크.

은 사라졌지만, 열기는 남았다. 모두들 대기의 결을 이룬 수십억 개의 광자들에 눈이 부시고 자신들이 밤새 완성해 낸 것에 놀라고 약간은 어리둥절해서 눈을 깜빡이며 두리번거렸다. 결과가 불안했던 폴라는 본능적으로 고개를 돌려 덧칠한 자리를 살폈는데, 웬걸, 괜찮다, 색깔들이 좋다. 그 순간 터져 나오는 탄성, 손뼉, 포옹, 그리고 피로에 지친 눈물 몇 방울. 몇 명은 바닥에 드러누워 양팔을 가슴에 엇갈리게 얹었고, 또 몇 명은 가볍게 춤 스텝을 밟았다. 폴라는 보조 작업자 중 하나였던, 눈빛이 짙고 체격이 건장한 남자와 조금 긴 포옹을 했고, 그의 스웨터 아래로 손을 밀어 넣어 뜨거운 살갗을 더듬으며 한참 동안 키스를 했다. 핸드폰들이 다시 울리기 시작했고, 각자 소지품을 챙겨 들고 외투를 입고 목도리를 두르고 장갑을 꼈고, 담배를 꺼내는 사람도 있었다. 바깥세상은 다시 활기를 띠기 시작했지만 지구상의 한 곳 모스필름의 스튜디오는 이제 안나 카레니나를, 검은 눈의 안나를, 미칠 듯이 사랑에 빠진 안나를 기다렸다. 그렇다. 준비가 끝났다. 이제 영화가, 그리고 영화와 함께 삶이 올 수 있었다.

매서운 추위가 몰아치고, 사람들이 담배를 피우러 나올 때마다 카페의 문이 대장간 풀무처럼 열렸다 닫혔다 한다. 폴라는 오한으로 몸을 떤다. 고개를 숙이고, 두 손을 주머니에 찔러 넣고, 부츠의 코로 바닥을 긁는다. 케이트와 조나스는 조용히 생각에 잠겨, 폴라가 보낸 열정의 밤, 브뤼셀에서 함께 보냈던 밤들과 너무도 비슷한 그 밤을, 바로 그 밤들을 떠올리게 하려고 폴라가 말해 준 그 밤을 부러워하며 그녀를 바라본다. 그들이 함께 지새운 밤, 이른 아침에 공물을 혹은 봉헌 예물을 바치듯 교장의 널찍한 책상 위에 과제물을 가져다 놓기 위해 새벽까지 그려야 했던 그 밤들은 그들의 공유 재산이자 우정의 초석이었고, 만날 때마다 이야기를 끌어내서 기쁨을 맛볼 수 있게 해주는 이미지와 감각의 저장고였다. 매번 얼마나 긴박한 상황이었는지, 얼마나 피곤했는지, 얼마나 자신 없었는지 그들은 부풀려 이야기했고, 아주 작은 사건들까지, 물감이 떨어지고 붓 세척용 통이 쏟아지고 화이트 스피릿[5]에 불이 붙은, 좀 더 심하게는 미처 챙겨 보지 못한 투시도 오류를 발견한 일까지 과장해서 되살렸다. 우스꽝스러운, 무지한, 미술 앞에서 미미한 존재였던 자신들의 이전 모습을 연기하며 즐거웠다. 조마조마하고 익살스러운 서사시의 주인공이던 안티히어로들은 상황이 종결될 때면 코앞에까지 닥친 재앙을 피하는 데 성공했기에 더욱 의기양양해졌고, 암흑 속에서 방황했기에 더욱 용감해졌고, 다

5 석유를 정제하여 만든 휘발유로 유성 페인트, 바니시, 유화 물감 등의 희석제로 쓰인다.

망친 것 같은 상황을 해결했기에 더욱 유능해졌다. 그 이야기들은 일종의 제의(祭儀)로서의 힘을 지녔고, 만날 때마다 의무적으로 되돌아가야 하는 길, 재회를 시작하는 포옹의 역할을 수행했다.

다시 카페 안이다. 폴라와 케이트는 등받이 없는 긴 의자에 앉아 있고, 맞은편에서는 조나스가 목을 움츠리고 두 손을 비빈다. 지금 어떤 일 하고 있어? 케이트가 잔을 입술 끝에 가져다 대며 청록색 속눈썹 밑으로 앵글숏의 눈길로 조나스에게 단도직입적으로 묻는다. 큰 체구와 전혀 어울리지 않는, 마치 육체와 분리된 듯 가느다란 목소리 때문에 듣는 사람들이 흠칫 놀란다. 조나스가 재미있다는 듯 의자 등받이 쪽으로 몸을 젖히고, 양손을 각기 반대편 겨드랑이 속에 바짝 밀어 넣어 팔짱을 끼면서 나지막하게 말한다. 천국, 열대의 에덴을 만드는 중이야. 가로 8미터 세로 3.5미터짜리. 침묵. 케이트와 폴라는 놀라움을 감추지 못한다. 잠시 말이 없다. 케이트는 시선을 천장으로 향한 채 한 모금씩 마신다(재빨리 면적을 계산하고 보수를 얼마 받았을까 가늠해 본다). 폴라는 손가락을 하나씩 펼쳐 가며 색명을 나열하고 셋 모두 외우고 있는 이름들을 매번 순수한 감각의 뇌관을 터뜨리듯 한 음절 한 음절 분명하게 발음한다. 징크화이트, 카본블랙, 크로뮴오렌지, 코발트블루, 알리자린레드, 샙그린, 녹색은 카드뮴옐로? 조나스가 빙그레 웃고, 폴라의 눈을 응시하며 똑같은 속도로 이어 나간다. 토파즈옐로, 아보카도그린, 에이프릴캣과 머미브라운(이 둘은 나란히 잘 쓰여. 아주 잘 어울리지). 폴라는 숨을 길게 들이쉬고 아주 작은 목소리로 말한다. 네가 그린 정글에 우리의 침팬지가 살면 좋겠어. 그렇게 할 거지? 조나스가 눈길을 떼지 않은 채로 고개를 끄덕인다. 그럴게. 폴라가 눈을 내리간다.

사람이 많다. 서로 말소리가 잘 안 들릴 만큼 시끄러운데도, 마치 시끌벅적한 소음(벌집) 속에 별개의 봉방(蜂房)들이 파고든 듯, 테이블마다 은밀한 대화를 나누기 좋은 청각적 공간이 형성된 듯, 사방에서 얘기 중이다. 조나스가 한 손으로 자기 턱을 감싸고 폴라와 케이트를 차례로 관찰하며 장난스럽게 말한다. 똑같아, 둘이 완전히 똑같아. 케이트가 키득거리고, 다시 궁금해져 묻는다. 그 정글, 누가 의뢰했는데? 조나스는 웃음을 참고, 어깨가 움찔하면서 팔짱 낀 두 팔 아래쪽으로 상체가 살짝 들썩인다. 그리고 단호하게 말한다. No way(안 돼). 말 안 할 거야. 입가에 미소를 띤 조나스가 눈빛으로 케이트를 도발하고, 케이트는 다시 시도한다. 그녀는 두 발을 현실에 디딘, 보험금을 비교하고 은퇴 후의 연금을 위한 분담금을 내고 무대 미술가 조합에서 정해 놓은 급여를 확인하는 실리에 밝은 여자 역할을 맡는다. 어쨌든 많이 받지? 제곱미터당 얼마야? 8백 유로? 1천 유로? 눈길을 천장으로 향하는 조나스의 얼굴에 미소가 번지면서 들쭉날쭉한 거무스름한 치아가 드러난다. 계속해 봐. 돈이 마르지 않을 만큼 큰 부자니까. 케이트는 주저하며 액수를 말하고, 조나스는 더 올리라는 뜻으로 고개를 끄덕인다. 케이트와 폴라가 액수를 높여 가고, 점점 올라가다가 결국 업계 최고의 사람들이나 받을 수 있는 엄청난 액수에 이른다. 곧 흥이 나고, 달아오른다. 조나스가 돌연 자신의 말을 뒤집는다. 좋아, 말해 줄게. 이건 특별한 계획이야. 조나스가 잠시 말을 멈추고, 그의 시선이 두 사람 주변을 살핀다. 오리지널 벽화야. 아. 그가 몸을 당겨 똑바로 앉으며 못을 박는다. 창작. 침묵이 이어지는 동안 카페 안의 음량이 한 단계 더 올라간 것 같지만, 조나스의 귀에는 다시 가로막으며 끼어드는 케이트의 목소리가 완전하게 들린다. 그럼 이제 넌 진짜 예술가네! 조나스는 고개를 폴라 쪽으로 돌리고 곁눈질로 케이트를 가리키며 고개를 젓는다. 못 말리겠군! 그들의 말은 원래의 속도를, 그들의 애정의 분출구이기도 한 짓궂은 활기를 되찾는다. 종업원 하나가 그들의 테이블에 바짝 붙어 지나가다가 케이트가 바닥에 내려놓은 헬멧에 발이 걸리는 바람에 들고 가던 쟁반을 쏟는다. 와장창, 고요, 박수갈채. 이어 다시 왁자지껄해지고, 소음 속에서 카운터 자리 위쪽에 걸려 있는 벽시계를 확인한 폴라는 어제 이 시각에 자신이 붉은 광장을 뛰어가고 있었음을 떠올린다. 그녀는 시계 문자반을 한번 훑어본 뒤 다시 조나스를 쳐다보고, 단숨에 내뱉는다. 침팬지들의 왕국, 조나스, 그걸 그려.

잔이 비었다. 조나스가 테이블 위에서 담뱃갑을 급히 챙겨 들고 일어서며 묻는다. 너흰 2015년이 어떨 것 같아? 셋이 함께 나간다. 다시, 차가운 거리. 배수로에 담배꽁초가 수북하다. 빼곡히 모여 선 사람들을 뚫고 지나가야 한다. 넓은 곳으로 빠져나온 뒤 케이트가 점퍼 안주머니에서 핸드폰을 꺼내 들고 조나스와 폴라 사이로 내밀며 엄숙한 어조로 말한다. 좋아, 시시한 얘기는 그만! 드디어 진정한 프로의 일을 보여 줄 순간이 왔군! 폴라와 조나스가 함께 고개를 숙일 때 둘의 관자놀이가 스친다.

핸드폰 화면에 영상이 번쩍인다. 새까맣다. 대리석. 1주일 전부터 포슈 거리의 저택 현관 내부를 고색(古色) 장식 중인 케이트의 작품이다. 어두운, 그러면서도 거만한, 장엄한, 표면 위로 녹은 황금이 흐르는, 심해의 암흑 같은 검은색이다. 8월에 낮은 숲 위로 유영하는 태양, 금가루 무늬가 새겨진 일본 칠기, 이집트 파라오의 묘실. 포르토로[6] 그리는 거야? 폴라가 고개를 들며 묻는다. 예스. 대답한 뒤 케이트는 왕처럼 위엄 있게 천천히 고개를 돌리며 담배 연기를 콧구멍으로 내뿜는다. 끝내주는데? 대단해. 조나스가 흘러가는 맥(脈)의 유동성과 어둡지도 밝지도 않게 모호한 광도와 표면이 뿜어내는 깊이감에 놀라워하며 중얼거린다. 케이트는 우쭐하지만 애써 자기를 낮춘다. 난 졸업 작품도 포르토로로 했잖아. 알다시피, 난 포르토로가 좋아. 화면 속의 영상이 정신을 몽롱하게 만든다. 폴라가 놀라서 묻는다. 벽 네 면 다 칠하는 거야? 원래 포르토로는 색이 지나치게 검은 데다 작업이 아주 어렵고 돈이 너무 많이 들기 때문에 넓은 면적에는 잘 쓰지 않는다. 케이트가 손가락으로 튕겨 담배꽁초를 배수로에 빠뜨린다. 천장도 칠할 거야.

원유로 덮인 면. 포르토로 견본을 만들어 건물 조합에 보여 줄 때 케이트가 사용한 표현이다. 차도에 내려서 길 한가운데서 그때의 장면을 되살리는 지금도 그렇게 말한다. 케이트는 자기 역할은 물론 자신이 설득해야 했던 상대방 역할까지 맡아 재현한다. 얼굴이 창백하고 30대 정도로 보이는, 어쩌고저쩌고 긴 이름을 가

---

6 이탈리아 제노바 해안, 특히 포르토베네레에서 나는 황금빛 결을 가진 검은색 대리석.

지고 지나치게 굵은 문장(紋章) 반지를 낀, 어깨는 좁고 배가 나오고 헐렁한 담회색 더블 버튼 재킷을 입은 남자였다. 그는 마주한 키 큰 여자를 향해 눈을 제대로 들지 못했고, 여자의 몸이 조각처럼 아름다운지 남성적인지 판단하지 못한 채로 손으로 머리를 천천히 쓰다듬으면서 견본을 살폈다. 케이트는 그날 약속을 위해 머린 블루 투피스를 입고 정장 구두를 신었다. 해골 잠금 고리가 달린 발찌는 깜빡 잊고 빼지 못했지만, 옆 가르마를 타서 머리를 빗고 화장도 평소보다 연하게 했다. 어떻게든 그 일을 따내고 싶었다. 어떤 색채를 사용할지 연구도 많이 했고(티타늄화이트, 옐로오커, 카드뮴엘로오렌지, 시에나어스, 스모크드엄버, 반다이크브라운, 버밀리언, 그리고 검은색 약간) 어두우면서도 투명한 표면을 얻기 위해 윤내기 작업도 두 번 했다(어둠과 투명함은 포르토로의 비밀이다). 제법 승산 있는 제안이었다. 그 건물에 아파트를 소유한 이들은 1년에 사흘 정도 파리에 머무는 페르시아만의 거부들이다. 자신들의 부(富)를 비추는 거울이 될, 자신들의 힘에 아부할, 예전에 동물들이 풀을 뜯고 사람들이 열기 후끈한 텐트 안에서 잠들던 땅에서 솟아 나온 화석 만나를 환기해 줄 재료인 대리석을 좋아할 수밖에 없다. 그 일을 따내기 위해 케이트는 포르토로가 얼마나 희귀한 재료인지 한참 동안 강조했고, 제노바만의 팔마리아섬과 포르토

22

베네레의 해수면 150미터 꼭대기에 위치한 뜨거운 대리석 채석장을 묘사했다. 선박들이 위에서 내려온 대리석을 바로 실을 수 있도록 측면을 절벽에 바짝 가져다 대고 기다리고, 한 척당 1백 카라타(측량 단위인 카라타는 소 두 마리가 끄는 수레의 적재량, 즉 0.75톤이다)의 원석을 실어 리파마리스[7]의 부두에 내려놓고, 톱질을 하고 평평한 판으로 만들고 반들반들하게 다듬어 눈부시게 가공된, 때로 프랑스 왕실의 백합 문양 검인이 박힌 대리석을 곧바로 싣고 돛을 올려 툴롱과 마르세유와 카디스로 향하고, 지브롤터를 지나 대서양 연안을 따라 생말로까지 올라간 뒤 방향을 바꾸어 르아브르에서 파리까지 강을 따라가던 여정도 들려주었다. 이어 그녀는 마지막 무기를 동원해서, 포르토로가 제왕의 기운을 지닌 대리석임을 환기했다. 루이 14세가 좋아했던 돌이에요. 베르사유궁에 가면 벽에서 볼 수 있죠. 요즘 인기 좋다는 레스토랑들 화장실에 있는 돌들과는 달라요. 사진 보실래요? 케이트는 남자의 자세, 자기소개를 하며 긴 이름을 상세하게 발음하고 물컹한 손을 내밀던 태도, 웅얼거리던 말투를 흉내 내고, 희미하게 드러내던 음탕한 분위기와 부자연스럽게 멋 부리던 몸짓도 따라 한다. 그녀는 아예 무대에 오른 배우가 되어 자신이 얼마나 탐욕스러웠는지, 교활한 여우처럼 얼마나

---

7 제노바의 부두 앞에 선적을 쉽게 하도록 지어졌던 상가 지역.

아첨을 떨었는지 익살스럽게 보여 주고, 몸의 곡선과 스코틀랜드 억양을 과장하고, 이 모든 것을 너무도 멋지게 해낸다. 마치 영화 속 한 장면처럼 머릿결이 휘날리고, 그 큰 몸이 빙글빙글 돌며 차도를 전부 차지한다. 카페 밖에 나와 있던 사람들이 웅성대기 시작하고 궁금해하고 움직이고 고개를 돌려 그녀를, 저기, 한참 공연 중인 그녀를 바라본다. 조합 관리자는 마침내 눈을 들어 똑바로 쳐다보며 케이트를 시험 삼아 채용하기로 했고, 그 뒤로 작업 진행 상태를 확인하러 저녁마다 들렀고, 곧 그녀의 솜씨에 매료되어 이미 다른 현관들과 계단 곳들, 새로 손질이 필요한 다른 건물들 얘기까지 꺼냈다. 파리 서부 지역에 당도 1백 퍼센트짜리 오스만[8] 건물들, 수백 제곱미터짜리 아파트들을 관리하고 부동산 자산 관리로 수익을 창출하려는 야심을 품은 남자였다. 난 이제 떼돈 번다! 케이트가 붉은 잇몸을 드러내며 웃는다. 이어 그녀는 공연을 마친 배우처럼 한 손을 가슴에 얹으며 인사를 하고, 한 잔씩 사겠다고 공표한다. 사람들이 우르르 카페로 따라 들어간다.

이제 뭐 할 건데? 대문자 글자가 박힌 챙 넓은 모자를 쓴 조나스가 노란 흰자위 속 왕방울 같은 눈동자로 폴

---

8 제2제정 동안 파리 개조 사업을 주도한 인물로, 그때 확장된 대로변에 근대 건축 양식의 화려한 건물들이 지어졌다.

라를 빤히 쳐다보며 묻는다. 폴라가 움찔 놀란다. 모르
겠어. 알다시피 오늘 아침에 모스크바에서 돌아왔잖아.
케이트는 보상 작용의 균형이 무너진 뒤의 피로 혹은
취기 혹은 둘 모두의 증후를 드러내고(축 늘어짐, 벌어
진 입, 흐릿한 눈길), 하지만 놀랍게도 아직 공격할 기
운이 남아 있다. 러시아에 가서 돈 좀 긁어모았겠네? 돈
많은 데잖아, 안 그래? 폴라가 빙그레 웃는다. 신경 꺼.
바로 그때, 누군가의 주머니에서 귀뚜라미 울음소리가
나고, 조나스가 벌떡 일어서며 핸드폰을 귀에 가져다
대고 앞에 앉은 폴라와 케이트에게 눈길 한번 주지 않
고 카페 밖으로 나간다. 조나스는 유리 벽 앞을 지나 맞
은편으로 건너가더니 인도 변에 걸터앉고, 모자를 벗어
(아주 드문 일이다) 뒤로 젖히자 얼굴 위로 가로등 불빛
이 쏟아진다. 관자놀이와 볼 밑 쪽으로 그림자가 진 얼
굴. 조나스는 눈을 감은 채로 입술을 움직이고, 이따금
고개를 든 그의 눈은 누가 봐도 분명하게, 유리 벽을 등
지고 앉은 폴라를 향한다. 그때 그는 사랑에 빠진, 표면
에 드러나지 않는 사랑의 흐름에 사로잡힌 얼굴이었다.
폴라와 케이트가 뒤돌아보지 않는 것 역시 그 때문이
다. 두 여자는 조나스에게 지나치게 다가가지 않았고
캐물어 볼 생각도 해본 적 없다. 절대 단 한 번도 없다.
셋의 관계는 그런 식이었다. 각자의 애정 문제는 스크
린 밖에서 벌어지는 일이고, 따라서 그 문제는 서로 참

견하지 않기. 웬만해서는 입에 올리지도 않았다. 그저 낭만적인 붕괴(조나스)와 단도직입적인 간결함(케이트)을 과장해서 떠들어 댔고, 희극의 결이 새겨진 그런 이야기들 탓에 그들의 사랑은 늘 강렬하고 비극적이었고, 섹스는 서툴거나 순전히 기술적이었다. 케이트와 조나스는 신나 했고, 그 모습을 바라보며 폴라는 웃고 눈살을 찌푸리고 코를 찡그렸다. 그러다가 친구들이, 너도 재미 좀 보고 있지? 물으면 짧게 응수했다. 꺼져! 그렇게 그들은 사랑에 대해서는 함구했다. 자리로 돌아온 조나스는 두 뺨이 달아올랐고 목소리가 잠겼다. 그는 선 채로 말한다. 소르비에로의 파티에 가야 해. 같이 갈래? 케이트는 고개를 젓는다. 너무 피곤해. 내일도 일해야 해. 폴라는 일어서며 같이 나가자고, 자기도 조금 걷고 싶다고 말한다.

등을 곧추세우고 스쿠터에 앉은 케이트가 마치 고대 로마의 전차 경기 출발선에 서서 황제에게 경의를 표하는 선수처럼 한 팔을 들어 올리며 그들 곁을 지나간 지 한참 되었을 때, 어둠이 짙어진 파리가 전혀 다른 모습을 띨 때, 폴라와 조나스는 강베타 거리를 올라가서 페르라셰즈 묘지를 끼고 걸었다. 한 팔을 뻗어 조나스와 팔짱을 낀 폴라는 나머지 한 손으로 외투를 여미며 추위로 얼어붙은 목을 가린다. 조나스는 모자를 내려 쓰고 목도리를 다시 매고 주머니에 손을 찔러 넣는다. 그렇게 둘이서 계속 걷는다. 좀 따뜻하게 입지! 옷이 그게 뭐야? 조나스는 눈길이 묘지를 따라가지만 담 위쪽으로 드러난 묘에는 관심이 없다(돌 십자가, 조각상, 지의류가 가득 덮인 각뿔, 신전 모양 비석, 화려한 둥근 지붕, 동굴 입구처럼 만든 호화 인조석 무덤). 폴라는 대답 대신 조나스에게 다가서고, 그들은 어깨가 맞닿을 정도로 바짝 붙어서 걷는다. 어떤 침팬지를 그릴 건데? 폴라가 나지막하게 묻는다. 그녀의 입에서 나온 김을 걸어가는 그들의 몸이 가른다. 바람 한 점 없다. 건물들의 전면은 조명이 다 꺼져 있고, 도시 전체가 추위로 얼어붙었다. 높아진 하늘이 단단하고, 반짝인다. 운다[9]를 그릴 거야. 코를 목도리에 파묻은 조나스가 낮은 목소리로 대답하고, 그 말에 폴라의 얼굴이 환하게 빛난다.

그들은 자그마한 광장까지 왔다. 자정이고, 카페들이 문을 닫는 중이고, 불 꺼진 실내 제일 깊숙이 카운터 자리에만 불빛이 남아 있다. 커다란 유리 벽 안에서 여전히 움직이는, 물컵을 헹구고 잔을 닦고 카운터를 닦는 실루엣들이 마치 그림자극 같다. 조나스가 팔짱을

[9] 밀렵 때문에 버려진 어린 침팬지들을 보호하는 제인 구달의 침퐁가 침팬지 재활 센터에서 자란 침팬지로, 이후 탄자니아의 안전한 섬으로 돌아갔다.

푼다. 단호한 동작. 이제 가야 해. 그만 가볼게. 폴라가 돌아서는 조나스를 붙잡고 외투 깃을 세워 준다. 너도 꽤 쓸 만하긴 해. 그런데 테레빈유 냄새가 나. 알고 있어? 조나스가 자기 외투 소매를 코에 대고 냄새를 맡아 본다. 재미있어서, 시간을 끌기 위해서, 폴라가 계속 말한다. 넌 인화 물질이라고. 지금 파티에서 널 기다리는 거지? 조깅 중인 남자가 비스듬한 눈길로 손목의 시계를 보고, 털외투를 입은 남자가 강아지를 산책시키고, 술 장식 달린 숄로 몸을 감싼 늙은 여자가 발코니에서 담배를 피우고 있다. 고요하다. 어때? 같이 갈 거야 말 거야? 목을 잔뜩 움츠린 조나스가 발을 구르며 폴라를 쳐다본다.

그러다가 조나스가 한 걸음 뒤로 물러서고, 양쪽 주머니에 넣었던 손을 빼서 가로등 밑에 내민다. 조명을 받은 두 손이 마치 몸과 분리된 듯, 어둠에서 빠져나온 듯, 거의 흉물스럽게 허공에 희끄무레하게 떠 있다. 긴 손가락, 튀어나온 관절, 나무판자에 칼로 새긴 것처럼 뚝 끊긴 손바닥의 생명선, 오래된 물집 때문에 각질이 벗겨진 손가락 아랫부분의 굳은살, 살갗에 끼어 있는 온갖 물질(기름, 안료, 건조제, 용해제, 니스, 구아슈,[10] 접착제). 이제 네 손 차례야. 조나스가 폴라를 향해 턱을 내밀고, 폴라는 네모진 손을 내민다. 우선 손등. 역

10 불투명한 효과를 내기 위해 물과 고무를 섞어 만든 수채 물감.

시 두툼한 피부, 호두 껍데기처럼 주름 잡힌 관절, 짧게 자른 손톱 끝을 따라 그려진 까만 선. 손바닥에도 같은 징표들이 있다. 폴라와 조나스가 한참 이마를 맞대고 서로에게 펼쳐 보이는 손바닥이 밤의 어둠이 이루는 바탕 위에 조금 밝은 도형을 그린다. 스텐실, 스탬프, 데칼코마니. 멀리서 보면 마치 두 등산객이 길을 찾느라 지도 위에 고개를 숙인 채 도면을 살피고 범례들을 해독하는 장면 같다. 갑자가 조나스가 폴라의 허리를 껴안고, 그녀의 목에 대고 재빨리 말한다. 내일 전화할게.

임브리카타

이제 메탈로 이야기를 해 보자. 2007년 9월의 그날, 메탈로 30-1번지에 나타나서 학교의 정면을 올려다보기 위해(중요한 순간이다) 한 걸음 뒤로 물러서는 폴라를 떠올려 보자. 브뤼셀의 생질 지구 아래쪽에 위치한 그 길, 특별할 것 없고 존재감 없는, 낡은 털양말을 기워 놓은 듯 군데군데 새로 고쳐 놓은 그 길에 동화에 등장할 법한 집이 한 채 서 있다. 오래된, 환상적이면서 동시에 홀로 떨어져 존재하는 듯한 진홍색 벽돌집이다. 맞아. 폴라가 생각하고, 고개를 젖히고 올려다보느라 이미 목이 아프다. 맞아. 그림에 나오는 집이야. 시민 계급을 상징하는 벽돌, 계단형 박공, 철물이 아주 많이 달린 창문, 엄청나게 큰 출입문, 쇠창살을 대놓은 문구멍, 마치 허리띠처럼 건물 중간을 감싼 등나무 덩굴까지, 플랑드르파 어느 거장의 그림에서 그대로 옮겨 온 모습이다. 폴라는 동화의 세계에 발을 들여놓는, 동화의 인물이 된 느낌으로 출입문의 고리를 잡아당긴다. 갈라지는 듯한 종소리가 나고 문이 열린다. 폴라가 학교로 들어간다. 배경 속으로 사라진다.

폴라는 스무 살이다. 포도주색 아디다스 스포츠 가방을 한쪽 어깨에 메고 옆구리에 하드보드지로 만든 도화지용 파일을 끼고 있다. 외사시를 가린 선글라스의 짙은 렌즈 탓에 안 그래도 어두운 현관이 더 어둡다. 그런데 어두우면서도 공상적인, 빽빽한, 무어라고 말하기 힘든 분위기다. 신전의 냄새와 작업장의 냄새. 떠다니는 먼지 탓에 곳곳의 공기가 안개 낀 듯 빽빽하고 향을 피워 놓은 듯 무거우며, 작은 움직임과 작은 숨결에도 미세한 소용돌이가 인다. 왼쪽에 문이 있고 오른쪽으로 계단, 그리고 복도가 시작된다. 폴라는 기다리기 시작한다.

그녀는 소지품을 바닥에 내려놓고 시선을 천천히 바닥과 천장과 벽으로 돌리며 주변을 살핀다. 지금 난 어디에 와 있는 걸까. 그녀가 생각한다. 잠시 시간이 지나고 눈이 흐린 빛에 적응되면서 점차 선명해진 벽에는 커다란 대리석 판들과 판자들, 세로 홈이 팬 기둥, 아칸서스잎들을 조각해 놓은 기둥머리, 열려 있는 창문과 창밖으로 꽃 핀 벚나무 가지, 진박새 한 마리, 은은한 하늘이 있다. 한순간 폴라가 바닥에 놓인 가방을 넘어서 천천히 대리석 판들 쪽으로 다가가고 바라보고(보라색 금이 나 있음을 알게 될 것이다) 손바닥을 펴서 대어 본다. 돌의 차가움 대신 색칠된 표면의 감촉이다. 더 다가가서 다시 바라본다. 정말로 그려 놓은 것이다. 놀란 그녀가 판자 쪽으로 가서 뒤로 물러섰다 다시 다가가서 만져 보기 시작한다. 마치 처음엔 진짜인 줄 알았다가 그 착시 현상이 사라지게 했다가 다시 나타나게 하는 놀이를 즐기는 것 같다. 그런 식으로 벽을 따라 돌기둥, 조각 장식된 아치, 기둥머리, 쇠시리, 스투코를 지나는 동안 폴라는 점점 더 혼란스러워지고, 창문 앞에 와서는 바깥에, 창 너머에, 정말로 손이 닿을 수 있는 다른 세상이 있으리라 확신하며 내다보려 한다. 하지만 손끝에 닿는 곳마다 그림이다. 그래도 그녀는 진박새가 앉아 있는 가지 앞에 가만히 서서 분홍빛 새벽 속으로 팔을 뻗어 보고, 손가락을 벌려 새의 깃털 속에 집어넣으려 하고, 나뭇잎 틈새에서 나오는 소리를 들으려고 귀를 기울인다.

  핸드폰으로 약속 시간을 확인하던 폴라는 문득 시각을 알리는 네 개의 숫자가 금고의 비밀번호처럼 암호화된 숫자, 지상의 시간과 단절된 알 수 없는 고독한 숫자로 느껴진다. 계속 보고 있으니 가벼운 현기증이 일며

어지럽다. 안과 밖이 뒤섞이고 시간 감각이 흔들린다. 하지만 약속된 시각이 되자 조용히 문이 열리고, 폴라는 천창으로 들어오는 빛 속에 잠긴 넓은 방으로 들어선다.

한 여자가 책상 너머에 앉아 있다. 폴라가 곧바로 장소와 분리시키지 못할 정도로 여자는 장소와 한 몸이자 장소의 일부처럼 보이고, 마치 그 장소에 끼워진 마지막 퍼즐 조각 같다. 여자는 고개를 숙여 노트를 한 장씩 천천히 넘겨 보고, 잠시 후 고개를 들어 마치 공중제비를 돌아 좁은 그네 발판에 발을 디디는 곡예사처럼 단호한 눈빛을 던진다. 이제 여자가 잘 보인다. 얼굴이라기보다는 마스크라고 할 만한 무표정이, 그 어떤 힘에도 영향받지 않고 그 어떤 것에도 흔들리지 않는 태도가 온전히 전해진다. 여자의 몸에서 뿜어져 나오는 군더더기 없고 엄격한 기운 앞에서 폴라는 자신이 멍청하고 굼뜬 허접한 인간처럼 느껴진다. 여자가 입은 블라우스는 입은 채로 함께 조각된 듯하고, 블라우스의 검은색 터틀넥이 마치 마사이족 목걸이처럼 여자의 두상(頭像)을 받치는 함(函) 혹은 초석이 되어 창백한 피부와 턱뼈의 윤곽과 단단한 턱이 더욱 두드러져 보인다. 카르스트 씨, 장식 미술가가 되려면 관찰력과 숙련된 동작이 필요합니다. 여자가 단도직입적으로 던지는 말이 메아리로 퍼진다. 폴라한테서 채 1미터도 안 떨어진 자리에서 나는 목소리가 멀리 벽 안쪽에서 들려오는 것 같다. 다시 말하면, 눈(이 말에 폴라는 선글라스를 좀 더 일찍 벗어야 했다는 사실을 깨닫는다) 그리고 손이죠(여자가 손바닥을 펴 보인다). 이어 침묵. 실내의 공기는 건조하고 금속성이고, 마치 헝겊으로 문질러 정전기가 일어난 듯 요동친다. 폴라는 등을 세우고 목에 힘을 주며 의자에 앉은 채로 움직이지 않는다. 끝났나 보다, 그녀가 생각한다. 할 얘기 다 했고, 덧붙일 말 없죠? 눈과 손, 그래, 알아들었어요. 이제 일어서서 나가야지. 하지만 책상 너머의 여자가 깊은 목소리로 말을 잇는다(목구멍이 아니라 흉곽에서 만들어지는, 유연한, 청동의 목소리다). 트롱프뢰유[1]는 그림과 시선의 만남이죠. 트롱프뢰유는 특수한 시점을 위한 그림이고, 원하는 결과가 무엇이냐에 따라 결정됩니다. 학생들은 여러 형태의 자료들, 실제 자연의 견본들을 이용할 수 있지만, 교육 과정의 핵심은 아틀리에에서 직접 주어지는 시범을 통해 이루어지죠. 예를 직접 보는 것만큼 좋은 교육은 없으니까요. 더할 나위 없이 팽팽히 당겨진, 느린, 절제된 말. 폴라는 매 문장이 명쾌하고 모든 억양이 차분해서 당황한다. 마치 초자연적인 장면을 접한 느낌이고, 연극 무대에 올라 지금껏 자기를 기다려 온 자리

---

1 실물로 착각할 만큼 정밀하고 생생하게 그린 그림. 착시화(錯視畵). 프랑스어로 '눈속임'이란 뜻이다.

에 서서 주어진 역할을 맡게 된 기분이다. 다시 목소리. 우리는 유화나 수채화 같은 전통적인 회화 기술들을 가르치고, 우리의 방법은 무엇보다(이 대목에서 여자는 말의 속도를 늦추고, 잠시 말을 멈추고, 이어 단호한 목소리로 말을 잇는다) 집중적인 실기 훈련입니다. 수업에는 무조건 참석해야 해요. 수업에 빠지면 학교를 그만두는 걸로 간주합니다. 과제는 모두 기일을 엄수해서 제출해야 하고요. 약식으로 틀어 올린 머리 타래에서 삐져나온 한 가닥이 그사이 여자의 얼굴로 내려와 있다. 이 학교는 특히 목재와 대리석 분야에서 명성이 높죠. 우리는 자연 질료를 파고들고 그 형태를 탐구해서 구조를 파악합니다. 삼림, 숲, 토양, 단층, 동굴까지, 끈기 있게 익혀 나가야 해요. 폴라는 어리둥절하고, 그저 실내 공기를 휘젓는 여자의 두 손에만, 그 외 나머지는 모두 자신의 능력을 벗어나는 일이기에 오로지 그 손의 움직임에만 매달린다. 질문 있어요? 여자와 폴라 사이의 책상 위에는 쇳가루 같은 먼지를 뒤집어쓴 학교 행정용 서류철들이 널려 있다. 구겨진 고지서들, 판지에 인쇄된 초대장들 사이로 크라프트지 봉투 뒷면에 멋지게 그려 놓은 잠수복 스케치를 발견한 폴라가 알아듣기 힘든 말을 웅얼거리면서 자기 하드보드지 파일을 열려 한다. 여자가 막는다. 손바닥의 동작이 충분히 말을 대신한다. 필요 없어요. 창유리에 투과된 분홍빛과 황금빛 햇살이 실내 공간에 반투명한 대각선을 그리며 참나무 징두리 벽판(트롱프뢰유 걸작품이다) 위로, 오래된 양탄자 위로, 그리고 폴라의 머릿결 위로, 놀라서 전혀 다른 빛을 띠고 있는 그녀의 얼굴 위로 후광을 만들어 낸다.

　이제 교육 일정을 봅시다. 여자의 목소리가 한 음계 올라가고, 아닐린블랙 빛깔의 두 눈이 옻칠을 한 듯 반들거린다. 수업은 10월에서 3월까지. 그때가 건축 장식 미술가로 나서기 전, 가장 한가한 시간이죠. 제일 처음 목재부터 그립니다. 참나무, 절대 쉽지 않죠, 또 느릅나무, 물푸레나무, 마다가스카르 흑단, 콩고 마호가니, 다발무늬 백양목, 배나무, 가시덤불, 내가 판단하기에 학생들이 그릴 줄 알아야 할 것들을 다루게 됩니다. 그리고 11월 중순에 대리석을 시작하죠. 카라라, 그랑앙티크, 라브라도르, 앙리에트블롱드, 피오르디페스코, 지로트,[2] 대리석도 내가 골라요. 여자가 나열하는 대리석 이름들은 단순한 목록과 다른 어떤 것이다. 대리석 이름들을 하나씩 발음할 때마다 여자가 느끼는 쾌감이 드러나고,

---

2 카라라는 이탈리아 토스카나주의 카라라에서 나는 흰색 대리석, 그랑앙티크는 프랑스 미디피레네 지방에서 나는 흰무늬 검은 대리석, 라브라도르는 북아프리카 지역에서 나는 검은색 대리석, 앙리에트블롱드는 프랑스 북부 해안 지역에서 나는 밝은 갈색 대리석, 피오르디페스코는 합성수지와 안료를 섞어 가공한 인조 대리석, 지로트는 프랑스 남부에서 나는 붉은색 대리석이다.

그 목소리는 샤먼의 노래, 폴라의 귀에는 리듬 외에는 아무것도 이해할 수 없는 주술가(呪術歌) 같다. 1월 중순에는 준보석, 즉 청금석, 석영, 토파즈, 비취, 자수정, 수정을, 2월엔 설계도와 투시도, 몰딩과 프리즈, 시대별 양식을 띤 천장, 고색 입히기를 배우고, 3월에 금박과 은박, 스텐실, 레터링 광고까지 마치면 졸업입니다. 상당히 빡빡하고 탄탄한 일정이죠. 여자는 말을 이어가며 자리에서 일어서고, 천천히 자기 책상을 돌아 나와 문으로 향한다. 그리고 어쩔 줄 몰라 하는 폴라 앞에서 한 손을 문의 손잡이에 얹음으로써 면담이 끝났음을 알리고, 다른 손으로는 필요한 재료 리스트를 건넨다. 가운도 한 벌 준비해요. 이어 원래 자리로 돌아가다가 갑자기 생각을 바꾸고 돌아선다. 마지막으로 한 가지, 처음엔 테레빈유 때문에 어지럽고 구역질이 날 수 있어요. 계속 서서 해야 하니까 더 힘들죠. 알게 되겠지만, 모든 게 다분히 육체적이에요.

거리로 나온 폴라는 9월의 창백한 하늘에 눈이 부셔 얼굴을 찌푸리고, 영화관에서 나와 현실로 돌아온 때처럼 살짝 비틀거린다. 여전히 신기한 이름들에 파묻혀 메탈로를 걸어 내려가는 동안 조금 전의 장면(입구의 홀, 기다림, 면담)이 계속 이어지고 변형된다. 이 세상엔, 그래, 세상을 바라보고 이야기하는 방식이 참 많아.

폴라가 생각한다. 그녀의 보폭이 넓어지고, 마치 공항의 무빙워크처럼 저절로 움직이는 길 위에 몸이 실려가는 느낌이다. 저기, 광장에, 갈색이 짙어 가는 가로수들 쪽으로 향할 때, 바로 그때, 등 뒤에서, 길 위쪽에서 까마귀 떼가 대열을 형성하고 날아온다. 소리에 놀란 폴라가 뒤돌아본다. 그녀가 서 있는 곳으로 새들이 들이닥치고 있다. 열두 마리쯤이고, 몇 마리는 날개를 펼친 폭이 1미터에 이른다. 깍깍 소리가 혈관 속에 울려퍼진다. 고대 로마의 최고 신전에서 새점을 익힌 신관들이나 신들의 뜻을 읽어 내고 전조를 해독해 낼 수 있을 법한 야생의 광경이다. 양쪽 인도 위에 마주 선 건물들 사이로 길 위에 펼쳐져 다가오는 새 떼가 점점 커지고, 거리 전체가 거대한 새장이 된다. 폴라는 본능적으로 달리고, 주차된 차들 사이에 웅크린 채 고개를 어깨 사이에 파묻고는 손가락을 벌린 두 손으로 머리를 감싼다. 까마귀들이 부리와 발(오렌지 껍질처럼 광택이 흐르고 갈고리 모양이고 딱딱하고 나무토막 같다)로 쪼아 댈지 모른다. 그녀는 머리 위로 새들이 공기를 가르며 날아가는 것을 느끼고, 기다리고, 천천히 몸을 일으킨다. 바로 그 순간에 뒤통수를 때리는, 갑자기 날아온 가벼운 충격에 앞으로 휘청거린다. 차를 붙잡고 몸을 가눈 뒤 주변을 돌아보지만 아무것도 없다. 다 끝났다. 새들이 사라졌다. 다시 조용해졌고, 메탈로의 하늘에는 이제 아무것도 없다.

폴라는 숨을 가다듬고 다시 걸음을 뗀다. 주위의 거리, 지붕들, 작은 건물들, 전부 마치 누군가 채찍으로 후려쳐 돌 안에 잠겨 있던 에너지를 깨워 내기라도 한 듯 반들거리고 날카롭고 활기차다. 그녀는 두 눈을 가늘게 뜨고, 조금 전 새한테 얻어맞은 두개골 부위를 만져 보고, 난 살아 있어 생각하고 뛰기 시작한다. 광장을 대각선으로 가로지르고, 생질 광장 옆구리 쪽으로 입을 벌리고 있는 지하철역으로 들어서고, 브뤼셀 남역에 가서 파리행 탈리스[3]에 올라 만원 열차의 통로 쪽 자리에 앉는다. 이어 폭우가 내리치는 파리 북역의 유리 벽, 파라디로의 계단 곶, 낡은 루콩발뤼지에 엘리베이터, 그리고 마침내 집이다. 아파트에 들어선 그녀는 곧바로 자기 방으로 가서 가방과 도화지 파일을 던져 놓고 다시 복도를 지나 부엌에 들어간다. 폴라의 부모, 기욤 카르스트와 마리 카르스트가 여느 저녁과 다름없이 함께 식사 준비 중이다(순무 초절임, 아시파르망티에,[4] 캐러멜크림 디저트). 정말 정했어. 폴라가 이런 식으로 선언하는 것을 보면 그녀의 내면에서 이미 뭔가가 형체를 떠었고 모종의 직감이 단단해졌을 것이다. 메탈로의 미

---

3 프랑스, 네덜란드, 벨기에, 독일을 연결하는 국제 고속 철도.
4 간 고기 위에 삶아서 으깬 감자를 얹어 구운 일종의 파이.

술 학교에서 건축 장식 미술을 배울 거야. 침묵. 부모는 강판과 칼과 채소 칼을 손에 든 채로 동작의 속도를 늦추고 긴장한다. 장식 미술? 무슨 소리야? 마음이 상한 부모가 고개를 돌려 딸을 쳐다본다. 예술가 되는 건 끝이고?

폴라의 눈길이 창밖을 향한다. 사실 지난 2년 동안 이리저리 시간을 끌었다. 바칼로레아 성적이 시원찮았고, 법을 배우면 뭐든 할 수 있지 않겠냐고 일단 법을 배우면서 진짜 가고 싶은 길을 찾아보겠다면서 낭테르 대학 법학과에 등록해서 한 해를 날렸다. 그녀는 시시콜콜 따지는 기술적 개념들이 가득 찬 빡빡한 교과목들에 곧 지쳤고, 시험을 치르기 위한 벼락공부도 끔찍했다. 겨울이 끝나 갈 즈음 자신이 예술적 감수성을 지녔음을 깨달았고 다음 개학 때는 진로를 변경해서 예술 학교 입시 준비 과정에 등록했다. 부모는 딸의 소명이 견고하길 바라며 지지해 주었다. 하지만 폴라는 다시 흔들렸고, 어느 남자애와 사랑에 빠진 뒤 그 애를 따라 영상 과정을 선택했고, 하지만 다큐멘터리 몇 편을 벌려 놓고는, 그중 현미경으로 모래를 촬영한 한 편은 제법 그럴싸한 작품이었음에도 어느 것 하나도 완성하지 못했다. 예술 학교 입학시험에서도 줄줄이 고배를 마셨다.

폴라의 부모가 일어서서 오븐과 개수대 사이를 서성댄다. 장식 미술. 덜 신비스럽고, 미술이라기보다는 장인의 작업을 떠올리게 한다. 장식 미술을 배운다고? 한 편으로는 보다 구체적인 분야를 선택하면 일자리를 좀 더 쉽게 구할 수 있으리라는 생각에 안도하며, 부모는 다시 딸을 믿을 준비가 되어 있다. 그럼에도, 알 수 없 는 실망감이 남는다. 딸은 밀짚 의자에 앉아 커다란 빵 덩어리를 깨물며 놀랍도록 침착한 목소리로 선언한다. 트롱프뢰유, 착시 예술을 배울 거야.

폴라 카르스트. 부모의 보살핌을 받으며 자랐고 관습에 순응하고 놀기 좋아하는, 무엇보다 여느 여자아이들과 마찬가지로 대부분의 시간을 카페에 앉아서 기가 막힐 정도로 교묘하게 우아함과 공허함을 섞어 매 순간을 에스프레소 속 거품으로 만들며 보내던 아이였는데, 미래라고 해봐야 스푸마토[5]처럼 흐릿하기만 한, 매사에 치열함은 찾아볼 수 없고 성격은 무뚝뚝하던 학생이었는데, 그런 폴라가 어떻게 메탈로의 아틀리에에 고개를 들이밀고 심지어 달려들었을까. 어떻게 사흘 만에 학교 가까운 파름로 27번지에 방 하나, 거실 하나짜리 아파트를 구하고, 같은 학교 학생(조나스 로트젠스)을 하우스메이트로 구하기까지 했을까. 사귀던 남자애는 어떻

5 회화에서 색과 색 사이 경계를 흐리게 하여 부드럽게 옮아가게 하는 기법.

게 그렇게 단칼에 떼어 냈을까(짧은 턱수염을 폼 나게 기르고 몸에 작은 문신도 새긴, 청바지를 운동화 위로 살짝 걷고 다니는 조각 미남 같은 그 애는 보나 마나 폴라의 짧은 이별 문자를 읽으며 분해서 입술을 앙다물었을 테고, 고통으로 배 속이 뒤집히고 이마가 시뻘게져서는 요란스럽게 장식된 자전거에 올라타고 뱅센 숲을 향해 페달을 밟았을 것이다). 하물며 9월 30일 브뤼셀의 새 거처 앞에서 볼보 라이트 밴 짐칸에 뒤죽박죽 실려 있던, 흔히 부모들이 대학생이 돼 독립하는 자녀의 살림을 마련해 줄 때 챙겨 주는 물건들(침대와 침구, 커피 메이커, 책상용 스탠드, 받침대, 약간의 그릇, 의자, 테이블, 상자에 든 책, 쓰레기 봉지 두 개에 넣은 옷, 청소기, 바닥 걸레, 그리고 컴퓨터 용품 전부)을 어떻게 아버지와 함께 전부 꺼낼 수 있었는지, 장딴지가 부실하고 몸 쓰는 일이라면 늘 얼굴을 찌푸리고(팔과 다리가 길고 호리호리해서 신장 측정기의 실제 수치보다 더 커 보인다) 금방 발을 삐고 이마를 부딪고 경련을 호소하더니 어떻게 그 모든 물건을 끈기 있게 4층까지 올려놓고 심지어 그중 몇 번은 거의 뛰다시피 올라갈 수 있었는지 알 수 없다. 어쨌든 그날의 이사는 전구를 끼고 침대를 조립하고 컴퓨터와 와이파이를 just in time(제때)! 설치하는 것을 마지막으로 순식간에 끝났다. 쟤 왜 저래? 미쳐 날뛰네? 계단참마다 멈춰 선 기욤 카르스트가 벽에 기대서서 두 손을 허리에 얹고 숨을 헐떡이며 중얼거렸다.

아직 미쳐 날뛰는 단계는 아니고, 폴라는 그저 삶을 한번 흔들어 보고 싶었다. 그 외 다른 것은 심각하게 생각하지 않고 그냥 맞닥뜨리기로 했다. 학교 홈페이지에 그림 실력이 입학의 선결 조건은 아니라고 나와 있는데? 순전히 기술적인 실습 과정, 누구든 마음만 먹으면 습득할 수 있는 지식을 익히는 학교 아냐? 결국 베끼는 법 가르치는 거잖아? 베끼기. 별 볼 일 없는 애들이 배우는 기술이지. 발랑시엔의 주유소에서 커피를 마실 때, 부녀의 눈길이 잔 위를 스친 뒤 고속 도로를 질주하는 트럭들을 향하는 동안에 아버지가 나지막하게 내뱉은 말이다. 폴라는 버텼다. 베끼는 거 맞아, 바로 그거야. 그녀는 소매를 걷어붙이고 달려들 준비가 된 수습생, 미술의 핵심에 다가가는 가장 소박한 길(데생 익히기, 기법과 그 결과물에 대해 완벽한 지식을 습득하기, 처음부터 완전히 다시 시작하기)을 선택한 근면한 장인이 된 자기 모습을 그려 보았다. 그런 길을 거쳐야 나중에 화폭이든 벽이든 그 어떤 매체 앞이라도 설 수 있다고, 중요한 것은 나중에 온다고, 다른 곳으로, 다른 세상으로, 진정한 예술가들의 세상으로 올 거라고 되뇌있다(틀렸다. 제대로 틀렸다).

    브뤼셀에서 맞이한 첫날 저녁 폴라는 방 가운데 서서
두 손을 허리에 얹고 배를 앞으로 내밀며 심호흡을 한
다. 훅 들어온 열기에 관자놀이가 뜨거워지고 침이 고
인다. 마침내 집을 떠나왔다. 이제 시작이야. 이제 내
인생을 사는 거야. 하지만 이 말을 내뱉는 순간에 느껴
지리라고 상상했던 열정은 어디에도 없다. 그 순간을
그대로 연기해 보아도, 포즈를 취해 보아도, 미래의 문
턱에 선 젊은 주인공이 희망찬 미래가 기다리는 지평선
을 향해 눈을 부릅뜨는 첫 장면을 펼쳐 보아도 소용없
다. 그녀는 긴장한다. 불안이 엄습하며 숨이 막히고 가
슴이 답답해진다. 저기, 저 앞에, 무언가가 일어서고 있
고, 바로 저것을 위해 이제부터 전투를 개시해야 한다.
문득 그녀는 자신의 진로 변경이 별다른 장애물 없이
지나치게 쉽게 이루어졌다는 사실을 떠올리며 의문을
품는다. 부족한 그림 솜씨도, 대담하지 못한 것도, 자존
심 강하고 내성적인 성격도, 심지어 상당히 비싼 등록
금도 문제 되지 않았다. 부모님은 싫은 내색 없이 돈을
내주었다. 딸이 액수를 알리고 난 뒤 방에서 속삭이는
소리가 들리긴 했지만, 그 뒤로 아무 일도 없었다. 그런
데 지금, 그토록 신나 하며 고른 살림살이, 어른들의 세
계로 데려가 줄 새 가구와 멋진 커튼과 노트북용 녹색
램프와 식기들과 새 직물에서 나는 석유 같은 냄새가
가시지 않은 수건들, 모든 물건을 바라볼수록 무언가

점점 더 크게 땡그랑거린다. 차에 오르기 전 마지막으로 손을 흔들던 아버지의 모습도 떠오른다. 한 발은 차에 얹고 나머지 한 발은 아직 길에 디딘 채로 아버지는 열린 차 문에 배를 바짝 붙이고 서서 딸이 내려다보고 있을 창문을 향해 손을 흔들었다. 바이 바이. 소리는 들리지 않았지만 고개를 젖힌 얼굴에서 입의 움직임이 보였다. 바이 바이. 아버지는 미소를 지었고, 아버지로서의 일을 마친 흐뭇함 때문인지 긴장이 풀린 얼굴이었다. 딸을 향해 손을 흔들던, 비질하듯 공기를 휘젓던 그 동작은 또한 딸을 멀리 보낸다는, 그렇다, 집에서 내보낸다는 뜻이기도 했으니, 어쩌면 아버지로서 해야 할 일이 이제 다 끝났다는 안도감이었을지도 모른다. 날이 저물고 어두워질수록 폴라는 브뤼셀의 이 학교가 부모님에게 딸을 집에서 내보내는 기회가 되지 않았을까 하는 생각이 든다. 그녀는 침대에 앉는다. 맥이 빠지고 머리가 띵한 상태로 팔꿈치를 허벅지 사이에 밀어 넣고 넋 놓고 앉아 있느라, 라상티넬 휴게소에서 아버지가 걸어 계속 울려 대는 핸드폰 소리를 듣지 못한다.

첫날 아틀리에로 들어서던 폴라는 입구에서부터 눈이 휘둥그레진다. 15×10미터 직사각형에 천장에서 바닥까지 높이가 약 5미터인 아틀리에는 바닥이 시멘트이고 지붕은 유리로 덮여 있다. 위쪽으로 네 벽을 따라 난간이 세워진 통로가 이어지고, 둥글게 말려 있는 수백 장의 큰 종이와 도화지 파일 그리고 견본과 소도구가 그곳에 쌓여 있다. 폴라는 아틀리에를 채운 시작의 빛, 광택 없는 흰색의 빛, 마치 어둠의 감압실을 통과한 뒤 밝아진 눈으로 하루를 시작하라는 듯 어두운 현관과 복도와 비교되어 더욱 투명한 그 빛이 첫눈에 마음에 든다. 아틀리에 안에는 스무 개가량의 화판대가 빗금 모양으로 몇 줄로 놓여 있다. 폴라는 제일 안쪽까지 가서 화판 하나를 골라 앞에 서고, 등받이 없는 나무 의자에 물감 통을 내려놓고 가운을 입는다. 다른 학생들도 각기 화판 앞으로 향하고, 몇 미터 앞쪽에서는 영어도 들려온다. 폴라는 준비를 마치고 기다린다. 검은색 터틀넥 블라우스의 여자가 곧 입장한다. 다시 보니 교장은 폴라가 기억하는 것보다 작다. 하지만 들어서자마자 압도적인 공간을 차지한다. 잠시 후 그녀는 붓 이름을 하나씩 부르고, 그때마다 학생들은 자기 붓 케이스를 확인한다. 폴라의 붓들은 상태가 좋고 깨끗하다. 테가 반짝거리고 털이 수북하다. 담채화 붓, 돼지털 붓, 끝이 뭉툭한 붓, 선 그리기용 붓, 나무 손잡이가 달린 래커용 콜린스키 담비 털 붓, 그녀가 부적처럼 아끼는, 떠나기 전날 어머니가 선물해 준 래커용 알래스카 곰 털 붓이 있다. 마치 강도들이 은행을 털기 위해 패거리를 불러 모으듯, 아직 정확한 용도도 모르면서 그냥 모아서 케이스에 정리해 둔 붓들도 많다. 지금 폴라는 소리 없이 자리를 지키고 있는 붓들을 호기심에 젖어 바라본다. 세상을 다시 만들기 위해 창조된 연장들이다.

통증이 들이닥친다. 아틀리에에서의 실습은 역시나 〈다분히 육체적〉이다(우스꽝스러운 완곡어법이다). 지금껏 젊음의 기운이 고갈되어 본 적이 없던 폴라였기에 해야 할 일들을 감당하기 힘들다. 머리가 아프고 코가 아프고(부비동의 쓰라림) 등이 아프고(등을 뒤로 젖히면 스무 살의 허리가 끊어질 것처럼 아프다) 발도 아프고(하루 종일 화판 앞에 서 있느라 뒤꿈치에 물집이 생기는 바람에 사흘째 되는 날 결국 마라톤 선수들을 위해 고안된, 발바닥 가운데를 받쳐 주는 깔창이 들어간 러닝슈즈를 인터넷으로 주문해야 했다) 팔을 올려 붓을 수평으로 계속 들고 있느라 어깨가 붓고 견갑골도 아프다. 폴라는 자신이 가지고 태어난 몸과 처음으로 대면한다. 때가 온 것이다. 가장 놀라운 것은 첫날부터 시작된, 저녁이면 마치 멍든 자리를 검지로 누르는 것 같은 눈의 통증이다.

10월, 목재. 마치 파이프로 끌어들인 자연광이 군데군데 비치는 미광 속으로 들어서는 느낌, 서로 다른 몸들과 목소리들이 화음 혹은 불협화음으로 가로지르는 음향 공간 속으로 들어서는 느낌이다. 그 공간에는 다른 언어들도 있고, 폴라가 새로 배워야 하는 아틀리에의 낯선 언어도 있다. 폴라는 해부 도면 위로 고개를 숙인 채로 횡단면 혹은 정접단면 혹은 종단면을, 도스 혹은 카르티에[6]를, 마디와 물결무늬와 고리 무늬를, 목질 섬유와 유조직과 물을 해독해 내야 한다. 가운 주머니 속에 검은 표지의 작은 수첩 하나와 연필 한 자루를 늘넣어 두고, 마치 군자금을 비축하고 양어장을 채우듯이 단어들을 적어 나가고, 자신이 알아야 할 단어가 너무

6 통나무 판매를 위한 1차 가공으로, 도스는 내접 사각형으로 자른 원목이고 카르티에에는 4분의 1 형태로 나눈 원목이다.

많음을 깨닫고는 바닥이 닿지 않는 주머니에 손을 넣어 더듬는 것처럼 당혹스러워한다. 폴라는 나무, 돌, 뿌리, 토양, 안료, 분말, 꽃가루, 분진의 이름을 익히고, 그것들을 구별하고 명확히 파악하고 직접 사용하는 법을 배운다. 주머니 속 수첩은 점차 그녀의 부목이자 나침판이 될 테고, 세상이 미끄러져 움직이고 복제되고 똑같이 재생산될수록 폴라의 근거지, 현실과의 접촉점은 언어 안에 놓이게 될 것이다.

힘들다. 아침마다 폴라는 앞으로 여섯 달, 가을과 겨울을 버텨 낼 수 있을까 자문하고, 점차 나아지리라고, 곧 자리 잡으리라고 스스로를 다독인다. 하지만 생활의 리듬을 찾기가 너무 힘들다. 첫 충격이 지난 뒤 나름의 템포를 찾았다는 생각에(마치 첫 전투를 치른 신병들처럼 허풍스러운 즐거움에 젖었다) 잠을 조금 더 잤고, 친구들과도 SNS 메시지를 주고받기 시작했다. 정신 나간 짓! 짧은 일탈은 혹독한 대가를 초래해서 다시 처음 그대로 6시 기상, 자정 취침, SNS 멀리하기로 돌아가야 한다. 모두 안녕, 한가한 수다는 끝. 친구들이 놀린다. 혹시 수녀원 들어간 거? 신기하게도 폴라는 금욕 생활에 빗댄 그런 말에 오히려 우쭐해지고 싱긋 웃는다. 이후로는 더 과격해져서, 새로 간 학교에 어떤 남자들이 있는지 사진 좀 보자는 친구들의 메시지에도 점점 더 뜸하게 답했고, 정말 끝났다는 사실을 아직 받아들이지 못한 전 남자 친구가 정숙함에 가까웠던 관계와 아무 관련 없는 짜증스러운 성적 암시를 담아 보내오는 문자 메시지들은 아예 읽지도 않고 지워 버린다. 그녀가 학교 밖으로 전송하는 신호는 그렇게 줄어들다가 마침내 완전히 사라진다. 단 한 곳, 집에서 오는 전화만 받는다. 폴라는 스스로 자신의 몸에 부과하는, 자신이 감내할 수 있으리라고 한 번도 생각해 본 적 없는 것에 자신을 쏟아부으면서 기꺼이 소진되어 가는 낯선 감각에 매혹되고 얼얼해진다.

하지만 장소들은 여전히 길 잃고 헤매게 만든다. 매일 아침 폴라는 뒤편에 따로 존재하는, 시간의 뒤편에 자리 잡은, 좀 더 정확히 말하면 얇은 판 여러 장으로 분해된 시간을 카드 섞듯 뒤섞어서 재조립해 놓은 세상에 들어가는 기분이다. 매번 어디인지 갈피를 잡을 수 없다. 현관을 지날 때마다 흐릿한 빛과 차가운 벽 장식 천의 냄새에 놀라 어김없이 발목을 삐고, 복도 끝에 아틀리에의 창백한 빛이 보이고 탄화수소의 냄새가 나고 정글 같은 희미한 소리가 들려올 때마다 걸음이 느려지고 심장 박동이 빨라지고 배 속이 거북해진다. 아틀리에에 들어서서 환한 빛 안에 섰을 때는 더 복잡하다. 여럿이 모여 그림을 그린다는 사실이 마음을 흔들고 압박한다. 남들이 봐도 괜찮다고, 그리는 동안 내면에서 무슨 일이 일어나는지 누구든 알아도 상관없다고 동의하는 것

은 그녀의 조심스러운 성격과 절대 맞지 않는다. 옷을
다 벗고 서 있는 셈 아닌가. 하지만 아틀리에의 형태,
무엇보다 극장 아래층을 내려다보는 발코니 좌석처럼
벽을 따라 이어진 좁은 난간 통로 탓에 어차피 숨을 곳
이 없다. 그녀가 그리는 동안에 어디서든 볼 수 있다.
자존심 강한 폴라는 움츠러든다. 수업이 끝나면 절대
학교에 남아 있지 않고 피난처로 도망치듯 곧바로 집으
로 돌아간다. 등 뒤로 꽂히는 시선들, 어깨 너머에서 수
군대는 의견들, 어차피 잘난 척에 지나지 않는 격려들,
더는 머리 아프게 만들지 못하도록 당장 뒤돌아서서 한
껏 벌린 입에 붓을 처박아 넣고 싶게 만드는 비판들, 전
부 최대한 빨리 벗어나려고 서둘러 걷는다. 소심한 사
람들이 반발심을 품을 때 그러듯이 그녀는 쉽게 상처받
고 까탈스럽고 가시가 곤두서 있다. 재빨리 물건을 정
리하고, 목을 움츠린 채 이마는 늘 바닥을 향해 절대 주
변을 돌아보지 않으면서 곧바로 아틀리에를 벗어난다.
하지만 그것은 오히려 상처를 불러오는 가장 어리석은
전술이다. 아틀리에 제일 안쪽의 화판대 위로 고개를
숙이고 곁눈질하는 게 전부인 폴라는 다른 학생들 역시
어찌할지 모른 채 비틀거리고 있음을 알지 못한다. 조
나스도 파름로의 집에 거의 나타나지 않고, 그녀의 삶
은 화판의 나무틀에 펼쳐 놓은 두블 레쟁[7](100×65) 종

7 프랑스 표준화 협회가 규정한 종이 규격 중 하나인 레쟁[워터마크

이가 전부였다.

폴라는 악착같이 버틴다. 듣고, 기록하고, 그린다. 하지만 아침에 검은색 터틀넥의 여인이 시범을 보이는 정해진 시간을 제외하면 그녀는 아직도 제대로 고개를 들지 않는다. 검은색 터틀넥의 여인은 맨살을 드러내며 틀어 올린 머리, 말없이 학생들을 돌아보는 반투명한 눈길로, 한 손은 손가락을 벌려 배에 얹고 다른 손에는 붓과 걸레와 스펀지를 쥐고 있고, 줄무늬 제브라노와 물결무늬 빌링가[8] 목재판을 높이 들어 올려 보여 주기도 한다. 그리고 한 달 후에는 그 손으로 변성암, 토스카나의 석회암 혹은 영국의 스트로마톨라이트[9]를 들어 태고의 시간이 담긴, 자연 발생의, 수수께끼 같은, 순수한 아름다움을 보여 줄 것이다. 자기 손바닥 안에 들어 있는 목재 혹은 돌 조각에서 시작된 자기장이 동심원을 그리며 학생들 쪽으로 퍼져 나가는 동안, 검은색 터틀넥의 여인은 무표정한 얼굴로 분명하게 한 문장을 덧붙인다. 인간의 경지를 넘어선 아름다움이죠. 이어 그녀는 등 전체를 보이지는 않고 150도 정도로 비스듬

가 포도(레쟁)였던 데서 나온 이름이다)의 두 배(두블) 크기이다.
  8 중앙아프리카 지역에서 자라는 나무에서 얻는 목재들로, 제브라노는 징가나무에서, 빌링가는 꼭두서닛과 나무에서 얻는다.
  9 남조류로 이루어진 미생물 막에 퇴적물 알갱이들이 부착된 층상 침전물로, 생명체가 남긴 화석 중 가장 오래된 것이다.

히 돌아선 자세로 화판 앞에서 시범을 보인다. 어떤 날
은 다른 교수 두 명이 와서 강의를 하는데, 그들이 입장
할 때도 학생들은 조용히 똑바로 서서 모두 한곳을 바
라본다. 현관에서 크로스컨트리 스키 선수 같은, 신발
밑창이 빠르게 바닥 위로 미끄러지는 소리가 들리면 어
느새 건장한 체격의 두 사람이, 마치 역사 속 인물이 갑
자기 과거로부터 튀어나오듯, 아틀리에에 들어와 있다.
그 순간 폴라는 늘 당황해서 얼어붙는다. 두 교수는 형
제처럼 닮아서, 박식해 보이는 큰 얼굴, 보석 세공사 같
은 긴 손, 상체를 뒤로 젖힌 채 학생들에게 말할 때 내뿜
는 지독한 심술, 사프란색 혹은 으깬 나무딸기색 벨벳
바지 속의 불룩한 배, 거친 천으로 만든 긴 앞치마, 로
마 교황청의 고위 성직자들처럼 블러드레드색의 이중
실켓 가공 면사 양말을 자랑스럽게 드러내 보이는 기이
하도록 가는 발목까지 똑같다. 그들은 r 소리를 목젖에
서 굴리는 갈라진 목소리로 강의를 하고, 하지만 고압
적으로 목소리를 높이고(계산된 심술이다), 마치 마술
사가 무대에서 묘기를 펼칠 때처럼 재빠르게 주머니에
서 나왔다가 순식간에 사라지는 손수건으로 수시로 입
언저리를 닦는다. 그들의 시범은 이해하기 쉽고, 동작
은 분명하고, 설명에는 풍부한 자료가 뒷받침된다. 폴
라는 강의 내내 움츠려 투명한 존재가 될 궁리를 한다.
혹시 호명될까 봐, 그리고 더 끔찍한 경우, 혹시라도 자

신의 작업이 이미 시범 보인 예를 부정하는 반례로 제시될까 봐 전전긍긍한다(자, 여기 가장 잘못된, 가장 부실한, 가장 진부한 예를 봅시다. 교수가 안경 너머로 눈을 굴리면서 손가락을 맹수의 발톱처럼 구부려 도화지를 확 뜯어내 탁구공만 하게 구겨 버릴지도, 그 공을 어깨 뒤로 던져 버리고는 학생들을 얼어붙게 만들 부드러운 미소를 지으며 말할지도 모른다. 다시 해요, 마드무아젤, 전부 다시). 폴라는 매일 저녁 그날 배운 것을 복습한다. 단계별로 기록하고, 동작 하나하나를 분리해서 되새기고, 전 과정을 하나씩 큰 소리로 확인하기를 마치 시를 암송하듯 완전히 외울 때까지 되풀이한다. 그런 뒤에 숨을 헐떡이며 침대 위로 나자빠진다.

그녀는 보는 법을 배운다. 눈이 따갑다. 지금껏 이렇게까지 눈을 많이 써본 적이 없다. 하루 스물네 시간 중 열여덟 시간 동안 눈을 뜨고 있다(평균치일 뿐이고, 밤샘 작업과 파티도 있다). 아침이면 마치 환한 빛 속에 들어간 듯 쉼 없이 눈을 깜빡여 속눈썹이 나비 날개처럼 파득거린다. 하지만 해가 지고 나면 두 눈에 힘이 빠지고 왼쪽 눈이 절름대면서 마치 길가의 경사진 풀숲 위로 쓰러지는 사람처럼 비스듬히 기울어진다. 수레국화액으로 눈까풀을 씻어 주고 얼린 티백을 얹어 보고 젤과 액체 형태 안약을 넣어도 눈이 피곤하고 건조하고 뻑뻑한 느낌은 줄어들지 않고 눈가에 생기는 다크서클도 막을 도리가 없다(얼굴에 남는 이행과 변신의 상흔). 아틀리에의 유리 천창 아래서 물감과 용해제 냄새로 몽롱해지고 근육이 아프고 이마가 뜨거워진 상태에서 〈본다〉는 것은 단순히 이 세상에서 눈을 뜨고 있는 게 아니라 하나의 행동을 개시하는, 시선이 뇌 속에 만들어 놓은 것과 유사한 이미지를 종이 위에 창조하는 것이다. 그렇다고 무조건 상세하고 분명하게 봐야 하는 건 아니다(폴라가 생각하기에 그것은 가장 덜 중요한 문제다. 그래서 나중에 부모님이 딸이 하는 일을 두고 〈금은 세공사의 정밀함〉을 요구한다고 자랑스럽게 말할 때 화를 내게 된다). 그저 현실을 베끼고 똑같은 모습을 복제하는 게 아니다. 여기서 본다는 것은 다른 무엇이며, 그게 뭔지 아직 모르지만, 폴라는 자신이 이곳에서 익히게 될 일을 지금까지 과소평가하고 있었다는 사실만은 본능적으로 깨닫는다. 검은색 터틀넥의 여인이 매주 토요일 오전에 천창으로 빛이 들어오는 넓은 아틀리에에서 학생들의 작업을 하나씩 확인한다. 학생들이 뒤로 물러난 화판 앞에 다가와서 살펴보며 무언가 말한다. 구체적이고 간결한 지시 사항이다. 바보 같은, 하나 마나 한 말이라고 잘못 생각할 사람들도 있겠지만, 그것은 침묵 속에서 분명한 형태와 정당한 무게와 적합한 의미를 띠는 말이다. 빙하, 화산, 숲, 사막, 버려진 빌라, 높은, 아주 높은 고원을 마음속에 품고 그려야 해요. 학생들 틈에서 폴라의 눈이 반짝이고, 그 순간 무언가가 폴라의 내면에서 열린다. 트롱프뢰유가 그저 기술적 훈련만은 아니라는, 단순한 시각적 체험에 머물지 않는다는, 트롱프뢰유는 사유를 흔들 수 있고 환상의 본질에 대해 질문할 수 있는 감각적 체험이라는, 어쩌면 그림의 본질이라는 생각이다(이 학교가 내세우는 소신이기도 하다). 힘차게 팔딱이지만 아직 제대로 정리되지는 않은 뇌 속에 폴라가 받아들인 가르침이 하나의 기본 원칙이 되어 흡수되고, 그녀는 서서히 그 원칙을 자기 것으로 삼는다. 즉 트롱프뢰유는 감추면서 보여 주어야 하며, 그것은 구분되면서 연속적인 두 계기, 처음에 눈이 속고 이어 속았음을 깨닫는 계기를 포함한다. 만일 impostura(속임수)가 끝까지 드러나지 않는다면, 검은색 터틀넥의 여인이 완강해져 어깨를 들썩이면서 학생들에게 홀로 하늘을 나는 새처럼 차가운 눈길을 던지면서 말하기를, 우리 앞에 놓인 것은 우매함, 인위적 기술, 기만행위일 뿐입니다. 그린 사람의 재능도 그 사람의 눈길이 지닌 예지도 그려진 것의 아름다움도 인정받을 수 없고, 전부 손 닿을 수 없는 곳에 머물게 되죠. 검은색 터틀넥의 여인이 또박또박 말을 이어 간다. 즐거움을 몰아내고 그림을 부수는 셈입니다. 그녀가 할 수 있는 가장 심한 말, 항소 불가의 형(刑) 선고. 〈그림을 부수기.〉 치찰음을 강조하며 불쾌한 표정으로 내뱉은 말이었다.

나무를 그리는 법을 배우려면 〈숲과 사귀어야〉 합니다. 검은색 터틀넥의 여인은 〈관계를 설정해야〉 한다고, 〈유대 관계를 맺어야〉 한다고도 했다. 폴라는 이 말이 명확해지도록 한참 동안 머릿속에서 돌려 본다. 그리고 기다린다. 아틀리에 안에서 식물들의 생명이 태동해서 화판으로 이어 가고 팔레트로 번식한다. 이제 팔레트 위에는 여러 색조의 노란색이 펼쳐지고, 갈색이 여러 단계의 농담(濃淡)을 펼쳐 보이고, 마호가니를 위한 붉은색 약간과 가장 순수한 흑단의 중심부에서 볼 수 있는 그야말로 새까만 검은색이 있다. 나무들이 쪼개지고, 밝은색 변재와 늘 더 짙은 심재가 모습을 드러내고, 형태들의 목록을, 직선과 물결과 나선 줄무늬를, 손이 닿을 수 있는 세상에 숫자를 매기는 수많은 기공과 마디를 가르쳐 준다. 아틀리에 안에 숲이 일어선다. 유년기의 숲(동화의 숲, 늑대와 요정과 흰 조약돌과 여우의 숲, 감옥을 탈출한 도형수의 손을 잡고 지나가는 숲)과 시골의 숲과 정략(政略)의 정글이 섞인 이야기들로 짜인 커다란 숲이다. 학생들 각자가 자기만의 숲을 불러내고, 폴라의 숲은 영화의 숲이다. 기억의 필름이 군데군데 지워지기는 했지만, 입을 크게 벌리고 차이스

렌즈 슈퍼 8밀리 카메라의 파인더에 눈을 붙인 어머니 마리의 얼굴, 목덜미에서 찰랑이며 햇빛의 파편을 낚아채서 광대한 숲과 하나가 되어 반짝이는 목걸이가 떠오른다. 그해 8월 한 달 동안 마리는 바로 그 숲에서 단편 영화를 찍었다[아베롱의 빅토르[10]에서 영감을 얻은 「고사리의 아이」라는 영화로, 부모도 형제자매도 없는 (여름휴가 때면 북적거리는 가족들 틈에서 조금은 정신없이 지내야 했던 폴라로서는 이해하기 힘든 신기한 일이었다) 어느 야생의 아이 이야기였다]. 마리는 아이들을 동원했다. 방에 들어앉아 있거나 텔레비전 앞에 앉아 있는 제일 큰 아이들을 렌즈 앞으로 불러냈고, 흥분해서 법석을 떠는, 아홉 살이던 폴라를 포함한 더 어린 애들은 잘 데려와야 했다. 어머니가 액션! 하고 소리치면 어린 폴라는 영화 속으로 들어가 숲속을 걷는다. 카메라가 돌아가면 잘 알던 익숙한 숲이 미지의 영토로 변한다. 어디가 멀고 어디가 가까운지 알 수 없게 되고 기온이 떨어지고 소리들의 음량이 높아지고(모든 소리가 한순간 갑자기 터져 나온 뒤 소리의 삶을 이어 간다) 롱 테이크가 이어진다. 숲속을 걷는 어린 폴라에게는 모든 게 신비다. 농기계들이 지나다닌 탓에 홈이 패고

10 1797년 프랑스 남부 내륙 아베롱 지방 숲에서 열 살 전후로 추정되는 야생 상태의 아이가 발견되었다. 학대받고 버려진 것으로 추정된 그 아이에게 연구자들이 빅토르라는 이름을 붙여 주고 언어를 가르치려 했지만 실패했다. 빅토르는 발견된 이후 30여 년을 더 살았다.

울퉁불퉁해진 마른 흙길, 소 발굽에 찍힌 구멍, 아이들이 놀던 곳, 그루터기마다 이름을 지어 놓았고 폭죽 포장재와 담배꽁초가 흙 위에 뒤섞여 있고 나무 밑동 아래 누군가 잊고 가서 형광 노란색이 회색으로 변한 바람 빠진 테니스공이 뒹구는 자리, 모두 낯설어진다. 폴라는 자신이 다른 사람이 되고 있음을 느낀다. 빛이 스며든 어슴푸레한 숲속 곳곳에 햇살이 뚫고 들어와 사선을 그리며 사방으로 뻗어 나간다. 폴라는 이야기 속에 있고, 웃통을 드러낸 야생의 아이가 귀덮개 모자를 쓰고 조종사 안경을 쓰고 돌 위에 걸터앉아 지탄[11]을 피우며 기다리고 있는(제일 큰 사촌 오빠이지만 어린 폴라는 알아보지 못한다) 오두막으로 다가간다.

떡갈나무, 소나무, 유칼립투스, 자단, 얼룩무늬 마호가니, 측백나무, 튤립나무, 개호동나무와 함께 10월이 가고, 폴라는 헤쳐 나간다. 어쩔 줄 몰라 하고 땀 흘리고 머리카락이 헝클어지고 밤에는 자기 살갗이 나무껍질로 변하는 꿈까지 꾼다. 그래도 폴라는, 물론 그녀의 화판은 다른 학생들의 것과 달리 힘쓴 흔적이 역력하고 늘 조금 부족해 보이지만, 그래도 해낸다. 그리고 어느 날, 물푸레나무의 민첩함과 느릅나무의 우울과 버드나무의 게으름 이야기를 처음 들은 그날 폴라는 감동에 휩싸인다. 모든 게 살아 있다.

11 프랑스의 담배 상표.

조나스 로트젠스. 걔가 누군데? 딸이 브뤼셀 아파트의 보증금을 낼 수표를 써달라고 말한 그날 저녁에, 우묵한 그릇 안 달걀흰자를 휘젓던(머랭 만들기?) 기욤 카르스트가 큰 소리로 물었다. 전기 거품기 소음 때문에 라디오 볼륨을 제일 크게 올려 놓아 부엌 안이 아수라장처럼 시끄러웠고, 딸은 결국 그릇장 손잡이에 걸린 석판에 분필로 〈공동 세입자〉라고 써야 했다. 아버지는 하던 일을 계속하며 석판을 힐끗 쳐다본 뒤, 투명하던 내용물이 흰색을 띠어 가는 그릇 위로 목을 잔뜩 웅크리고 다시 고개를 숙였다. 그날 벨트로 청바지를 허리까지 올려 입은 기욤 카르스트는 혀끝을 양 입술로 누르며 언짢은 기색으로 식사 준비를 했다. 만나 봤고? 목소리가 더 커졌다. 원래 얘기할 때 웬만해서 소리를 높이지 않는 사람이었지만, 이번에는 어쩔 수 없었다. 폴라는 아직 못 봤다고 고개를 저었다. 그러자 기욤 카르스트는 아예 돌아서 버렸고, 사람들의 고막을 부수고 달걀흰자 속 분자들을 부수는 거품기에 매달렸다.

조나스는 사흘 늦게 아파트 초인종을 눌렀다. 몸에 그림자가 질 만큼 높은, 흡사 선돌 같은 배낭을 메고, 바닥에 놓아둔 도화지 파일을 자기 다리로 받치고, 층계참의 벽에 기대 세워 둔 매트리스(회색을 띤, 얼룩이 묻은 싱글 매트리스)가 넘어지지 않도록 손가락 하나를 뻗어 받치고 있었다. 악수. 폴라야. 난 조나스.

폴라는 앞으로 여섯 달 동안 30제곱미터의 공간에서 함께 지내야 할 모르는 남자애에게 좋은 인상을 주기 위해 곧바로 친절을 베풀었다. 짐 같이 올려 줄까? 명랑하게 물었지만, 상대는 고개를 저으며 나지막한 목소리로 대답했다. 괜찮아, 이게 다야. 그는 도화지 파일을 챙겨 들고 안으로 들어섰다. 폴라는 길을 내주느라 벽에 등을 붙이고 서서 문이 열려 있는 방을 가리켰다. 저 방 쓰면 돼. 난 안쪽 방을 쓰고 있어. 좋아. 조나스가 동의했다. 폴라는 조나스가 어깨를 한쪽씩 움직여 배낭을 내려놓고 아파트 안을 재빨리 살핀 뒤 밖으로 나가 매트리스를 가지고 들어오는 동안 부엌에서 지켜보았다. 얼굴 위쪽은 야구 모자 챙에 가려 있고, 대조적으로 나머지 얼굴은 마치 안에서 빨아들인 것처럼 움푹한 볼,

곧은 코, 도톰한 입술, 관자놀이에 최근 생긴 뾰루지까지 잘 드러났다. 조나스는 소리 없이 움직였고 아파트 안을 물 흐르듯 부드럽게 돌아다녔다. 길고 유연한 가는 허리, 맨살을 드러낸 발목, 그리고 초라한 매트리스를 끌고 와서 둔탁한 소리와 함께 바닥에 눕히는 탄력 있는 팔. 내 팔하고 똑같네. 폴라는 생각했다. 그녀는 최대한 미소를 띤 얼굴로 조나스에게 열쇠 꾸러미를 건네주었다. 따뜻함이라기보다는 소심함과 계산이 담긴, 생김새 못지않게 당혹스러운 조나스의 차림새에 대한 실망까지 담긴 복합적인 미소였다. 조나스는 목까지 지퍼를 채운 형광색 트레이닝복에 검정색 레인코트, 지나치게 짧은 청바지를 입고 흰색 운동화를 신었고, 해적 반지를 끼고 양쪽 팔목에 구슬 팔찌도 끼었다. 그럼에도 한 가지 보이지 않는 것. 그녀는 조나스가 야구 모자를 좀 벗었으면, 최소한 챙이라도 올렸으면 했다. 그의 눈을 보고 싶었지만 하나도 안 보였다. 조나스의 눈동자는 어둠 속에서 버티며, 뒤로 물러나서 꿰뚫어 보는 날카로운 시선을 던졌다. 주맹증 동물, 고양이 같네. 폴라가 생각했고, 이어 그에게 와이파이 비밀번호를 알려주고 냉장고와 붙박이장들과 청소기를 보여 주었다. 그러다 갑자기 집안 살림을 꾸려 가는 주부가 된 듯 그녀가 새로 시작될 동거의 규칙들을 제시하려 하자, 이 상황이 더 이어질 것임을 깨달은 조나스가 한 손으로 가볍게 상대의 팔뚝을 잡으며 말을 끊었다. 나 나가야 해. 볼이 발갛게 달아오른 폴라가 서둘러 동의했고, 오케이, 내일 봐, 개수대 쪽으로 뒤로 한 발 물러섰다. 조나스가 열쇠들을 주머니에 쑤셔 넣으며 대답했다. 그래, 내일 봐. 최소한으로 높인 목소리, 가볍게 끄덕이는 고갯짓. 그런 뒤에 계단에서의 곡예. 경쾌한, 한 번에 몇 단씩 뛰어 내려가는 발소리가 점차 멀어졌다.

테이블 위에 포도주병과 잔 두 개가 놓여 있다. 공동 세입자 생활의 시작을 공표하는 get together drink(만남 축하 술). 조나스는 우스꽝스러운 어른 흉내를 피해 나가 버렸지만, 원래 격식들에 의미를 부여하는, 시간에 구두점을 찍고 형태를 부여하는 모든 것을 중요시하는 폴라에게는 중요한 순간이었다. 그녀는 새로 마련한 포도주병 따개를 챙겨 들고 병의 주둥이를 잡고 마개를 땄고, 한 잔을 따라서 눈을 감고 단숨에 들이켰다. 술이 천천히 목구멍을 넘어가는 동안, 처음 조나스가 층계참에 서 있던 짧은 순간이 고개를 내밀었다. 조나스가 앞에 있고, 그는 지극히 밀집적인 운명을, 압축된 에너지의 씨앗을, 짐작건대 곧 갈라지고 벌어져서 끝까지 소진될 씨앗을 품고 있는 것 같다.

한 달 후, 브뤼셀의 하늘이 오트밀색을 띠고 대리석의 시간이 시작될 때, 폴라는 제자리걸음 중이다. 대리석의 경이로운 이름들은 단단해져서, 엄격한 표현 규칙과 관례의 체계를, 한 언어를 이룰 만큼 정밀한 구문과 어휘를 요구한다. 검은색 터틀넥의 여인은 더욱 완강해지고, 폴체베라의 녹색 대리석, 산시로의 미스키오, 몬테가초의 백대리석[12] 같은 이름들을 철자까지 완벽히 익히지 못하면 아무것도 할 수 없다고 단언하고, 화판의 빈자리와 채워진 자리를 구성하는 일에 말할 수 없이 까다롭고 색깔에 대해서도 극도로 엄격하다. 대리석

12 폴체베라는 제노바 부근 폴체베라 계곡에서 나는 진한 녹색에 흰색 줄무늬가 있는 대리석이고, 산시로의 미스키오는 스위스 티치노주의 아르조에서 나는 녹색, 노란색, 붉은색, 회색 결 무늬와 얼룩이 있는 대리석(미스키오는 여러 색과 모양의 무늬가 섞인 대리석을 지칭한다), 몬테가초의 백대리석은 제노바 근처의 가초산에서 나는 대리석이다.

그리는 일은 그 돌의 지리적 여건을 파악하는 데서 시
작합니다. 첫 수업에서 간략히 선언한 뒤, 그녀는 지형
학 개설서(일명 데뤼오)[13]와 간추린 고대 대리석 일람
과 생말로의 어느 선주가 쓴 회고록과 변성상 개념을
다룬 논문들이 포함된 자료 목록을 주면서 꼭 읽어 보
라고 지시한다. 폴라는 진창 속에서 허우적댄다.

11월이다. 춥다. 폴라는 살갗이 까칠해지고 콧물이
흐르고 입언저리가 갈라지고 잠에서 덜 깬 듯 얼굴이
부스스하다. 너무 피곤해서 옷도 못 벗고 잠드는 일이
점점 잦아진다. 침대에 걸터앉아 운동화를 끈도 풀지
않고 한 발로 다른 쪽 뒤꿈치를 눌러 밀어서 벗고, 스웨
터를 입은 그대로 손을 등 뒤로 밀어 넣어 후크를 풀어
어깨끈을 내리고는 배 위로 당겨 끌어낸 브래지어를 방
구석에 던져 버린다. 그러고 나면 몸이 옆으로 기울고,
이불 밑으로 들어가 곧바로 잠이 든다. 저녁마다 샤워
를 하고 일본산 점토 비누와 비타민이 첨가된 거품 비
누로 씻던 아가씨, 아무리 피곤해도 매일 취침 전의 의
식처럼 회양목 솔빗으로 머리를 빗고 박하 향 치약으로
양치질을 하던 경쾌한 아가씨는 어디로 갔을까. 폴라의
방은 학교 아틀리에의 연장이다. 똑같이 북향이고 난방

<hr />

13 1969년에 출간된 프랑스의 지리학자 막스 데뤼오의 저서 『지표의
기복: 지형학의 개념들』.

이 잘 안 된다. 침대 시트에서 기름 냄새가 나고 잠옷에는 물감이 묻어 있고 창문 테두리 선반에는 더러워진 붓 세척용 통들이 널려 있고 마룻바닥에는 바다녹색의 폴체베라를 그리다 망친 화판들이 뒹군다[폴라는 폴체베라가 단순한 무늬에 단색 계열이라 그리기 쉬운 대리석이라고 생각했다. 밤바다, 현무암의 짙은 바다, 에메랄드블랙 바탕 위에 조금 더 밝은 녹색(사문암) 혹은 흰색(활석) 실무늬 때문에 마치 탈지면을 찢어 놓은 듯 섬유질 같은 폭신한 표면. 사실 폴체베라는 숙련된 사람들이나 시도해 볼 만한 어려운 대리석이라는 사실을 폴라는 알지 못했다]. 돌에 깊이를 부여해야 하고, 그러자면 안으로 들어가고 깊숙이 내려가야 하는데, 폴라는 해내지 못하고 허우적댄다. 기진맥진 느려지고 무거워지고 아프다. 밥은 먹고 지내는 거야? 저녁 식사 시간에 딸의 전화를 받은 아버지가 묻는다. 물론 먹는다. 하지만 아주 조금 먹는다. 그녀는 날씬할 때 몸이 더 강하고 단단하다고, 혈액 속에 당분이 흐르지 않을 때 눈이 더 맑다고 믿는다. 그다지 영리한 생각은 아니다. 그날 저녁 폴라는 건조한 목소리로 선언한다. 그만둘래. 벗어나고 싶어. 마음 같아서는 당장, 늦어도 내일 오전에는 아버지가 데리러 와서, 처음 짐을 풀 때 그랬듯이 순식간에 다시 싸서 떠나고 싶다. 그러면 얍! È finita la commedia(연극이 끝났습니다). 아버지는 입 안의 음식을 천천히 씹는다. 보나 마나 눈썹에 힘을 주어 시옷 자를 그리고 어깨를 들썩이면서 전화기를 손바닥으로 가린 채 어머니를 쳐다보며 묻고 있을 것이다. 뭐라고 하지? 부모의 의논. 어머니가 전화기를 넘겨받았고, 온화하고 분명한 목소리로 하는 말에 〈짝〉, 〈공동 세입자〉 같은 단어들이 나온다. 폴라는 신발 코로 바닥의 물감 자국을 문지르고 눈길을 자기 발끝에 고정한 채 시큰둥하게 듣는다. 어머니는 자신의 말인 동시에 남편의 말을, 오래전부터 함께해 온 일심동체, 그 앞에서 어른이 되는 일이 딸에게는 결코 쉽지 않았던 그 신비한 세포의 이름으로 말한다. 폴라는 퉁명스럽게 대답한다. 조나스는 아틀리에의 스타란 말이야. 걘 혼자서도 잘해내. 조나스는 나는 듯 가볍고 주변 일에 무관심하고 사교성이라고는 찾아볼 수 없다. 늘 밖에서 먹고 집에서는 잠만 자기 때문에 학교에서가 아니면 얼굴도 보기 힘들다. 조나스는 그 학교에서 아주 오랜만에 보는 뛰어난 재능을 지닌 학생이었다. 그러니 살기 쉽고, 늘 자리를 비운다. 폴라는 고립되고, 독처럼 몸에 퍼지는 피로가 그녀를 바깥세상에서 잘라 낸다.

아직 11월이고, 비가 내린다. 폴라는 세르퐁텐[14]과
씨름 중이다. 그러려면 꽤 기술이 필요해서 그녀에게는
조금 어려운 대리석이다(기름 작업을 두 번 한 뒤에 이
음 선 윤내기 작업도 해야 한다. 폴라는 도대체 무슨 생
각으로 세르퐁텐을 골랐을까). 조나스가 부엌에 들어
온다. 잘돼? 폴라가 깜짝 놀라 돌아본다(얼굴이 죽상이
다). 나 이제 여기서 하기로 했어. 내 방이 너무 추워서.
폴라가 말한다. 조나스는 레인코트를 벗고 야구 모자는
그대로 쓰고 있다. 웬일로 오늘은 바로 나가지 않고 장
에서 머그잔을 꺼내 들고 차를 따른 뒤 폴라의 작업을
지켜본다. 처음이다. 조나스의 눈길이 천천히 화판을
훑고, 폴라는 붓을 들어 올린 상태로 움직이지 못한다.

14 벨기에와 프랑스 북부에서 나는 적색 계열 대리석으로, 주산지이던
벨기에 아르덴 지역의 도시 세르퐁텐에서 이름을 땄다.

비가 더 거세게 들이치고, 낱알처럼 빠른 빗방울이 유
리창을 때린다(둥둥거리는 북소리). 무슨 대리석인데?
조나스가 묻는다. 폴라가 여전히 눈길은 화판을 향한
채로 한 걸음 물러선다. 세르퐁텐. 그녀가 자신 있게 대
리석 이름을 말하고, 조나스가 다시 묻는다. 세르퐁텐?
어디 대리석인데? 질문에 놀란 폴라가 어깨를 으쓱하
며 돌아본다. 어디서 나느냐고? 그건 잘 몰라. 다시, 목
소리가 꺼지고 말이 닫힌다. 돌풍에 실린 작고 단단한
빗방울들이 거세게 창문을 때리고 창유리가 흔들리며
요란한 소리를 낸다. 흡사 비가 쏟아지는 함석지붕 아
래 있는 것 같다. 계속 화판을 바라보던 조나스가 배낭
에서 노트북을 꺼내 들고 아주 조용히 말한다. 이쪽에
와봐, 찾아보자. 폴라는 내키지 않고, 느릿느릿 붓을 개
수대에 가져다 놓은 뒤 다가가 앉지만 곧 걱정스레 손
목시계를 확인한다. 한 시간 후면 어두워지는데, 그러
면 불을 안 켜놓고 그릴 수 없을 텐데, 보나 마나 그림자
가 생겨서 정확한 색을 얻기 힘들 텐데. 전부 복잡해지
고, 내일 아침까지 다 끝내지 못할지도 모르는데. 조나
스는 큰 소리로 읽기 시작한다. 〈3억 7천만 년 전 데본
기 후기에.〉 3억 7천만 년이야, 폴라, 3-억-7-천-만,
그가 숫자를 한 음절씩 힘주어 발음한다. 〈유럽은 열대
성 기후였고, 서쪽 모뵈주트렐롱부터 동쪽 쇼퐁텐까지
길게 산호초가 형성되었다. 특히 산호초가 가장 발달하

73

고 집중된 지역은 필리프빌이었다.〉 필리프빌이면 별로 안 멀어. 보러 갈 수도 있겠네. 〈이 지역의 산호초 석회암은 가운데는 회색이고 바닥과 윗부분은 붉은색이다. 화석이 가장 많이 들어 있는 석회암은 탄화물 때문에 회청색을 띤다. 붉은색은 철 산화 박테리아 때문이다. 이곳의 대리석은 흔히 말하는 말린 장미 색, 플랑드르레드 혹은 프로마주드코숑[15] 색이다.〉 프로마주드코숑, 폴라, 너도 먹어 봤지? 〈평범한, 전혀 화려하지 않은 대리석이다.〉 끝. 조나스의 얼굴이 노트북 화면에서 멀어지고, 폴라는 눈을 뜬다. 데본기 후기, 몇억 년, 변성암, 산호초, 벨기에 아르덴 지역을 덮고 있던 정글, 석회암, 화석, 각력암, 단층, 그리고 지각을 변형시키는 압력. 폴라가 한 번도 생각해 본 적이 없는, 이름도 모르고 어떻게 생겼는지 알지도 못하던 것들이다. 지금껏 우리의 삶이 딛고 있는 땅과 그 땅을 이루는 것들은 모두 시간과 돌발적인 일들과 힘들이 무질서하게 뒤섞인 혼돈일 뿐이라고 생각했던 폴라는 머리를 한 대 얻어맞은 기분이다.

빗방울이 약해지고, 밖에는 전부 진정되고 물기가 빠진다. 해가 들자 부엌은 캘리포니아자몽색에 가까운 빛에 잠긴다. 퐁당 퐁당 퐁당. 조나스가 차 속에 각설탕

15 소고기나 돼지고기를 삶아 다지고 그 안에 돼지머리 고기를 크게 잘라 넣어 익힌 음식으로, 식혀서 전체 요리로 먹는다.

세 개를 떨어뜨리고 스푼으로 젓는다. 아마도 시간을 끌고 싶은가 보다. 폴라는 다시 그림을 시작하려고 일어서서 팔레트와 붓을 잡고, 조나스를 돌아보며 묻는다. 넌 어떤 대리석 골랐는데? 천천히 차를 삼키는 조나스의 목울대가 목구멍을 따라 미끄러진다. 스키로스.[16] 네 음절이 삐걱대는 소리가 방 안에 퍼져 나간다. 조나스가 설명한다. 프로마주드코숑과는 딴판이지. 바람에 맞서 우뚝 선 그리스의 신전, 스포라데스 제도의 섬에서 홀로 지내는 기품 있는 영국 노인, 마을을 기어 올라가는 시력 나쁜 당나귀, 어때, 감이 와? 폴라가 고개를 끄덕이고, 다시 자기 화판을 쳐다보며 나지막하게 말한다. 흰색 집들 사이로 난 계단, 늙은 남자의 파나마모자, 당나귀의 긴 속눈썹, 그리고 사방에 펼쳐진 바다, 다 보여. 조나스가 곁눈으로 폴라를 관찰한다(역시나 처음 있는 일이다. 지난 몇 주 동안 무슨 일이 있었을까? 이제 때가 왔나 보다). 잠시 후 폴라가 잉글리시레드 물감을 팔레트에 짜면서 중얼거린다. 난 프로마주드코숑이 좋아. 다시 침묵이 형성되고, 조나스가 일어서서 노트북을 닫는다. 이제 가겠다는 뜻이다. 뒤로 밀려나는 의자 다리가 바닥을 긁는다. 그 순간 폴라가 고개를 돌려 지금까지 아무한테도 보여 준 적 없는, 단순한,

16 그리스 에게해 동북부 스포라데스 제도의 섬 스키로스에서 나는 대리석으로, 연노랑색과 흐린 검정색 결 무늬가 있다.

신뢰가 담긴 미소를 지어 보인다. 놀란 조나스가 멈춰 선다(지금 그의 눈앞에는 다른 사람이 있다. 더 이상 겁에 질리고 잔뜩 긴장해서 돌처럼 굳은 얼굴이 아니라 홍분이 번지는 낯선 얼굴이다). 두 사람의 시선이 테이블 위에서 마주친 뒤 한동안 그대로 있고, 그러다가 문틀에 기대서 있던 조나스가 말한다. 밖에 한번 나갔다 오자, 폴라. 바람 좀 쐬자고. 조나스가 창밖으로 낮게 내려앉은 하늘을 살피고(산호를 사이사이에 끼워 넣은 타이어), 그들은 함께 밖으로 나간다. 처음으로 조나스와 시간을 보낸, 처음으로 조나스가 그녀의 이름을 부른, 앞으로 그들이 프로마주드코숑의 날이라고 부르게 될 그날을 나중에 다시 떠올리면서 폴라는 바로 그날 자신이 무언가를 그리려면 그리지 말아야 한다는, 우선 나가서 맥주 한잔을 마시고 시작해야 한다는 깨달음을 얻었음을 기억할 것이다.

이튿날 피로가 되돌아오고, 피로가 오히려 하루하루를 지탱하는 버팀목이 되면서 폴라는 강해진다. 대리석 과정을 끝마친 뒤 그녀는 등과 머리와 어깨를 세울 수 있고, 전보다 단련된 무언가를 풍긴다. 그것은 실패를 감내하는 능력, 추락을 받아들일 수 있는 힘, 다시 시작하려는 욕망이다. 그녀는 코를 치켜올리고 이를 악물었던 힘을 뺀다. 전보다 좋아졌다. 드디어 속도가 조금 붙은 느낌, 이마가 세찬 바깥 공기를 더 잘 받아 내는 느낌, 몸에 근육이 붙고 배와 등이 단단해지고 어깨와 팔이 편하게 움직이고 손목 동작이 더 확실하면서 가벼워진, 한마디로 더 아름다워진 느낌이다. 이제껏 몸에 남은 상흔들에서 그녀는 말로 설명하기 힘든 행복감, 관능적 쾌감을 느낀다.

아틀리에에 들어설 때도 두려움은 줄고 담대함은 늘

었다. 물론 입구에서 자기 자리까지 걸어가는 동안, 어차피 아무도 속지 않을 테지만(귓불이 불붙은 것처럼 시뻘겋게 달아올라 있다) 태연한 척하면서 화판들 사이를 지나갈 때의 마음속 동요는 아직까지 잘 제어되지 않는다. 하지만 이제 그것은 끓어오름과 수군거림과 부대낌의 구역으로 들어섰음을 알리는 신호이기도 하다. 언제나 순수한 자극에서 비롯한 동요, 전기 충격이다.

다른 학생들도 눈에 들어오기 시작한다. 폴라에게는 이제 그들이 존재하고, 폴라 역시 그들 사이에 자리를 잡는다. 전부 스무 명 남짓, 많지 않다. 모두 폴라처럼 눈이 반짝이고 손톱이 까맣고 몸에서 화이트 스피릿 냄새가 난다. 가운을 벗고 학교 밖에서 마주쳐도 그 냄새 때문에 서로를 알아볼 수 있다. 다른 학생들도 폴라처럼 학교 근처에 아파트를 구해서 둘이 혹은 넓은 곳은 셋이 같이 살고 있고, 역시 미친 듯이 달려들어 배우고 있다. 아주 가끔 새벽까지 술을 마시는 파티는 자정 즈음이면 10제곱미터의 부엌에 서른 명이 들어가는 최적의 비율에 이른다(서로 달라붙지는 않으면서 살짝 자극적인 몸의 충돌에 적합하다고 여겨지는 밀도다). 이제 폴라는 수업이 끝난 뒤 자주 아틀리에에 남아서 계속 그린다. 그럴 때면 머리를 풀고 두 팔을 늘어뜨린 채로 천천히 아틀리에 안을 돌아다녀 보고, 용기를 내서 다른 학생들의 화판 앞에 멈춰 서서 살펴보고 심지어 마음속으로 나름의 평가를 내려 보기도 한다. 처음에는 그러다가 등 뒤에서 인기척이 느껴지면 화들짝 놀라 소리를 질렀지만, 날카롭고 사나운 그 비명 소리가 사라지고, 그녀의 눈길은 마침내 동시에 쳐다보는, 그 자리에서 서로 마주치는, 실타래처럼 뒤얽힌 시선들 속에 섞여 든다.

그즈음 폴라는 집에 혹은 브뤼셀 얘기를 주고받는 몇 안 되는 친구들에게 말해 주려고 다른 학생들을 몇 번 관찰했다. 늘 제일 안쪽에서 시작해서 시계 방향으로 돌아간다. 그녀는 1980년대 연속극이 시작할 때 타이틀 뮤직과 함께 배우들이 한 명씩 등장해서 카메라를 정면으로 바라보던 것처럼, 차례로 고개를 돌려 그녀의 눈을 바라보면서 고개를 가볍게 끄덕이는 얼굴들을 머릿속으로 그려 본다. 첫 순서는 조나스다. 그의 경우는 특별 대우, 예외가 적용되어 금방 끝난다. 한번 보기만 하면 그가 다른 학생들과 뭐가 다른지 알 수 있기라도 한 것처럼(섬세함과 비열한 이기주의의 혼합?) 허공에 대고 박수를 치면서 빠르게 내뱉는다. 조나스는 조나스지! 다음은 콜로라도의 볼더에서 온 연극 무대 장치가. 버스터 키턴[17]과 놀랍도록 닮은 그는 심지어 검은색 넥

17 미국의 영화배우로, 무성 영화 시대 코미디 영화의 황금기를 이끌었다.

타이와 깃 끝이 접힌 셔츠도 똑같이 입고 다닌다. 이어
더 뒤쪽, 피렌체 미술 아카데미에서 온 바로크 소성당
복원사. 하얀 피부에 정맥이 드러나고 눈이 푸르스름한
그녀는 아르테미시아[18]처럼 머리에 터번을 두르고 거
의 벗다시피 한 채로 천연 아마 가운만 걸치고 그린다.
그 옆으로, 상체는 좁고 길쭉하면서 다리가 짧고 굵은,
얼굴은 아프간하운드를 닮은, 늘 섹스 피스톨스 티셔츠
를 입고 껌을 씹는 젊은 남자는 런던의 은행에서 일하
다가 안식년을 이곳에서 보내는 중이다. 이어 폴라의
오른쪽, 민머리에 격투기 선수의 몸, 그리고 점액성 성
대와 방망이같이 크고 억센 손을 가진, 학생들 중에 유
일한 예술가인 남자는 함부르크에서 왔다(그곳에서 고
철, 아연, 물결 함석판, 그러니까 자본주의가 야기하는
훼손과 세계화가 초래하는 우울을 상징하는 녹슨 찌꺼
기들로 작품을 만들었다. 재료를 구하기 위해서 부두와
강가를 돌아다니고 작업선을 타고 강 유역들을 훑고 갑
문을 지나 더 멀리 강어귀까지, 먼바다까지 나아갔다.
비가 오나 바람이 부나 그 일을 매일 했다). 계속해 보
자. 폴라의 왼편, 그리스 목동처럼 머리가 곱슬곱슬한
플랑드르 청년은 헨트 근교 곡물 수송업자의 아들이고,
생질 지구의 카페들 안쪽에 있는 작은 홀에서 당구 게
임을 해서 번 돈으로 학비를 충당하고 플레이어스 담배

18 이탈리아 바로크 시대의 화가 아르테미시아 젠틸레스키를 말한다.

도 피운다. 그다음, 스페인에서 온 알바와 이네스는 사촌 자매이고, 『고타 연감』[19]에 실린 일가친척이 수두룩한, 세례식 혹은 결혼식 같은 행사가 『푸앵 드 뷔』[20] 표지에 실리는 집안이다. 그 둘 역시 어릴 때 포동포동한 볼에 흰 장갑을 끼고 같은 부류에 속하는 여인의 황금빛 옷자락을 붙잡고 있는 사진이 찍혔을 확률이 높다. 스페인 사촌 자매 차례가 되면 폴라는 한참을 지체한다. 두 여자는 이 학교가 얼마나 이질적인 학생들을 선발하는지 분명하게 보여 주는 실례(實例)이기도 하다. 아틀리에는 한쪽에 가난한 학생들, 반대쪽에 수녀들이 운영하는 사립 학교 출신의 귀족 아가씨들로 양극화되어 있다. 일찌감치 학교를 도망쳐 나온 두 귀족 아가씨는 늘 함께이고, 공부는 별로 안 했어도 외국어 실력은 수준급이다. 이 학교에 온 이유는 나중에 유럽 전역에 흩어져 있는 가문의 성(城)들, 내장재가 썩고 대리석이 떨어져 나가고 벽감(壁龕) 안쪽 기둥머리의 꽃 장식이 바랜 고성들을 손보기 위해서라고 했다. 두 여자는 자기들한테는 캡티브 마켓[21]이 있어서 뭐든 끼리끼리 한다고, 집안에서 정한 결혼을 피해 독신으로 살려고 도

19 유럽 왕족과 귀족의 인명록으로, 18세기 독일 고타에서 발간되기 시작했고 현재는 런던에서 영어로 발간되고 있다.
20 1945년부터 파리에서 발간된 주간 잡지로 각계 명사들이나 스타들을 다룬다.
21 선택할 수 있는 공급자의 수가 제한되어 있는 시장.

망 나왔다고 똑같이 쉰 목소리로 웃으면서 말했다. 당연히 둘 다 파티를 좋아한다. 기둥처럼 굵은 다리, 너그러운 마음, 상스러운 사람들이 쓸 법한 말투, 알록달록한 칵테일을 만들 줄 알고 마리화나도 기가 막히게 말줄 안다. 마지막으로, 그 둘한테서 1미터도 안 떨어진 자리에, 이어폰을 깊숙이 꽂고 메탈 음악을 들으면서 꽃잎 위에 앉은 박새를 그리는 케이트 멀론. 반항적이고 성질이 사나워서 당장이라도 버럭 할 것 같은 여자. 제대로 걸물이다.

아틀리에에서 1주일에 마흔네 시간을 함께 보내는 학생들, 만일 그들이 어떤 인간인지 지인들에게 물어본다면 하나같이 모든 형태의 공동체 생활을 경멸하고 나중에 예술가가 되어 뽐낼 날을 준비하기 위해 그다지 자랑스럽지 않은 장인(匠人)의 일을 받아들였을 뿐이라는, 나르시시즘과 과대망상이 흥미로운 비율로 섞여 있는 자기중심적 인간이라는 평가가 돌아올 이들이 이상하게도 크리스마스 즈음이면 한 집단을 이룬다. 10월에 처음 싹튼 배아가 규칙이 되고 관례를 형성하면서, 예를 들어 청소하기, 떨어진 공용품 새로 마련하기(주문, 수령, 분배), 회식을 대비해서 회비 모으기, 서로 도와주기(누군가 자기 일을 못 끝내고 헤매고 있으면 여럿이 함께 마무리해 준다) 등에 관련된 관습법 조항이 쌓인다. 그렇게 메탈로 학생들만의 작은 사회, 세상사와 이어져 있기는 하지만 좁은 거리 몇 곳에 한정된 울타리 안의 사회가 세워진다. 다들 학교 밖에서 인간관계를 맺을 시간 여유가 없음을, 밖에서 헤매고 다니느라 시간을 빼앗기기보다는 안에서 찾는 게 유리함을 깨달은 것이다. 결국 학교 안에서 은밀한 끈이 엮인다. 사랑의 끈, 우정의 끈, 성적인 끈, 그리고 적개심의 끈. 한 주 한 주 지날수록 끈들이 점점 더 조밀하고 활기차지면서, 마침내 학교는 하나의 유기체가 되고 생태계로 작동한다. 검은색 터틀넥의 여인이 늘 조금은 초조한 마음으로 기다리는 순간이다. 그 순간이면 그녀는 모종의 힘을 마주하게 되고, 그 힘과의 만남을 즐긴다.

하지만 검은색 터틀넥의 여인이 짓궂게 바라보며 예상하는 그대로, 시계추는 곧 반대쪽으로 옮겨 간다. 학생들은 자신만의 특성이 없다는 사실에 불안해하고, 까치발로 서서 무리 위로 머리를 내밀려 애쓰고, 각자의 방식과 고유의 개성을 주장하려 한다. 목재와 대리석 과정에서 충격 요법을 치르고 난 학생들에게 이번에는 남과 다르고자 하는 갈증이 수면 위로 올라와서 괴롭힌다. 흡사 반죽 속에 다 풀어지지 않은 알갱이처럼 남아 있는 갈증 탓에 학생들은 학교에서 강요하는 과제와 훈련이 자신들의 동작을 구속하고 개성을 짓누르고 욕망을 고갈시키는 비좁고 경직된 굴레라는 생각을 점점 더

공개적으로 드러낸다(화가 난 학생들이 그렇게 말한
다). 검은색 터틀넥의 여인은 아무것도 듣지 못한 척하
면서 속내를 알 수 없는 미소를 띤 얼굴로 두 손을 문지
르며 학생들 사이를 돌아다닌다. 그녀는 학생들을 잘
안다. 매해 똑같다. 그렇다, 그녀는 훤히 알고 있다. 르
네상스 장인들의 공방 분위기에 담긴 창조적인 유동성
과 집단적 발효의 이미지(장소와 기술의 공유, 영향과
지식의 순환, 봉사와 지휘의 의미, 장인 정신의 가치,
경험에 따른 서열 존중, 집단을 위한 자기 포기, 삶과
일의 연속성)가 처음에는 그 속에 비친 자기 모습을 좋
아하는 학생들의 자아를 치켜세우지만, 그 이미지는 곧
학생들이 자기 이름으로 존재하기 위해 벗어나야 하는
거품으로 간주된다. 빙고! 바로 그때, 검은색 터틀넥의
여인이 나선다. 학생들을 가로막고 그들의 신경을 건드
린다. 차분한 목소리로 애매한 선동 같은 규칙들을 늘
어놓으면서, 예를 들면 물감 통이나 팔레트에 색을 배
합할 때 양이 1밀리리터만 틀려도 안 된다고 강조하며
그들이 해야 하는 일을 되풀이해서 가르친다. 이렇게
해야 해요. 반드시 이렇게 해야 하고, 다른 방법은 안
됩니다. 그녀는 기꺼이 자기 자신을 희화화해서 편협한
예술원 회원의 앞잡이, 도형수를 감시하는 간수, 비법
을 지켜 내는 수호자가 된다. 화판 위에 아주 미미하게
라도 해석의 욕망이 드러나면 법령과 규범을 내세우며

84

학생을 깎아내려 철저한 트롱프뢰유, 완전한 착시에 묶어 둔다. 그녀는 개인적인 붓 터치가 드러나지 않는지, 붓의 흔적에 감정이 담기지 않았는지, 색이 짙어질 때 너무 어두운 기질이 개입되지 않았는지, 윤을 낼 때 지나친 행복의 광채가 담기지 않았는지 확인한다. 그림 속에서 학생들의 존재가 지워지도록, 이미지만 남고 그리는 행위 자체가 지워지도록 한다. 물론 그녀는 학생들을 괴롭히면서 기법과 기법의 아름다움을 위해서라고 정당화하지만, 어느 정도 가학적인 것도 사실이다. 하지만 매주 토요일 오전, 검은색 터틀넥의 여인은 아틀리에의 벽을 따라 늘어놓은 화판들 앞에, 똑같은 목재 조각과 똑같은 대리석 판을 같은 방식으로 그린 똑같은 크기의 트롱프뢰유 스무 장 앞에 말없이 다가서고 (마술사가 관객을 기다리게 만들면서 긴장을 최고조로 끌어올리듯이 학생들의 주의력을 모으기 위해서 일부러 시간을 끄는 것 같다), 이어 천천히, 단 한 차례의 오류도 없이, 각각의 그림이 누구 것인지 알아맞히면서 뒷장의 이름을 모두 볼 수 있도록 들어 올린다. 버스터 키턴의 것에는 물이 너무 많이 들어갔고, 그리스 목동의 것에는 백자 흰색이 너무 많이 쓰였고, 폴라의 것은 늘 그렇듯 무늬가 화폭의 중심에서 벗어나 있다. 그림들을 일부러 뒤섞어 놓아도 검은색 터틀넥의 여인은 학생 하나하나의 특징을 그대로 잡아냈을 것이다.

세르퐁텐 이후 고개를 들 수 있게 된 폴라는 비로소 주위에서 작업 중인 물감 묻은 가운들 안에 사람이 있음을, 붓을 쥔 손들이 몸과 얼굴에 이어져 있음을, 그 손들에는 각자의 기질과 이야기가 있음을 깨닫는다. 12월 초만 해도 모든 인간관계를 포기했다고, 남자와 자는 것도 끝났다고 단언하더니(그럴 틈이 있는 줄 알아? 그녀는 눈을 찌푸리고 초원을 바라보며 성냥을 구두 밑창에 그어 불을 붙이는 고독한 카우걸처럼 부르짖었다), 마치 여름밤에 어깨에 걸치고 있던 숄이 흘러내리도록 내버려 두듯이, 폴라는 두 번째 결심을 슬그머니 놓아 버린다.

그녀는 케이트와 가까워진다. 어느 날 수업이 끝난 뒤 케이트가 아틀리에를 나서는 폴라에게 돌진하듯 다가와서 단도직입적으로 물었다. 네가 조나스 로트젠스하고 같이 사는 애야? 아틀리에에는 자신의 행동반경을 적극적으로 넓혀 나가는, 미소 대신 큰 소리로 웃고 떠드는, 쉼 없이 독설을 내뱉는, 종이 팔레트를 수령할 당번이 되었다고 큰 소리로 투덜대는, 점심에 늘 혼자 식당에 가서 제대로 챙겨 먹는, 자기는 아버지 잘 둔 덕에 편히 사는 애들과 다르다는 사실을 어떻게 해서든 드러내려 애쓰는, 혼자 힘으로 수업료를 낸다고 일부러 말하고 다니는 부류의 젊은 여자들이 있는데, 케이트도 그중 하나였다. 글래스고의 나이트클럽 노틸러스에서 고객 얼굴을 식별하는 일을 하다 온 케이트는 길 한복판에서 소매를 걷어 올리고 팔에 있는 문신을, 팔 근육에 힘을 줄 때마다 꼬리지느러미를 움직이는 물고기들을 폴라에게 보여 주었다.

크리스마스 방학 전날 버스터 키턴의 집에서 파티가 열렸다. 모두가 행복에 취했고, 어쩌다 보니 폴라는 손님들의 외투를 모아 둔 방 안에서 스페인 아가씨들과 정확히 어느 정도 가까운 관계인지는 모르지만 아무튼 친척 사이라는 한 남자와 진한 키스를 했다. 그리고 한 시간 뒤, 그 방에서 1백 미터 떨어진, 자기 방과 똑같은 어느 방에서 옷을 벗었다. 테니스 선수권 대회 때문에 브뤼셀에 잠시 머문다는 남자는 다리가 길쭉하고 타이밍을 잘 맞추고 등에 점이 많았다(잠이 든 틈을 이용해서 펜과 직각자로 그 등에 은하수의 성좌들을 그려 넣고 싶을 정도였다). 폴라와 남자는 번갈아 위로 올라가면서 이튿날 아침까지 뒤엉켜 있었다. 그러다 남자는 매트리스 위에 엎드린 채 잠들었고, 옷을 입은 폴라가 다가와서 헝클어진 머리카락을 흔들어 얼굴을 간지럽히자 눈을 떠서 빙긋 웃더니 옆으로 돌아누웠다. 나중에 이 일을 떠올릴 때 폴라는 평소에 섹스에 그다지 감흥을 느끼지 못하던 자신이 그날 밤엔 왜 그랬을까 의아해할 것이다.

눈으로 하얀 하늘, 곧 정오다. 무스탕 코트를 입고 미드나이트블루색 닥터 마틴 끈 구두를 신은 폴라가 파름로 아파트 건물로 들어선다. 눈까풀에 비둘기색 아이섀도를, 입술에는 레볼루션 립스틱을 발랐다. 계단을 오르는 동안 심장이 쿵쾅댄다. 오늘 폴라는 장 발장도 눈부셔 할 만큼 아름답다. 인파 가득한 파리 북역에 들어서는 순간 방학을 맞아 파리에 가 있는 동안 기억에서 흐려졌던 브뤼셀 생활의 장면들이 힘차게 되살아났다. 그리고 그 장면들과 함께, 미지근한 온기가 돌던 부엌과 물감 냄새, 층층이 쌓인 소리들이 떠오르며 조바심이 났다. 주전자 물이 끓는 소리, 냉장고 돌아가는 소리, 붓과 캔버스와 걸레가 스치는 소리, 창문 틈새로 바람이 들어오는 소리, 변기에 물 새는 소리, 마룻바닥이 삐걱대는 소리, 그리고 목소리, 발소리, 숨소리를 빨리 되찾고 싶었다, 그리고 또, 조나스를 빨리 보고 싶었다.

아파트는 더럽다. 부엌 바닥에는 온갖 부스러기가 떨어져 걸음을 옮길 때마다 무언가 밟히는 소리가 나고 테이블은 기름때에 절어 있고 개수대에는 설거짓감이 쌓여 있고 냄비 바닥에는 남은 스파게티가 눌어붙어 있다. 욕실 여기저기에는 물감이 굳어 있고 복도 한가운데에는 뭉쳐 놓은 더러운 시트가 뒹굴고 있고 식은 커피 잔 안에 담배꽁초가 들어 있고 쓰레기통이 가득 차있다. 그래도 폴라는 조나스가 담배를 입에 물고 알 수 없는 이상한 가운 차림에 야구 모자를 쓰고 방에서 나오자 환한 표정으로 돌아본다. 조나스는 부엌 의자에 걸어 놓은 비닐봉지에서 귤 하나를 꺼낸 뒤 문틀에 어깨를 기댄 채로 서서 고개를 끄덕인다. 반가워, 폴레트. 헬로, 조나스. 그녀는 자기 방으로 향한다. 잠시 심호흡을 하고 문을 열어젖힌다. 나 왔어, 내가 돌아왔다고. 침대 위에 고무줄로 말아 놓은 도화지 한 장, 그리고 중국 식당에서 계산서와 함께 가져다주는, 소원이나 예언 혹은 수수께끼가 들어 있고 은박지로 포장된 과자가 놓여 있다. 도화지를 펼쳐 본다. 그녀의 얼굴이다. 양쪽 홍채가 다른 눈, 그리고 사시, 조나스가 그린 그녀의 초상화다. 놀란 폴라가 도화지를 손에 든 채 외투도 안 벗고 침대에 걸터앉는다. 종이 중앙에 얼굴을 둘로 나누는 선이 있고, 각기 화살표와 함께 설명이 달려 있다.

오른쪽은 〈검은 눈, 흑요석, 탐색하는 얼굴〉, 왼쪽은 〈초록 눈, 브로콜리 머리, 표류하는 얼굴〉. 그리고 아래쪽에 다시 요약되어 있다. 〈두 명의 폴라〉. 그리고 얇은 입술, 매부리코, 갈색 앞머리 아래 둥근 눈썹, 시에나의 아가씨들처럼 옆으로 찢어진 눈, 광대뼈가 튀어나온 얼굴, 보조개가 들어간 턱. 폴라가 장갑을 벗고, 초상화가 그녀의 손가락 사이에서 흔들린다. 폴라가 다시 부엌으로 가고, 돌아선 조나스는 과하다 싶을 만큼 열심히 테이블을 닦고 있다. 그 테이블 위에 폴라가 크리스마스 진수성찬을 하나씩 호명하며 꺼내 놓는다. 초콜릿, 건과, 햄, 보타르가,[22] 호밀 빵. 그리고 단숨에 내뱉는다. 고마워, 조나스. 그들은 서로 바라보고, 이어 조나스가 빈 요거트 통에 담배꽁초를 비벼 끈다. 난 네 얼굴이 참 좋아, 폴레트.

이제 그들은 가까운 사이다. 〈프로마주드코숑〉의 일요일 이후 점점 가까워졌고, 그날 이후 그들은 창문 틈새가 럽슨 실리콘으로 막혀 있고 목욕 수건에서는 잘 마르지 않는 빨랫감 냄새가 나고 물에 녹은 물감이 세면대의 S 자 파이프를 휘감으며 점을 찍어 놓은 아파트보다 더 많은 것을 공유한다. 그들은 글라시[23] 칠하는

22 어란을 소금으로 건조시킨 지중해 지역의 요리.
23 투명한 광택 효과를 내기 위해 유약을 얇게 덧칠하는 기법.

법, 줄무늬 넣는 법, 붓 자국을 남기지 않는 법, 빠르게 윤곽을 그리는 법, 색조를 밝게 만드는 법, 족제비 털 붓으로 작은 물결무늬를 넣거나 붓 자루를 사용해서 글라시 칠 위에 구멍을 내는 법, 짧은 나뭇결무늬 그리는 법, 반점 만드는 법을 배웠고, 팔레트 칼, 무늬용 쌍붓, 소나무 자루 붓, 납작한 평붓 큰 것과 작은 것, 트레마르 붓, 래커 붓까지 붓들의 사용법을, 당구대 천과 직물을 구겨서 사용하는 법을 배웠고, 카셀어스, 콩테의 초크블랙색, 반다이크브라운, 연한 혹은 오렌지빛 카드뮴 옐로를 구분하는 법을 배웠다. 그들은 또한 포동포동한 아기 천사들이 등장하는 르네상스의 천장을, 섭정기[24] 풍 캐노피가 달린 코니스에서 늘어뜨린 으깬 나무딸기색 휘장을, 카라라 대리석으로 만든 기둥을, 모자이크 문양이 들어간 로마의 프리즈를, 화강암으로 만든 네페르티티 조각상을 함께 그렸다. 그 모든 수습 과정이 그들을 함께 변화시켰다. 언어를 바꾸어 놓았고 몸에 자국을 남겼고 상상력을 살찌웠고 기억을 휘저었다. 그러는 동안 서로의 스웨터를 빌려 입고 비누를 같이 쓰고 담배를 나눠 피우고 감자튀김도 한 통에 든 것을 같이 먹고 밤늦게 내려가서 사 온 맥도널드 햄버거나 케밥을

24 루이 14세의 사망 이후 다섯 살의 나이로 왕위에 오른 아들 루이 15세를 대신해서 선왕의 조카 오를레앙 공이 섭정을 맡았다. 그 시기에 귀족들의 섬세한 취향이 반영된 양식이 유행했다.

같이 먹고 치약도 같이 썼다. 그리고 케이트가 일본풍 장식(주름 잡힌 우산, 늘어뜨린 등불, 사과나무 꽃가지에 올라앉은 작은 원숭이)의 마무리를 도와 달라고 찾아온 1월의 어느 날, 새벽 3시경에 케이트가 폴라의 침대를 차지하고 옆으로 뻗어 버렸을 때, 폴라와 조나스는 한 침대에서 잤다. 그들은 피로에 절고 심술 가득하고 이기적인, 긴장되지만 흥분하고 쾌활한, 스스로 해낸 것에 뿌듯해하는 서로의 모습을, 취한, 병든, 입 냄새 나는, 머리가 떡 진 모습을 보았다. 보통은 감추게 되는 것도 서로에게 보여 주었고(내 귀 뒤에 뭐 있어, 볼래?) 잠옷 차림, 팬티와 브래지어 차림, 사각팬티 차림을 보았고, 아예 다 벗은 모습까지 보았다(침실 문이 열려 있거나 욕실에 있는 줄 모르고 문을 확 열어 버렸을 때, 맨엉덩이가 복도를 휙 지나갈 때). 주변에서는 둘이 정확히 어떤 사이인지, 같이 자는지 아닌지 혹은 가끔만 같이 자는지, 서로 사랑하는 사이인지 궁금해했다. 하지만 정작 당사자들도 대답하지 못했다. 그들은 괜히 멈칫대면서 모호하게 앞뒤 안 맞는 대답을 하느니 차라리 입을 다물어 버렸다. 한 가지 분명한 사실은, 그들은 다른 사람이 둘 사이에 끼어드는 것을 좋아하지 않았다. 폴라가 테니스 선수와 자고 들어온 다음 날 아침, 너 얼굴 아주 꼴좋더라, 조나스가 퉁명스럽게 내뱉었고, 그러고 난 뒤에도 폴라가 뻐기듯 얼굴을 내밀며 양치질을 하고 있거나 물을 틀고 있을 때마다 그녀의 그림에 힘이 없다고, 테니스 치는 놈들은 하나같이 멍청하다고, 빌려준 붓이 갑자기 필요하니 돌려 달라고 집요하게 괴롭혔다. 조나스, 결국 폴라가 손등으로 입을 닦고는 노래하듯 불렀고, 조나스, 티셔츠를 갈아입으며 한 번 더 불렀다. 마침내 폴라가 상큼한 얼굴로 나타나 생글거렸다. 조나스, 나 좀 봐. 하지만 조나스는 이미 문을 닫고 나가 버렸다. 조나스는 며칠 동안 집에 들어오지 않았고, 졸음을 참으며 기다리던 폴라는 곧 유치원에서 급식을 먹은 뒤 낮잠을 자는 어린아이처럼 부엌 테이블에 두 팔을 올리고 고개를 파묻은 채 잠들었다.

폴라와 조나스는 자신들의 출신, 과거, 가족 이야기는 단 한 번도 입에 올리지 않았다. 보통은 의무적으로 거쳐 가는 자기 이야기나 속내 이야기 단계를 뛰어넘고 다음 단계로 옮겨 가서 단숨에 관계의 핵심으로 들어갔다. 그렇게 해서 왼손잡이이고 오토바이를 고칠 줄 알고 커피에 설탕을 넣어 마시고 찬물에 수영을 하고 향수를 싫어하고 서부 영화를 좋아하고 백인 랩을 즐겨 듣는다는 사실을, 또 바느질을 할 줄 알고 하루에 스무 번 손을 씻고 창문을 열어 놓고 자고 인터넷 쇼핑을 하고 운전면허가 없고 달걀 알레르기가 있고 구두쇠이고 결혼식 피로연 끝에 테이블에 올라서서 「늑대의 죽음」[25]을 낭송하고 영화 보면서 울고 배[梨]처럼 생긴 젖가슴을 싫어하고 머리카락을 염색한다는, 서로에 대한 것들을 알게 되었다. 그들이 마치 그래야 마땅하다는 듯 자전적 요소들을 생략하기로 한 것은 진부함을 싫어했기 때문일 테고, 또한 자존심 때문이기도 했다. 그런 게 없는 관계가 결정론을 무너뜨리고 무효로 만드는, 출신을 벗어던지고 가벼워지는, 그 어떤 것도 길을 가로막지 못하게 하는, 자신의 주인이 되어 홀로 삶을 창조해 내는 방법이라고 믿었다. 아버지도 어머니도 없이, 짠! 비웃음당할 만한 환상이다. 아버지도 어머니도 없다니, 그게 말이 돼? 폴라와 조나스는 침묵과 부재와 기피의 삶을 함께했다. 상대의 전부를 보고 전부를 알고 전부를 문지르고 전부를 긁어 내는 대신, 전부를 요구하는 대신 그 안에 버티고 있는, 붙잡혀 있는, 공유할 수 없는 것과 화해하는 삶이었다. 그들의 그런 조심성을, 말 아래로 길을 내는 친밀함을 제대로 보지 못하면, 그들이 나란히 같은 일을 해나가는 동안 굳이 입으로 내뱉지 않고서도 서로 이해하는 것이 있음을 눈치채지 못하면, 곁에서만 보고 그들이 서로 말도 안 하는 사이라고 생각할 수도 있다. 폴라와 조나스는 매일 학교에서 돌아오면 그렇게 지냈다. 복도에 자리를 잡고, 잘 보이게 조명을 설치하고, 바닥에 신문지를 깔고, 라디오

25 19세기 프랑스 낭만주의 시인, 알프레드 드 비니의 시.

를 둘 다 좋아하는 음악이 나오는 채널에 맞추고, 손잡이 달린 냄비에 커피를 데운다. 그런 다음 붓을 들고, 밤 속으로 들어간다. 이후에 둘 사이에는 중얼거리는 말, 배 속에서 꾸르륵대는 소리, 괜찮아? 묻는 말, 대답을 대신하는 끄덕임, 가끔씩 던지는 눈길뿐이다. 조나스가 꿈꾸는 듯한 표정으로 묻는다. 두 눈이 같은 방향을 향하지 않으면 세상이 어떻게 보여? 폴라는 재미있다는 표정으로 비녀를 입에 물고 두 손을 뒤로 보내 머리채를 야무지게 틀어 올린다. 어느 쪽 눈을 봐야 할지 모르겠지? 조나스가 꽁초에 불을 붙여 입에 물고, 폴라가 이내 필터 부분을 엄지와 검지로 잡아 자기 입으로 가져온다. 대화의 내용은 이미 모두 부수적이고, 오로지 세상 속의 같은 장소에서 함께 살고 있다는 사실만이 중요하다.

한 침대에서 같이 잔 그날 밤, 폴라는 모자를 쓰지 않은 조나스에 놀랐고, 돌아누운 그의 등을 보며 늘 모자에 눌린 탓에 빠지기 시작한 게 분명한 가늘고 부드러운 머릿결에 고개를 파묻었고, 접힌 무릎 뒤쪽에 자기 무릎을 밀어 넣고 그의 허리에 손을 얹었다. 조나스도 자신의 몸이 폴라의 몸에 잘 닿도록 가져다 댔고, 그녀의 몸을 좀 더 가까이 느끼고 싶다는 듯 손을 잡아 자기 흉골에 가져다 댔다. 그들의 살갗은 부드럽고, 흙과 물의 냄새가 났다. 잠시 후 폴라가 몸을 빼서 반대편으로 돌아눕고, 그러자 조나스도 돌아누우며 몸을 앞으로 숙여 입술을 그녀의 목덜미에 놓았고, 폴라는 그의 손을 잡아 자기 어깨 위로 끌어 올려 몸을 감게, 몸을 감싸게 했다. 그렇게 둘은 밤새도록 달라붙어 있었다. 폴라는 목에 와 닿는 조나스의 규칙적인 숨결, 들이쉴 때 차갑고 내쉴 땐 뜨거운 공기를 느꼈다. 아침에 잠에서 깬 폴라는 조나스의 자리가 빈 것을 보고 당황했다. 곧 부엌에서 케이트와 조나스의 목소리, 달걀을 올린 프라이팬에서 기름이 지글대고 라디오에서 BBC 아나운서들의 말이 지글대는 소리가 들렸다.

그들은 세르퐁텐을 보러 보샤토 채석장이 있는 상제
유에도 함께 갔다. 일요일이던 그날 아침에 일찍 일어
나서 따뜻한 옷을 챙겨 입었고(조나스는 스하르베크[26]
의 군용품 매장에서 산 털 점퍼, 폴라는 무스탕 코트),
필리프빌로 가는 첫 기차에 올라 뜨거운 커피 잔을 허
벅지 사이에 끼워 놓고 낡고 갈라진 초콜릿색 모조 가
죽 의자에 마주 앉았다. 열차 안에는 브뤼셀의 나이트
클럽에서 밤새워 놀고 집으로 돌아가는 미니스커트와
가죽점퍼 차림의 여자애 셋밖에 없고, 처음에는 흥분이
덜 가신 듯 시끄럽게 떠들던 애송이 아가씨들은 얼마
안 가서 풀어진 얼굴 윤곽선, 감긴 눈, 손에 든 구두, 망
사 스타킹, 물결 모양으로 파인 네크라인, 화장이 엉겨

26 브뤼셀 북동쪽 근교 지역으로, 대브뤼셀(브뤼셀-수도)을 구성하는
19개 지역 중 하나다.

붉은 살갗에 붙은 파티용 반짝이 가루와 함께 서로에게
몸을 기대며 그대로 무너진다. 조나스는 모자의 챙을
차양처럼 내려 얼굴을 가린 채 졸고, 폴라는 흥분 때문
에 잠들지 못한다. 필리프빌에 내리니 역에는 아무도
없다. 그들은 역 구내를 지나고, 택시 승차장에 서 있는
단 한 대의 택시에 다가가 창문을 두드린다(마치 그들
을 위해 준비된, 그들을 기다리고 있는 택시 같다). 졸
고 있던 기사가 움찔하더니 놀라서 쳐다본다. 남자는
왼쪽 눈 주위에 검은 튤립을 으깬 듯한 보라색 반점이
있고, 코밑에는 보란 듯이 수염을 길렀고, 겨자색 합성
섬유 터틀넥과 그 위로는 양털로 속을 댄 점퍼를 입었
다. 그는 운전대를 몇 번 가볍게 두드리더니 운행을 받
아들인다. 좋아요, 타요. 그는 폴라와 조나스에게 일 다
마치고 역으로 돌아올 때는 지나가는 차 세워서 부탁하
라고, 자기는 기다려 줄 수 없다고, 일요일이니까 정오
까지만 일한다고, 점심 먹으러 집에 들어갈 거라고 못
박는다. 택시는 곧 겨울의 시골을 달리며 생기 없는 마
을들과 헐벗은 들판들을 지나고, 자전거 타는 혹은 사
냥하러 가는 사람들과 마주친다. 기사는 채석장을 잘
안다. 학교에서 현장 학습을 많이 오는 장소라고, 〈화
석 때문〉이라고 엄숙한 어조로 설명한다. 그는 두 대학
생이 오로지 채석장을 보기 위해서 브뤼셀에서 이곳까
지 왔다는 사실에 마치 그곳이 자기 소유라도 되는 양

뿌듯하다. 마을에서 남쪽으로 2킬로미터쯤 내려간 뒤에 차가 갓길에 멈춰 서고, 폴라와 조나스가 내리고, 차문이 마치 총소리 같은 소리를 내며 다시 닫힌다. 11시경이고, 물을 머금은 하늘이 잿빛으로 무겁다. 길가에 표지판이 보이고, 폴라와 조나스는 앞뒤로 서서 표지판이 가리키는 길로 들어선다. 작은 숲을 지나자 평평한 땅이 있고, 물 위에 우뚝 솟은 완전히 반질반질한 낭떠러지가 나타난다. 채석 단면이다. 높은 벽처럼 우뚝 버티고 선 모습이 주변 풍경과 안 어울리고 다른 세상인 듯 생뚱맞다. 마치 상자 속에 잘 담겨 있는 귀중품처럼 고사리 숲과 잡목림 가운데 들어앉은 수직 암벽은 두들겨 맞은 사람의 살갗 혹은 불에 지지고 말려서 퇴색된 오래전의 상처처럼 보랏빛이다. 세르퐁텐이다! 암벽에 다가가는 조나스의 목소리가 메아리친다. 이미 굳어 버린 장소의 침묵과 부동성, 기념비적인 곳이었지만 이제는 용도 변경된 장소의 속성이 그의 외침과 움직임에 대비되어 더욱 두드러진다. 그들은 고여 있는 물가에 다가가고, 나란히 절벽 앞에 서서 고개를 든다. 저것 좀 봐.

폴라와 조나스의 앞에 서 있는 것은 어림잡아 30미터 높이의 거대한 벽이다. 정글 탐험[길게 줄을 지어 걷는 사람들, 붕대를 감은 발, 농포(膿疱)투성이 피부, 눈가리개를 한 채로 너무 무겁고 너무 딱딱한 궤짝들을 실고 가는 말들]의 막바지에 나뭇잎 사이로 갑자기 나타난, 콜럼버스 이전부터 있던 원주민 도시의 성곽만큼이나 예기치 못한 광경이다. 암벽에는 줄과 홈과 자국이 가득하다. 제일 분명한 흔적은 이전에 돌을 잘라 낸 면으로, 한때 채석장이었음을 증명한다. 그 아래, 분간이 더 힘든 자리는 이곳 토양의 형성 과정을 보여 주는 흔적이다. 얇게 저민 프로마주드코숑 맞네! 조나스가 검지로 모자챙을 들어 올린 뒤 놀라움을 과장하며 허리에 손을 얹는다.

시간을 저며 놓은 단면. 암벽은 세로 절개 해부면의 형상이고, 인접 지역의 지질 구조와 달리 전형적인 돔형 산호초다. 산호 군락들이 서로 합쳐지고 엉켜 붙고 경련하면서 덩어리를 이루고 기반을 다져 만들어진 더 없이 아름다운 구조. 모든 것이 수억 년 전 열대 기후 속의 깊지 않은 맑고 따뜻한 물 안에서 일어났다. 3억 7천만 년이었어, 맞지, 폴라? 조나스는 폴라를 쳐다보는 대신, 마치 눈앞의 광경 전부를 품에 안으려는 듯 두 팔을 벌리며 말한다. 이 지역에 흔히 나타나는 유형의 구조, 괴상생초들은 직경 2백 미터, 두께 90미터에 이를수 있어. 자세히 보면 산호초가 형성될 때마다의 흔적이 남아 있어서, 각 지층을 잠기게 한 물의 힘에 대해 알수 있지. 제일 밑은 잔잔한 물에서 괴상생초들이 생성된 거고, 그다음에 물의 움직임이 많아지기 시작하고,

마지막에 산소가 녹아든 맑은 물이 산호 군락 속에서 마구 요동쳐서 수많은 연체동물과 완족동물과 자포동물, 수많은 미세 생명체가 뒤섞인 거야.

처음 암벽을 보며 실망했던(도대체 뭐 하는 데야?) 폴라의 눈길은 이제, 마치 모래사장 위에 혹은 눈 위에 난 발자국을 그대로 밟아 가며 걸음을 옮기듯이 조나스의 눈길을 따라 정확히 같은 곳을 바라보면서, 아름다운 돔형 산호초와 지층과 암반의 여러 가지 색을 확인한다. 이제 벽이 움직이고 마치 늙은 몸뚱이처럼 흔들린다. 벽은 더 이상 지질학자들이나 지구과학 애호가들의 발길을 기다리는 무기력한 잔해가 아니고, 안에 들어 있는 광물질을 끄집어내기 위해 인간의 기술이 굴착기를 동원해서 깎아 낸 절벽도 아니다. 그것은 역사다. 조나스가 그 역사를 이야기하는 동안, 절벽에 새겨진 줄들이 문장이 되어 먼 옛날의 이야기를 이루고, 폴라는 벽을 따라 걷고 편암에 올라가 보고 원석들을 주우며 그 이야기를 듣는다.

데본기에 여긴 정글이었어. 일대가 원시 맹그로브, 산호초 벽, 투명한 초호였고 석호가 펼쳐져 있었지. 그런데 고생대 지구를 집어삼킨 대격변이 일어난 거야. 그야말로 전대미문의 가공할 현상들이 휘몰아친 대재앙이었지. 기온이 요동치고 해수면이 낮아지고 지표면이 두꺼워지고 새로 생겨난 나무들과 풀들이 뿌리를 내리고 바닷물 속 산소가 줄어들고 운석이 떨어지고 빙하기가 오고! 조나스가 현상들을 하나씩 읊을 때마다, 마치 마법으로 두꺼비 입에서 다이아몬드가 쏟아져 나오듯 호명된 현상들이 갑자기 암벽에서 솟아오른다. 압력이 올라갔어, 폴라. 아주 높아졌다고! 조나스가 얼굴을 찌푸리면서 이야기를 마무리한다. 데본기의 끝은 그야말로 세상의 종말이었지! 폴라는 조나스가 잘난 척하느라 아무 말이나 내뱉고 있을지 모른다는 생각을 한다. 그녀는 돌멩이를 주워서 살펴보고 잔잔한 수면 위에 던져 물수제비를 뜬다. 돌멩이가 튀어 오를 때 조나스도 함께 튀어 올라 다시 말한다. 그 모든 게 지나고 나서, 오랜 시간 뒤에(조나스의 목소리가 느려진다. 그가 말하고 있다. 지금껏 이렇게 말을 많이 해본 적이 없는데. 폴라는 무언가 일어나고 열리고 넓어지고 있음을 알아챈다) 건조해지고, 산호초들이 화석화되고, 인류가 나타나서 정착하고 농사짓고 마을을 이루고 아이를 낳아 먹여 살리기 시작했지. 또 인간들은 신들과 제관들과 높으신 분들을 만들고 그분들을 위해 신전과 교회를 세웠어. 높으신 분들이 당도하는 순간에 모두 알아차릴 수 있도록 소리가 울리는 바닥과 망토를 휘날릴 계단과 비밀 계약이나 위험한 사랑 편지를 태울 벽난로가 있는 성들도 세웠고. 그 모든 것, 절벽의 나이로 보자면 눈한 번 깜박할 순간에 지나지 않는 그 시간이 지난 뒤에 이곳이 채석장이 된 거야. 인부들을 고용하고 대리석을 캐서 자기가 주인이라고 나선 사람의 손에 갖다 바치라고 착취하는 시대가 온 거지. 그 주인이라는 작자가 도대체 어떻게 했길래 시간 작용의 산물일 뿐인 암벽이 그자의 소유라고 덥석 믿고서 다들 허술한 사다리에 올라가서 돌을 깨게 된 걸까. 난 아직도 모르겠어. 어차피 초기의 채굴 흔적들은 지워졌어. 한 세기 반 동안 쉼 없이 채석 작업이 이어졌으니까. 아마도 콧수염 기른 남자 수백 명이 사다리에 올랐을 테지. 일부는 현기증 때문에 벽에 바짝 달라붙었고, 휘청거리다가 혹시라도 7~8미터 아래로 떨어져 머리가 깨질까 봐 겁먹은 사람들도 있었을 거야. 겁에 질려서 내지르는 목소리들이 협곡의 메아리처럼 암벽에 부딪혀 퍼져 나갔을 테고. 18세기 말, 저 벽이 처음으로 깨지던 그 소리는 격변의 시작을 알리는 경계경보였지만, 당시에는 아무도 알아차리지 못했어. 철제 쐐기를 박은 뒤 착암기로 구멍을 뚫고(점 형태의 흔적들로 보면 그렇게 추론할 수 있지) 그 구멍에 화약을 채웠어. 암벽 덩어리를 떼어 낼 힘이 그 안에 주입된 거야. 일꾼들의 수가 상당히 많았고 더구나 쇠와 화약을 다뤘는데, 그런데도 이상하리만치 다들 불평 없이 일했어. 암벽에 긴 성에가 뜨겁게 달아오를 때도 태양이 작열할 때도 비가 쏟아질 때도 다들 그

냥 일했지. 채석장 주인이라는 자는 보기도 힘들고 그
나마 가끔 예고 없이 들이닥치는 게 전부였는데. 좁은
길 옆의 생울타리가 가볍게 흔들리기 시작하고, 갑자기
채석 단면 앞에 말에 올라탄 주인의 모습이 나타나는
거야. 인부들은 작업모를 쓴 채로 돌아보며 입술을 깨
물지. 그러는 사이에 작업반장이 아예 바닥에 엎드릴
태세로 굽실대며 달려오고, 그래 봤자 주인은 눈길 한
번 주지 않으면서 암벽에서 얻는 수익에 대해 한 가지
혹은 두 가지 질문을 하고, 박차를 가하자 말이 구름 같
은 먼지를 일으키며 반대 방향으로 돌아서고, 모자도
안 쓴 주인은 들판을 달려가지(그가 세상에서 가장 좋
아하는 일이었거든). 사다리에 올라선, 손이 더럽고 시
선이 고정된 인부들의 마음속에서 이 모든 게 정상이라
는 확신이 흔들리기 시작해. 1874년에 채석장에 와이
어 톱이 도입되고 노동에 변화가 생기지. 와이어 톱은
나선으로 놓인 강철 케이블 세 개가 지속적인 마찰을
통해 암석을 절단해. 암벽이 반듯해지고 부드러워져서
햇빛 아래서 진주층처럼 반들거리고, 그때부터 지금의
모습, 저 독특한 윤곽을 갖게 된 거야. 여기서 캐낸 대
리석을 작업장으로 옮겨 가서 자르고 다듬어 파리의 건
물들로, 다른 도시들의 부르주아 저택들로 보냈지. 베
르사유궁의 몇몇 방에도 처음 지어지던 때부터 당시에
아주 잘나가던 플랑드르와 에노의 대리석과 함께 놓였

어. 얼마 후 채석장 노동자들은 휴식 시간에 담배를 피울 권리, 조합을 만들 권리, 일주일에 하루는 쉴 권리, 이어 1년에 한 달 일하지 않을 수 있는 권리를 얻어 냈지. 채석장 소유주들 역시 더는 전 주인의 아들이 아니었고. 5월부터 10월까지 코트다쥐르로 가서 밀짚모자를 쓰고 흰 리넨 바지를 입고 맨발에 가죽끈 신발을 신고 해변을 거니는 주주들 소유의 자본주의 회사가 된 거야. 톱질이 이어질수록 채석 단면은 뒤로 물러나고, 그때마다 새 절단면에는 또 다른 형태의 화석과 또 다른 삶의 흔적이 드러났어. 그러다가 1차 세계 대전이 끝난 뒤로 채석 작업이 시들해졌지. 벽난로 대신 주철 난로와 라디에이터를 쓰기 시작했으니까, 실내 장식 업자들도 목재나 유리 혹은 폴리에틸렌처럼 어린애도 들어옮길 수 있는 재료들을 선호했고. 대리석은 상상력이 부재하는 허영, 그 보수성과 무거움을 내포하는 재료로 간주되면서 서서히 사용이 줄어들었어. 다시 2차 세계 대전이 일어났고, 대리석의 퇴조 경향은 그대로 이어지는 상태로 채석장도 전쟁을 치러 내야 했지. 사람들이 숨으러 왔고, 무기를 감춰 놓았고, 밤중에 연합군 비행기에서 들판으로 뛰어내린 군인들이 낙하산을 말아 숨겨 두는 장소로도 쓰였어. 몇 년이 더 지나고, 1950년에 마침내 보샤토 채석장의 절단면이 침묵으로 돌아가게 돼. 그 이후 쓰임새가 사라진 채석장은 실물(實物) 교육을 신봉하는 교사들과 화석 수집가들의 왕국, 세심한 풍경으로 연인들을 불러 모으는 자연의 침실, 전이성 습진이나 원형 탈모증이나 피부 어루러기를 고치고 싶어 하는 이교도들의 순례지가 되었지. 머지않아 다시 지역 젊은이들이 모이는 소굴이 되지만. 불을 피우고, 마약이 돌아다니고, 쓰고 버린 콘돔과 포르노 잡지에서 찢어 낸 페이지들이 잡목 사이에 뒹굴고, 여자아이가 일단 발을 들여놓으면 첫 경험을 하지 않고 나올 수 없는 악명 높은 곳이 되어 버린 거야(그땐 어떤 여자아이가 〈채석장에 간다〉고 말하면 화끈하게 아무하고나 잔다는 뜻이었어). 밤이면 작은 숲 뒤편으로 거대한 울타리처럼 버티고 선 암벽 앞에서 사탄의 음악을 연주하는 악기 소리, 야만적인 고함 소리, 날카로운 비명이 메아리쳤고, 길 가다가 놀란 사람들이 〈채석장에 사람이 있나 봐〉하며 겁에 질려서 힘껏 자전거 페달을 밟아 갈 길을 재촉했지. 물론 지금은 또 달라졌어. 조나스가 결론을 맺을 채비를 하고, 폴라는 숨을 참는다. 이제 이곳은 과학자들이 와서 샘플을 채취하고 필요한 조치를 취하고 암석을 조사하는 곳이야. 그들에게 저 암벽은 사진 감광판이거든. 낙서는 비문(碑文)이 되었고, 암벽은 첫 시작 이후 일어난 모든 일이 새겨진 압지이고 팔림프세스트[27]지.

27 원래의 글 일부 또는 전체를 갈아 내거나 씻어서 지운 후에 다시 쓴 고대의 양피지 문서.

조나스의 이야기가 끝났다. 이제 그는 더 할 말이 없고, 얼굴 윤곽이 풀어진다. 일이 일어난 뒤, 일들을 말하고 겪고 난 뒤, 언어가 짐을 싸서 떠났고, 채석장은 마치 공연이 끝난 무대처럼 움직임을 멈춘다. 폴라는 마지막으로 무대 위를 걷는 기분으로 물가로 다가가고, 물 위로 몸을 숙여 물결 이는 청록색 수면 위에 떠 있는 자기 그림자를 쳐다본다. 문득 그녀는 데본기의 판피류 물고기 한 마리가 아가리를 벌리고 단단한 껍질에 잔뜩 물을 튕기면서 요란한 소리와 함께 수직으로 솟아오르는 장면을 상상한다. 그 순간, 어릴 때 갔던 베르사유궁의 연못에서 졸고 있던 1백 살 난 잉어들이 떠오른다. 그때 어린 폴라는 잉어들의 관심을 끌어 물 위로 끌어내기 위해 빵 조각을 던졌다. 부모님도 흔들리는 수면을 관찰하며 속삭였다. 저것 좀 보렴. 잉어들 좀 봐. 저 중에 반짝이는 보석들로 치장하고 가발을 쓰고 굽이 빨간 흰색 편상화를 신은 루이 14세한테 인사하던 잉어도 있을걸? 그렇다. 너도 나도 왕의 환심을 사려고 안달일 때, 그 왕을 기쁘게 하려고 물 위로 불을 끌어와 화려한 불꽃놀이를 벌일 때, 잉어들은 잠도 못 자고 지켜보았을 테고, 어쩌면 연못 바닥에 웅크린 채로, 겁에 질려서 혹은 음험하게, 해초들 틈에 숨어서, 이끼들과 한 덩어리가 되어, 그때부터 그러고 있었을지 모른다. 그리고 지금, 다시 물 위로 몸을 숙인 폴라는 자기보다 훨씬 오래전부터 지구에서 살아온 물고기, 노 저어 가는 원시의 작은 배 앞에 솟구쳐 올라서 옆구리로 물이 흘러내리는 동안 물거품 다발 속에 흰 배를 드러내는, 인간들이 대양을 헤매며 미친 듯이 잡고 싶어 한, 글래스고의 거리에서 노틸러스의 입구를 지키던 케이트의 팔에 문신된, 어둠 속을 헤엄치는 그 거대하고 조용한 포유류를 상상한다. 그녀는 케이트의 가죽점퍼 소매 아래로 삐져나온 꼬리지느러미, 그 검은 돛을 향해 물 위로 손을 내민다. 휘청거림. 물에 빠질 뻔한 그녀의 어깨를 조나스가 붙잡는다.

2월의 어느 날, 영화처럼 쏟아지는 비, 케이트가 광장 모퉁이의 담배 자판기 앞에서 폴라와 만난다. 폴라가 자판기 통으로 떨어진 담뱃갑을 꺼낸 뒤 옆으로 비켜서고, 이어 케이트가 푸에블로 담배를 산다. 카페에 들어가서 좀 말릴까? 그러자 별로 어울리지 않는 연보라색 트레이닝복 차림의 케이트가 머리카락에서 빗물이 떨어지는데도 아무렇지도 않은 표정으로 폴라를 쳐다본다(그녀는 스코틀랜드인이다).

주중이고, 할 일이 잔뜩 쌓여 있다. 하지만 5분 후 케이트와 폴라는 광장의 한 카페에 들어가 맥주를 앞에 놓고 마주 앉는다. 케이트의 상반신이 공간 속에서 압도적인 비율을 차지한다. 관둘래. 그만두고 돌아갈 거야. 폴라는 반발하지 않고, 〈빅 케이트〉라고도 불리는 친구를 가만히 살핀다. 스트로베리블론드 빛깔 머릿결

(핑크빛 도는 베네치아 금발이다), 속눈썹에 바짝 붙여 그린 진한 아이라인, 유백색 살, 허리에 손을 얹고 어깨를 뒤로 젖히는 모습은 살짝 아니타 엑베리[28]를 닮았다. 케이트는 하나하나 힘주면서 말한다. 목재니 이런저런 나무니 몰딩이니 주름이니, 다 집어치우라지! 게임 오버! 그녀는 손뼉을 치고, 난 예술가란 말이야, 목소리를 더 높인다. 과장된 선언의 쑥스러움을 보상하기 위해 케이트가 곧 웃음을 터뜨리고, 카운터 자리 뒤편에 앉은 남자가 호기심 어린 눈길을 던진다. 그녀는 곧 벌떡 일어서서 비에 젖은 잔돈을 주머니에서 꺼내 놓고 후드를 내려 쓰고 어둠 속으로 사라질지도 모른다. 하지만 아니다. 계속 앉아 있고, 아무 말도 하지 않는다. 폴라는 기다린다. 길게 찢어진 그녀의 눈이 근엄한 광채를 내뿜는다. 여기선 10년 된 호두나무와 1백 살 난 호두나무 목재 결을 그리는 법을 배워. 그 이상은 아니야. 원래 그러기로 했잖아. 케이트가 이를 간다. 멋지네! 그러자 폴라가 돌연 공격적으로 응수한다. 멋질 건 없어. 그리고 말을 잇는다. 중요한 건, 베낄 때도 대상에 대해 나름 생각하고 알고 싶어 해야 한다는 거야. 하찮기만 하진 않다고. 폴라는 한 손을 목덜미로 가져간 뒤 기계적인 손동작으로 머리채를 한쪽으로 모아 끝부분을 테

---

28 스웨덴 출신의 이탈리아 배우로, 펠리니의 영화 「달콤한 인생」에 출연하여 1960년대 섹스 심벌로 인기를 누렸다.

이블 위에 대고 마치 붓글씨 붓에 물기를 뺄 때처럼 누르면서 꼬기 시작한다. 이어 부드러운 어조로 덧붙인다. 호두나무 아래서 낮잠을 자면 병난다는 얘기 알고 있었어? 나무가 약하고 그늘이 차가워서 그렇대. 케이트가 어깨를 들썩인다. 카페에는 사람이 거의 없고, 희뿌연 어둠이 내려앉는다. 그리고 한순간 폴라의 모습은 케이트가 마음에 없는 말을 하고 있다는 확신이 흔들린 것 같다. 정말 그만둔다고? 3분의 2를 마쳐 놓고 이제 와서 포기해? 케이트는 대답이 없다. 그냥 등받이 쪽으로 물러나 앉고, 잠시 후 느릿느릿 말한다. 우린 결국 파손된 곳을 싼값에 가려 주고 더러워진 벽을 꽃 그림으로 메꿔 주고 허접한 호텔들의 테마 방을 꾸며 주는 일을 하게 될 거야. 그 어떤 것도 진짜 세상이 아니지. 너도 알잖아. 밖에서는 길가의 배수로를 채운 시커먼 물줄기가 콸콸대며 흐르고, 건물의 코니스들과 거리의 나무들에서 빗물이 흘러내린다. 하지만 끝났다. 비는 그쳤다. 광장은 물웅덩이가 되어 그 안에 일그러진 세상이 비친다. 빨라지는 케이트의 목소리가 맑게 퍼져 나간다. 베끼고 모방하고 똑같이 만들기, 이제 지겨워. 다 무슨 소용이야? 말해 봐. 한번 들어 볼게. 케이트는 주머니에 손을 찔러 넣고, 팔꿈치가 접히면서 당겨진 점퍼 소매가 팔뚝에 걸리면서 각진 손목이 드러나고, 그 위로, 점퍼 가죽 아래, 화려한 꼬리지느러미 문신이 나타난다. 폴라는 당장 케이트의 소매를 걷어 올려 살갗에서 조용히 헤엄치는 물고기를 보고 싶다. 그것과 또 크고 힘센 다른 것들, 까다로운 상어와 비밀스러운 고래와 상냥한 돌고래를 보고 싶다. 그 바다 동물들의 살갗에 손을 가져다 대고 그 목 위에 누워 심해 동물들이 헤엄치는 길을 따라가고 싶다. 하지만 그러는 대신, 나지막한 소리로 단숨에 내뱉는다. 상상하는 데 쓰여. 케이트는 그대로 굳어 버린다. 그녀의 눈길은 몇 초 동안 거리에 머물고, 비를 피해 안으로 들어갔다가 나간 사람들의 걸음, 빗물받이 홈통을 피하고 실개천처럼 흐르는 물들을 성큼 건너는 발걸음들을 따라간다. 케이트가 맥주를 비우고 일어섰고, 테이블 너머로 몸을 굽혀 폴라의 이마에 입을 맞췄다. 상상하는 데 쓰이지.

케이트와 조나스와 폴라, 셋은 주중 저녁이면 파름로 아파트에 매일 함께 있다. 학교에서 돌아오면 전등들을 켜놓고, 복도 벽에 압정으로 종이를 붙이고, 견본과 참조용 사진과 때로는 학교 소장품 중에서 빌려 온 표본을 꺼내 놓고, 하루의 마지막 스퍼트를 위해 함께 만들어 놓은 플레이리스트를 틀고, 첫 곡의 첫 화음과 함께 그들도 시작한다(너무 슬프거나 가사가 너무 많은 곡은 피해 무난한 발라드나 명상 음악으로 골랐고, 중간에 쉴 때 기운을 북돋울 수 있도록 밝은 분위기의 히트곡도 조금 넣었다). 그들은 지긋지긋한 이 일을 빨리 해치울 거라고, 〈전격전〉으로 끝내 버릴 거라고, 솔직히 말해 졸업장 따위는 상관없다고, 이미 너무 오래 한 것 같다고, 남들에게는 그렇게 말했다. 하지만 내가 보기에 그들은 일단 시작하고 나서는 조금도 서둘지 않고,

천천히, 마치 주어진 밤들을 남김없이 다 쓰고 감각을 하나하나 체로 걸러 분리해 내고 1초 1초를 고정해 분자들을 모두 모으려는 것 같다. 그 밤들은 이내 단 하나의 밤을 이루고, 첫날 저녁에 시작된 문장은 단 하나의 문장을 이룬다. 침묵이 단절이 아니라 연속이 되는 문장, 그들이 공유하고 신뢰하는 한 문장이다. 강을 따라 떠내려가는 나무토막 같은 문장.

졸업 작품. 각자 한 작품, 단 한 작품이다. 기술적인 능력뿐 아니라 그동안 학교에서 익힌 내용이 담겨야 한다. 각자 마음대로 고를 수 있으니 어떤 점에서는 자유 작품이다. 조나스는 목재를 골라 떡갈나무 단면의 나뭇결을 그리기로 했고, 케이트는 포르토로 대리석을, 폴라는 대모갑을 택했다. 식물, 광물, 동물 하나씩이네. 우리 셋이서 세상을 창조할 수 있겠어! 케이트가 말하면서 두 팔을 교차해 스웨터 끝을 잡아 위로 올리고 이어 팔을 벌려 스웨터를 벗었다. 여전히 활력 있는 탄탄한 아름다움이지만, 전보다 말랐다. 머리카락을 전부 뒤로 빗어 넘긴 탓에 튀어나온 이마와 오똑한 코와 커다란 송곳니와 붉은 잇몸이 더 두드러져 보인다. 케이트가 자기 화판 앞에 서고, 퓨어블랙 물감병을 열고, 나뭇결무늬용 붓으로 바탕 전체를 검은색으로 덮기 시작하자 전등불 아래 화판이 반짝이기 시작한다. 부엌에서 머리채가 더러운 물에 빠지지 않도록 손으로 잡고 까치발로 서서 수도꼭지에 입을 대고 물을 마시던 폴라가 고개를 들어 물을 뚝뚝 떨어뜨리며 큰 소리로 묻는다. 그럼 인간은 누가 그려? 인간은 잊은 거야? 곧 폴라도 바탕칠을 시작하고(오렌지와 버밀리언카드뮴옐로) 조나스도 글라시 칠을 시작하면서 중얼거린다. 인간? 무슨 인간? 누가 아직도 인간을 찾아? 어느 멍청이가 아직 인간을 찾느냐고? 너야, 폴라? 창밖에서 고함지르고 떠드는 왁자지껄한 소리가 들린다. 아래쪽 광장에서 길을 따라 올라오는 학생 무리다. 밤새도록 저럴 것이다. 케이트가 고개를 돌려 폴라와 조나스에게 오렌지카드뮴옐로색을 달라고 한다. 조나스가 물감 튜브를 건네고, 폴라는 담배에 불을 붙인다.

대모갑. 좀 오버하는 거 아냐? 폴라의 결정을 들은 조나스가 빈정대듯, 그녀 안에 숨어 있는 나르시시즘과 젠체하는 과대망상과 튀어 보이려는 전략을 까발리겠다는 듯 말한다. 그러고 나서 한쪽으로 치우치지 않겠다는 듯 전문가연하는 어투로 덧붙인다. 하기야 떡갈나무도 만만찮지. 대모갑만큼 까다롭진 않지만, 더 복잡하니까. 케이트 역시 폴라의 선택에 어이없어 하고, 한술 더 떠서 실용적인 관점을 내세워 설득하려 한다. 거북 등딱지? 앞으로 그릴 일이 없어. 아무 쓸모가 없다고. 시간 낭비야. 하지만 농반진반의 표정으로 폴라를 곁눈질하는 조나스와 케이트가 알지 못하는 사실이 있으니, 폴라는 15년 전 어린 시절에 오래된 정원에 쭈그리고 앉아서 그 정원만큼이나 나이가 많은 거북이가 상추를 먹는 모습을 지켜본 적이 있다. 그러니까 그때, 몇년에 한 번 일어나는 드문 일이었는데, 정원에 거북이가 나타났다. 여름휴가로 모여 있던 아이들은 소리를 질렀고, 놀란 거북이는 큰 돌 뒤로 도망쳤다. 전부 입다물어. 제일 큰 사촌 오빠가 위엄 있게 모두 조용히 시킨 뒤 숨은 거북이를 끌어내리려고 막대기를 들고 다가가려 했다. 아이들이 안 된다고 그러지 말라고 아우성쳤다. 안 돼, 저리 가. 거북이가 무서워하잖아. 아이들은 팔꿈치로 서로 밀치면서 앞으로 나아갔고, 어린 폴라역시 거북이를 보기 위해 버텼다. 마침내 놀라운 순간이 왔다. 이마가 땅에 거의 닿을 만큼 바짝 숙인 머리를 내밀며, 머리와 네 다리를 등딱지에 이어 주는 유연하고 탄력 있는 살갗이 드러날 정도로 목을 길게 빼면서 거북이가 다시 나타났다. 거북이는 아이들이 뭐라고 떠들든 상관없이 경로를 이탈하지 않고 느리지만 흔들림 없이 전진했다. 매혹적이기도 하고 괴상하기도 한 광경에 흥분한 아이들은 양옆으로 비켜서며 거북이에게 길을 내주었고, 손목시계와 줄자를 사용해서 속도를 측정했고, 등딱지 상태로 나이를 추정하면서 제일 똑똑한 몇몇은 선사(先史)라는 용어도 사용하며 수천 년을 산 거북이라고 주장했다. 폴라의 귀에는 아무 말도 들어오지 않았다. 어린 폴라는 흙 속에 무릎을 파묻고 기면서, 힘내라고 다정한 말들을 속삭이면서, 양상추가 있는 곳까지 거북이와 함께 갔다. 그리고 결국 눈물이 맺힌 거북이의 까만 눈동자 속으로, 시공간의 균열 속으로 들어갔다. 20세기 말의 어린 여자아이에게는 너무 깊은 그 균열 속에서, 놀 때 부르는 노래 속의 거북이와 동화 속의 거북이와 아침 7시 텔레비전 애니메이션의 거북이는 전부 끝났다. 마치 폴라와 만나기 위해 시간의 주름 속에서 튀어나오듯 돌멩이 뒤에서 불쑥 모습을 드러낸, 축소판이지만 실재하는 괴물 같은 그 거북이 앞에서 다른 거북이는 모두 지워져 버렸다.

전등 불빛 아래서 케이트는 덥다. 그녀는 검은색을 칠하는 중이다. 곧 민소매 티를 벗고 브래지어 차림이 될 테고, 땀방울이 맺힌 살갗에는 포르토로의 어두운 광채가 비칠 것이다. 일단 지금 케이트는 화판을 장악했고, 몸짓에서 무언가 게걸스러운 것이 풍겨 나온다. 연극으로 만들려는 욕망, 그리고 그런 욕망과 늘 함께 오는, 삶을 넓히려는 욕망이다. 말상의 얼굴에 날카로운 큰 송곳니로 자꾸 씹어 댄 탓에 아랫입술이 부풀어 오른 케이트는 달아오르고, 고개를 돌려 폴라와 조나스를 쳐다본다. 화려한 돌! 부자들의 돌! 옆에서 떡갈나무 단면의 나뭇결에 몰두 중인 조나스는 자신의 자존심과 싸우고 있다. 그는 자신의 그림이 일화적인 것이 아니기를 바란다. 그는 연습으로 그리고 싶지 않고, 그렇게 그리면 가치가 떨어진다고 생각한다. 조나스는 그림에 그것이 표현해 내는 대상과 동등한 가치가 부여되기를 바란다. 요컨대, 진짜 그림을 그리고 싶다. 다른 건 다 상관없다. 20분 동안 버티고 있던 조나스가 한 걸음 물러서며 중얼거린다. 「오, 나의 아가씨, 진정하세요!」 어쩌면 케이트에게 하는 말이고, 어쩌면 누군가에게가 아니라 자신의 그림에게 하는 말이다. 거세게 달려 나가는 말의 속도를 늦추고 싶을 때처럼, 자신의 그림이 폭주하지 않게 하려는 것이다. 어여쁜 아가씨. 양쪽 옆에 있는 폴라와 케이트의 귀에는 아무 소리도 들리지 않는다. 둘 모두 손과 화폭 사이, 붓끝과 화폭 표면 사이의 공간에 들어가 있다. 그 공간, 그 간격은 바로 동작이 형태를 띨, 그림이 이루어질 자리다. 케이트는 1밀리미터까지 정확하게 손의 힘을 배분해야 함을 되새기고, 바탕이 칠해진 화폭 위에 황금색 그물을 더할 순간을 머릿속에 그려 본다. 그리고 폴라. 그녀는 상상력이 어떻게 이 세상의 요소들을 서서히 포착해 나갈지, 어떻게 몽상의 질료들을 조합할지, 어떻게 이미지들의 느리고 놀라운 자성(磁性)을 다룰지 하나씩 짚어 가면서 도화지를 바라본다.

폴라는 학교 도서관에서 지도책부터 펼쳐 카리브해, 브라질 혹은 서인도 제도의 임브리카타[29] 서식지를 확인했다. 해안에서 멀지 않고, 때로는 지표수 속, 해초와 플랑크톤과 작은 물고기 사이다. 그녀는 지도들을 살펴며 지표면 위의 주요 산란지들을 짚어 본다. 그중에는 모래 속에 묻혀 있는 거북이 둥지를 어렵지 않게 볼 수 있는 곳, 축제 때 뿌리는 색종이 조각들처럼 인도양에 떠 있는 세이셸 군도의 작은 섬 쿠쟁도 있다(희귀 조류, 종려나무, 통제 아래 예외적으로 허용되는 출입, 특히 자외선 1백 퍼센트 차단 선크림을 바르고 긴 반바지에 가죽 목끈이 달린 모자를 쓴 과학자들과 생물학자들과 인류학자들). 폴라는 거북이 알이 부화하는, 금이 가기 시작한 알이 서서히 때로 사흘 혹은 나흘에 걸쳐 조금씩 깨지는, 끈적끈적한 작은 생명체가 세상에 나오는 소리를 들었고, 알에서 나온 작은 짐승이 첫발을 떼고 물가로 향하는, 등딱지를 씰룩이며 너무도 우아한 걸음으로 느릿느릿 바다로 들어가는 모습을 상상했다. 거북이는 잔물결 속에서 네발을 노 삼아 힘차게 저으며 첫 헤엄을 치고, 멀리까지 나아가면 곧 위험에 처해서 살

29 라틴어로 〈비늘 꼴로 겹쳐진〉 상태를 뜻하는 단어로, 흔히 〈대모거북〉으로 불리는 매부리바다거북(Eretmochelys imbricata)을 가리킨다.

아남을 확률은 1천 분의 1에 지나지 않는다. 상어가 등딱지를 와작 깨물어 버리거나, 어부들이 거북이가 철석같이 믿는 빨판상어를 이용해서 잡아 버린다. 이제 그녀의 머릿속에는 물이 흥건한 배 바닥에 던져진 거북이, 그 각질판에 반사되는 빛, 치아가 듬성듬성한 입을 드러낸 어부의 환한 웃음이 떠오른다. 폴라는 내친김에 자연사 박물관의 임브리카타 표본 앞으로 달려가고, 몸을 숙여 등딱지를 살펴보며 너무도 기발한 각질판 배치 방식에 놀라고(각질판이 전부 열세 개이고, 가운데 경첩 관절을 이루는 각질판들을 중심으로 양옆으로 네 쌍의 각질판이 끼워진 형태다. 머리 쪽과 꼬리 쪽에 구멍이 하나씩 뚫려 있다), 거북이를 뒤집어 더 희귀한 배딱지의 황금색 각질판도 만져 본다. 이어 뼈, 돌기, 발톱, 부리, 갈고리발톱, 연골의 재질이 어떻게 다른지 살펴보다가 공통적인 성분이면서 거북 각질판의 성분이기도 한 살아 있는 단백질 케라틴에 주목한다. 머리카락 성분이잖아요! 토요일 오후에 비누 거품을 내며 머리를 감겨 주던 미용사가 한 말이다. 미용사는 이어 매끈하게 빗질된 납작한 머리카락 견본들이 흡사 성욕을 자극하는 부적들처럼 줄지어 붙어 있는 염색 색상표를 내민다. 폴라는 눈을 동그랗게 뜨고 〈거북 각질판〉이라고 써 있는 색을 검지로 가리킨다. 이걸로 하실래요? 할리우드에서 아주 잘나가는 색이에요. 골드블론드에 가까운 허니브라운, 아주 우아하고 깊은 느낌이 나죠. 색도 부드럽게 변하고요. 줄리아 로버츠, 세라 제시카 파커, 블레이크 라이블리 같은 스타들도 즐겨 하는 색이에요. 블레이크 라이블리 좋아해요? 폴라가 고개를 끄덕이고 나서 다시 고개를 뒤로 젖히고 미용사의 마사지에 머리를 내맡긴다. 그리고 사흘 후, 파름로를 달려 온 폴라가 계단을 몇 칸씩 건너뛰며 올라 자기 방으로 향한다. 한쪽 구석에 쌓아 놓은 책들, 찾아볼 책이 있다. 어떤 책인지 확실하진 않지만, 분명 그중에 있다. 제목이나 표지를 보면 알 수 있다. 폴라는 마룻바닥에 무릎을 꿇고 책들을 들어 옮겨 놓고 한 권씩 뒤적이며 확인한다. 이거다. 그녀는 한 권을 품에 안는다. 『노인과 바다』. 마룻바닥에 눌린 슬개골이 아파도 그녀는 한참 동안 움직이지 않는다. 그리고 아무도 없는 집에서, 침대 머리맡 스탠드를 켜놓고, 소년이 어른이 되어 같이 마실 맥주를 사 왔을 때 늙은 어부 산티아고가 거북이를 잡으면 눈이 멀게 된다고, 눈에 화상을 입는다고 말하는 대목을 찾아낸다. 폴라가 눈을 비빈다. 심장이 쿵쾅거리기 시작한다. 그녀의 눈도 뜨겁다.

곧 자정이다. 케이트는 폴라의 방에서 전화 중이다. 영어로 말하는 소리가 들린다. 애인이야? 조나스가 조용히 묻는다. 그는 나뭇결을 그리기 시작하고, 막 글라시 처리된 곳에 당구대 천으로 작업 중이다. 폴라가 그렇다고 대답한다. 글래스고에 있어. 길어지니까 이제 돌아왔으면 하나 봐. 폴라가 조나스에게 다가온다. 리프팅[30] 하려고? 그냥 그려 넣지 않고? 조나스가 고개를 젓는다. 이렇게 할 거야. 빠르고 정확하고 가볍거든. 난 이 기법이 좋아. 폴라는 수긍하지 않는다. 그러면 떡갈나무가 물러 보이지 않을까? 액상(液狀)이 느껴지면 어쩌려고? 그때 벽 너머에서 케이트가 웃음을 터뜨렸고, 조나스도 목청을 높인다. 오케이, 잠시 쉬자. 배고프네. 나가서 뭐 좀 사 와야겠어. 넌 뭐 먹을래? 조나스는 시계를 보며 덧붙인다. 이 시각에는 맥도널드나 케밥뿐이겠지만. 그럼 난 감자튀김 사다 줘. 폴라는 돈을 가지러 살금살금 자기 방으로 들어가고, 희미한 빛 속에 침대에 누운 케이트를 보며 서두른다. 케이트는 윗옷을 벗고 청바지 단추를 풀어 놓은 채로 한 손으로 가슴을 어루만지고, 다른 손은 핸드폰이 적당한 거리를 유지하도록 길게 뻗고 있다. 스카이프 통화야. Sorry(미안). 케이트가 웅얼대듯 내뱉는다. 밖에서 문 닫히는 소리, 계단을 내려가는 발소리가 들린다. 폴라는 자기 자리로 돌아온다.

---

30 색을 연하고 부드럽게 만들기 위해 스펀지나 붓을 이용하여 살짝 지우는 기법.

그녀는 팔레트를 준비한다. 한쪽의 임페리얼블랙, 다른 쪽의 카셀어스를 붓으로 살짝 찍어서 합치고, 머릿속으로 이미지들을 융합해 나간다. 그리고 천천히, 1521년경 보르네오 해안에서 잡힌, 등딱지를 제외한 살 무게만 12킬로그램이었던 자이언트거북 두 마리를 불러낸다(그녀는 피가페타[31]의 태평양 횡단기를 읽었다. 망망대해의 불안, 기약 없이 이어지는 항해, 물 부족과 식량 부족, 30두카트에 거래되는 생쥐, 수프 대신 나무 부스러기를 넣고 삶은 물, 괴혈병과 각기병, 선주민과의 첫 접촉, 잔뜩 경계하는 사절단, 지나치게 정중한 법도, 선주민 왕들의 달걀만 한 진주, 화승총에 맞선 투창 매복, 막탄섬 선주민의 독화살에 찔린 마젤란의 죽음). 이어 앙드레샤를 불[32]이 랭스로의 작업실에서 만든, 그 솜씨에 놀란 루이 14세가 한쪽 눈썹을 치켜올리면서(오만하기는!) 앞으로는 오직 왕을 위해서만 만들라고 왕실 전속 세공사로 임명하게 했다는 대모갑 세공품을 불러낸다. 그리고 앙리 4세의 요람,[33] 니스 칠을 한 갈색 바다거북 등딱지로 만든 전설적인 요람과 그

31 16세기 이탈리아 베네치아 공국의 학자. 마젤란과의 항해 이후 『최초의 세계 일주 항해에 대한 보고서』를 썼다.
32 17세기 프랑스의 가구 세공사로, 특히 대모갑과 붉은색 안료를 사용한 상감 세공으로 화려한 가구를 만들었다. 파리의 옛 랭스로와 루브르에 작업실이 있었다.
33 프랑스 부르봉 왕가의 첫 왕, 앙리 4세가 태어난 피레네아키텐 지방의 포성(城)에 있던 요람이다.

속에 옷깃을 주름으로 장식한 옷을 입고 누운, 눈까풀의 속눈썹이 길고 턱이 두 겹으로 불룩한 왕가의 아기를 소환한다. 그리고 마지막으로, 그 모든 것을 파라디로의 안경점에서 본 안경과 합친다. 안경점 주인은 거북 각질판 테가 왜 그렇게 비싼지 설명하면서, 진짜 거북 각질판로 만든 테는 비싸다고, 진짜 거북 각질판은 품질이 비교 불가로 좋아서 그렇다고 했다. 절대 안 부서지죠. 영원히 쓸 수 있어요.

폴라는 화판 앞에서 여전히 제자리걸음 중이고, 조나스가 돌아온다. 실내가 마치 전속력으로 항해하는 화물선의 기관실 내부처럼 덥다. 조나스는 밝은 노란색 감자튀김을 폴라에게 건네고, 들고 올라온 맥주병 묶음을 가리킨다. 아직 통화 중이야? 벽 너머에서 들리는 고함 소리, 한숨 소리. 조나스가 냉정한 어조로 나지막하게 말한다. 이 집은 내가 1분만 자리를 비워도 엉망진창이 되는군. 여전히 화판에 눈길을 고정한 폴라가 빙그레 웃는다. 폴라는 아직 시작하지 못했고, 말없이 감자튀김을 천천히 집어 먹은 뒤 손가락을 벌려 가운에 닦고, 다시 팔레트의 붓을 든다. 이제 화폭 밖의 그 어떤 것에도 한눈팔지 않을 것이다. 거북 각질판이 바로 저기, 손이 닿을 수 있는 곳에 있다. 사물들의 표면에서, 당장 만질 수 있을 듯 움직인다. 사나운 동물을 어루만져 주려고 부를 때처럼 손바닥을 펴서 내밀기만 하면 다가올 기세다. 하지만 막상 폴라가 그렇게 하면 홀연히 뒤로 물러나고, 물성이 사라진 그곳에서 각질판은 희미한 베일에 가린 채 흔들리면서 여전히 탐스럽게 아름답다. 참고 기다려야 해. 그녀가 생각하며 기회를 노린다. 부엌에 앉아 햄버거를 먹으며 지켜보던 조나스는 거의 투명할 정도로 파리하고 탬버린 가죽처럼 팽팽하게 당겨진 폴라의 피부에, 주위가 붓고 눈동자가 축축한 폴라의 눈에 놀란다. 여자들은 물질에만 집착해. 조나스가 여전히 그녀를 쳐다보면서 큰 소리로 말한다. 농담을 해야, 긴장된 분위기를 풀어야 한다. 더구나 옆방에서는 침대 매트리스가 삐걱대고 그 위에서 케이트가 움직이고 신음하고, 소리가 높아지다가 길게 늘어지고 폭발하고 복도가 쾌락의 우물이 되어 소리를 반향한다. 즐기고 계신가 보군. 조나스가 먹던 햄버거를 내려놓는다. 좀 조용히 일할 수 있어야 하는 거 아냐? 폴라는 그소리 속에서 그리기 시작하고, 이제 거북 각질판은 그자체가 아닌 다른 것들을, 다섯 살짜리 여자애의 벗겨진 무릎과 위험과 태평양 오지의 섬과 부화하는 알을, 왕의 허영과 쥐를 잡아먹은 포르투갈 선원을, 곱게 컬이 진 배우의 머릿결과 낚시하는 작가를, 한 덩어리가 된 그 모든 시간을, 수놓은 배내옷을 입고 거북 등딱지로 만든 전설의 요람에 누운 왕가의 갓난아기를 포함하고, 카우보이의 올가미처럼 폭이 넓고 화살처럼 정확한 단 한 번의 몸짓 속에 모든 이야기와 이미지를 응축시킨다.

어때, 잘되고 있지? 볼이 발그레하고 온 얼굴에 미소를 띤 케이트가 민첩하게 재등장한다. 그녀는 심호흡을 하고 맥주를 들어 바로 뚜껑을 따더니 태연하게 병째 마신다. 그런 뒤에, 쌍붓을 들고 포르토로에 결 무늬를, 가느다란 금줄, 빛의 망(網)을 그리기 시작한다. 때가 된 것이다. 그녀는 가벼운 붓으로 유연하고 빠르게 그려 나간다. 조나스는 화폭을 가볍게 다듬으며 부드러움을 주는 중이고, 폴라는 스펀지로 문지르며 리프팅 작업 중이다. 밤은 연성(延性)과 탄성(彈性)을 지니고, 마치 과거와 미래가 풍화되고 현재는 그림 그리는 행위만의 시간이 된 듯, 그들은 계속 그린다. 마침내 새벽 4시경에 폴라가 두 팔을 뻗으며 기지개를 켠다. 난 잘래. 그녀는 방으로 들어가서 문을 닫고 옷을 벗어 둘둘 만 뒤 바닥에 던져 버리고 곧바로 잠이 든다.

여름이다. 강바닥에 해그림자가 지고, 움직이는 그림자가 마름모꼴을 만들었다 일그러뜨렸다 하면서 모래와 자갈과 이끼를 일렁이게 한다. 폴라는 강에 발을 담그고, 물길이 마치 빗질하듯 훑고 지나가는 섬유질

많은 긴 수초들을 손으로 밀쳐 내며 물속으로 들어간다. 수면 아래 검은색과 회색과 황금색 무늬가 있는 카키색 생명체 하나가 움직인다. 그 살갗이 강의 모습과 강의 움직임과 강의 빛 그대로라서, 생명체는 물속에 숨어서 움직인다. 폴라는 메탈블루 빛깔의 잠자리가 가시 금작화까지 날아가는 모습을 보느라 고개를 들었다가 다시 강물 속을 살핀다. 생명체는 이미 사라졌다. 어쩌면 아예 이곳에 있지 않았을지도 모른다. 트롱프뢰유야. 폴라가 햇빛 속에서 고개를 뒤로 젖히며 생각한다. 여기 흐르는 건 강물뿐이라고. 이어 폴라는 횡영으로 천천히 헤엄쳐서 맹그로브 쪽으로 나아가고, 다시 배영으로 바꾸어 물길에 몸을 맡기고 곧 강둑에 다가간다. 물이 허리까지 올라오고 발이 조약돌 위에서 미끄러진다. 갑자기 생명체가 다시 나타났다. 폴라에게서 1미터도 안 되는 거리다. 폴라는 전율한다. 거북이다(원래 강물에는 이것저것 다 비치고 반짝이는 거 아냐?). 그녀는 잠수한다. 착시가 아니다. 각질판 색이 변하는 임브리카타 거북이가 눈을 뜨고, 정말로, 그녀와 함께 헤엄친다.

그날, 3월 21일, 메탈로에 사람이 북적대고 양쪽 인도 위로 긴 줄이 늘어섰다. 모두 서두른다. 어딘가 목적지를 향해 가는, 고개 숙여 바람을 피하며 전진하는 사람들처럼 단호한 걸음걸이다. 서로 알아보고 소리쳐 부르기도 하고, 사람들이 모여 있는 30-1번지에 가까워지면 걸음이 느려진다. 기대 섞인 나지막한 웅성거림. 전화 통화를 하려고 무리에서 빠져나가기도 하고, 자동차에 기대서서 담배를 피우는 사람도 있고, 윤기 잃은 파란색의 하늘을 보며 비가 올까 봐 걱정하는 사람도 있다. 무리 중에 아는 얼굴들이 고개를 내밀고, 그중에는 숨을 가다듬는 폴라의 부모도 있다. 기욤 카르스트는 시계를 확인하고, 발꿈치를 들어 올려 학교 입구에 모인 머리들 위로 눈길을 던진다. 다 됐어. 그가 발꿈치를 다시 바닥에 붙이며 한 번 더 말한다. 이제 곧 열릴 거야.

딸이 학교 근처에 잡아 둔 호텔에서 잔 폴라의 부모는 동틀 무렵부터 일어나 있었지만 하마터면 늦을 뻔했다. 방을 나서기 직전 거울 앞에서 문득 이대로는 별로인가 너무 차려입은 것처럼 보이려나 의혹과 불안이 밀려오는 바람에 옷차림을 다시 점검했고, 결국 기욤은 넥타이를 풀고 마리는 제비들이 그려진 연푸른색 실크 블라우스 대신 단순한 검은색 스웨터로 갈아입느라 시간을 허비했다. 지금 두 사람은 긴장한 상태로 손을 잡고 기다린다. 폴라가 졸업하는 특별한 날, 자신들에게도 주어진 역할이 있음을 잘 알고 있다. 무엇보다도 호들갑 떨지 말 것. 딸이 둥글게 말아 붉은 새틴 리본으로 묶은 졸업장을 받을 차례가 되어 호명될 때, 앞에 나간 딸이 하객들 틈에서 부모의 눈길을 찾을 때, 혹은 반대로 괜히 수줍은 척하느라 그 순간을 흘려보낼 때, 제대로 대처해야 한다.

전날 그들은 딸이 사는 집 앞에 약속 시간보다 너무 일찍 도착한 탓에(절대 일찍 나서지 말 것, 절대 초조하고 흥분한 모습을 보이지 말 것) 여느 때와 다름없이 손을 잡고 동네를 둘러보고 왔다. 담담한 표정의 조나스가 더러운 손으로 문을 열어 주었고, 폴라는 욕실에서 2분이면 된다고 소리쳤다. 기욤과 마리는 부엌에서 서

129

성이며 기다렸고, 몸의 윤곽을 삼켜 버린 겨울 외투(기욤은 더플코트, 마리는 파란색 케이프) 차림의 부부는 와서는 안 될 자리에 와 있는 것처럼 부자연스러웠고, 움직이다가 무엇에라도 스칠까 봐 조심스러웠고, 눈앞의 광경에 놀란 상태를 드러내지 않으려 애썼다. 특히 기욤은 지난 9월에 깔끔하게 정돈되어 있던 이 좁은 학생 아파트가 어쩌다가 이렇게 엉망진창이 되었는지 믿기 어려웠다. 분리된 공간들(침실 두 개, 부엌, 욕실, 복도)이 각자의 기능을 잃고 경계가 흐려져서 아예 하나의 연속된 공간을 이루고, 그나마 마지막까지 남아 있던 경계선들도 최근에, 아마도 지난 사흘 동안에 마치 범람하는 강물 앞에서 버티던 둑이 무너지듯 허물어지면서 아파트 전체가 그림을 위한 공간이 되어 버렸다. 증식(增殖) 현상. 화판들을 바닥에 늘어놓거나 벽에 걸쳐 세워 두고 말리고 있고(문은 너무 좁아서 색상표와 시험 삼아 칠해 본 견본들밖에 못 붙인다), 개수대와 세면대는 아예 물통으로 변해 붓들이 더러운 물에 담겨 있고, 평평한 곳이면 아무리 좁아도 어김없이 물건이 놓여 있다. 용해제 병, 꽁초 가득한 재떨이, 색 혼합 그릇, 가루 안료 그릇, 펼쳐진 책, 귀퉁이가 접힌 잡지, 화보집, 사진, 명화(푸생, 렘브란트, 키리코)를 인쇄한 엽서, 더러운 걸레, 쓰고 나서 아무렇게나 뭉쳐 놓은 키친타월, 포테이토칩 봉지와 빈 요거트 통, 연유 튜브(조나스), 코카콜라 캔, 욥 요거트병, 장갑, 케이블, 라이터……. 아주 드물게 침범을 피한 성역은 노트북을 위한 자리였다. 침대마저 물건들이 점령했고, 조나스의 침대는 아예 벽에 기대 세워 놓고 프레임 갈빗살을 그림 말리는 건조대로 써서 옷과 양말, 팬티, 스웨터도 같이 걸려 있었다. 거기다 또 놀랄 만큼 지독한 냄새. 아예 고체 덩어리로 뭉쳐진 것 같았다. 폴라의 부모가 창백해지는 것을 본 조나스가 급히 창문을 열었다. 그런 뒤에 그들이 손에 든 술병과 케이크를 내려놓을 수 있도록 테이블 위에 있던 물건들을 비어 있는 의자들 위로 옮겨 놓았다(결국 여전히 앉을 자리는 없었다). 고마워요. 드디어 손이 자유로워진 기욤 카르스트가 때마침 머리카락이 젖은 채로 욕실에서 나온 촉촉하고 발그스레한 딸과 포옹할 수 있었다. 샤워했어. 어제 늦게 잤거든. 마리 카르스트도 폴라의 뒤편에서 딸의 견갑골에 볼을 가져다 대며 껴안았다. 우리의 아이. 부모가 앞뒤에서 딸을 껴안고 서 있는 광경 앞에서 조나스는 난감했다. 그는 재회를 기리는 안무가 과하다고 생각하며 시선을 돌렸고, 점퍼를 잠근 뒤 천천히 문 쪽으로 향했다. 저 먼저 나갈게요. 이제 가야 해요. 그가 즐겨 쓰는 문장들이다.

잠깐, 같이 한잔합시다. 기념인데 샴페인 한잔 해야지! 어느새 샴페인병을 들어 올린 아버지를 향해 딸이 얼굴을 찌푸렸다. 지금, 여기서 마시자고? 정말? 폴라는 아버지가 굳이 이 순간을 엄숙하게 기념하고 싶어 하는 게 당혹스러웠다. 그래! 지금! 너도 샴페인 좋아하잖아, 폴라. 아버지가 곧바로 샴페인을 땄고, 여전히 딴 생각에 빠져 있던 어머니가 급히 브르타뉴 민속 의상 차림의 어린이들이 그려진 철제 설탕 통을 열고 뚜껑에 사블레 비스킷을 꺼내 놓았다. 폴라는 조나스에게 〈그냥 있어〉라는 뜻으로 눈짓을 했고, 잠시 후 그들은 학교 식당에서 가져다 놓은 컵들을 급히 씻어 와서 샴페인을 마시며 컵들 위로 눈길을 주고받았다. 그들 사이에 새로운 공모 관계가 형성되었다. 이제 조나스는 폴라의 부모를 안다. 그래도 좋다고 폴라가 허락했다. 폴라가 자신의 세계를 드러냈다.

아버지와 어머니가 와 있어도 딸은 그대로 자기 할 일을 하기로 되어 있었다. 우린 걱정 마. 알아서 할 테니까. 어른인데. 하지만 폴라의 부모는 어떻게 이 아파트를 나서야 할지 계속 주저했다. 단호하게 잔을 내려놓고, 목도리를 걸치고, 이어 다시 잔을 채웠다. 자, 마지막 잔이야. 이것만 마시고 가자. 돌연 마리 카르스트가 1년 동안 어떤 작품을 완성했는지 궁금하다고, 그려 놓은 것을 보고 싶다고 말했다. 폴라가 말도 안 되는 소리라는 표정으로 입을 삐죽이며 고개를 저었지만, 조나스의 말이 더 빨랐다. 좋죠. 조나스가 폴라의 부모를 안내하기 시작했다. 좁은 아파트는 거대하고 깊은 공간으로 변하고, 마치 외투 주머니를 뒤집어 보이며 보물들을 하나씩 꺼내듯, 여러 가지 대리석과 목재와 구름 낀 하늘과 황금빛 쇠시리를 드러내 보였다. 폴라가 뒤따라가며 너무 가까이서 보면 안 된다고, 아직 다 안 말랐다고, 어차피 볼 필요 없다고, 봐도 모를 거라고 투덜댔지만, 아무도 그 목소리가 들리지 않는 듯 모든 게 폴라와 상관없이 진행되었다. 조나스가 계속 폴라의 부모를 안내했다. 그림 앞으로 데려가서 설명해 주고, 목재와 대리석의 이름을, 장식의 종류를 알려 주고, 붓을 내밀고 팔레트를 보여 주었다. 폴라의 부모는 뒷짐을 지고 그림 가까이 얼굴을 가져다 대며 중얼거렸다. 놀랍네, 믿기 어려워, 대단해! 마지막으로 스키로스 대리석 앞에서 조나스가 연극배우의 어조로 물었다. 어떤가요? 진짜 같은가요? 아닌가요? 기욤과 마리가 웃으며 고개를 끄덕였다. 진짜 같네. 진짜라고 믿고 싶어져. 그리스잖아. 스포라데스 제도의 섬, 여름, 이성의 빛. 흥분한 기욤의 얼굴에 즐거움이 요동쳤다. 마리가 한술 더 뜬다. 신화의 빛! 폴라는 초조하다. 뭐야, 취한 거야? 사실, 그들은 취했다. 알딸딸하고 살짝 몽롱하고 감탄하느라 넋이 나갔다. 조나스는 폴라의 부모가 건넨 대답이 자기 작품의 가치를 다져 주기라도 한 것처럼 복도에서 어린 염소처럼 신나 했다. 그러더니 돌연 나머지 장면을 끊어 내며 악수를 청했다. 그는 현학적인 태도로 검지를 위로 들어 올리며 내일 다시 뵙자고 했다. 중요한 날이 잖아요! 문을 나서는 조나스를 보며 폴라가 마음속으로 말했다. 위선적이기는!

조나스가 나가자 순식간에 광도(光度)가 떨어지고 각(角)들이 무뎌지고 세부적인 것들이 흐려졌다. 아파트는 곧 색깔들을 섞고 난 물감 통 바닥처럼 광택 없는 회색에 잠겼다. 호텔에 데려다줄게. 폴라가 부엌 창문을 닫고 외투를 걸쳤고, 셋이 함께 집을 나섰다. 추운 거리에서 폴라는 아버지와 어머니 사이에 끼어들어 양쪽으로 팔짱을 끼었다. 그녀의 자리. 그 애 참 괜찮던데? 기욤 카르스트가 늘 그렇듯이 조심스럽게 말했다. 1백 미터쯤 더 갔을 때 마리 카르스트가 덧붙였다. 그래, 아주 호감 가더라. 다행이야.

호텔 문 앞에서 폴라는 부모와 포옹하며 인사했다. 내일 봐요. 괜히 흥분하지 말고. 폴라는 바로 돌아서지 않고, 유리 벽 너머로 호텔 로비를 지나 엘리베이터까지 차분한 걸음으로 걸어가는 부모를 지켜보았다. 폴라의 눈길 속에서 기욤과 마리는 딸의 현실과 완전히 분리된 자기들만의 현실 속에 놓였고, 딸은 없는 이야기 속에 존재하는 다른 세계의 사람, 영화 속 인물이 되었다. 폴라는 그런 순간, 지금처럼 자기는 어둠 속에 웅크린 채 멀리 환한 빛 속의 부모를 바라볼 때 아버지와 어머니가 가장 가까이 느껴진다. 그럴 때의 느낌, 서서히, 더 이상 버티지 못하고 돌아서서 달아나고 싶을 만큼 찢어질 듯 고통스러운 그 느낌은 바로 부모가 낯선 존재가 되었다는, 자신이 부모의 수수께끼를 엿보고 있다는 강렬한 느낌이다. 그러자 어릴 때 엄마가 잘 자라고 키스를 해주고 나간 뒤, 몸이 움직일 때마다 엉덩이를 스치던 카나리아노랑색 잠옷의 감촉과 통통한 뒤꿈치가 마룻바닥에 울리던 소리가 떠오른다. 폴라는 살짝 열린 부엌 문 앞으로 가서, 자기가 잠들고 난 뒤에 어머니와 아버지의 삶의 모습이 어떤지, 정확히는 자기가 없을 때 두 사람의 삶이 따로 있는지, 사실은 자기도 들어가 있는 그 삶이 어떤 모습인지 지켜보았다. 어슴푸레한 빛 속에서 부모의 식사 장면을 엿보는 동안, 부엌에 가득한 고요, 포크와 나이프가 접시를 긁는 소리, 유리잔에 따르는 액체 소리, 입이 움직이는 소리, 어린 폴라는 부엌에서 일어나는 모든 것에 매료되었고, 동작들과 함께(어머니는 닭 날개의 껍질을 벗기고 감자 껍질을 까고 포도주를 입에 가져다 댔고, 아버지는 팔꿈치를 식탁에 괸 채로 작은 그릇 안을 스푼으로 젓고 일어서서 겨자와 갈색 설탕을 가져오거나 개수대에서 물병에 수돗물을 채웠다) 끝없이 이어지는 대화들이 궁금해서 귀를 기울였고, 이미 10년 전부터 함께 살아온, 상대 없이 혼자 밤을 보낸 일이 단 한 번도 없는 두 사람이 서로의 말에 귀를 기울이고 서로를 뚫어져라 바라보는 방식이 낯설어서, 어머니는 다른 여자가 되고 아버지는 다른 남자가 되어 버린, 더 이상 알아볼 수 없는 모습이 놀라워서 당황했다. 아버지와 어머니는 자기와 멀리 있는 존재, 두 직장인일 뿐이었다. 사실 두 사람은 직장이 멀었지만(마리는 파리에 있는 에르 리키드[34]의 인사팀, 기욤은 오베르빌리에에 있는 생고뱅[35]의 연구 개발 팀이다) 단둘이 함께하는 자리를 지켜 내기 위해 직장 생활의 부침에 초연하게 대처하고 그 충격을 최소화하려고 애썼다. 폴라는 밝은 곳으로 한 걸음 나가서 계속 지켜보고, 이미 한참 전에 아이의 존재를 알아차린 아버지 혹은 어머니가 문 쪽으로 고개를 돌리고, 그대로 앉아서 목소리를 높이며 순식간에 아버지 혹은 어머니로 돌아간다. 우리 꼬마 아가씨, 어서 가서 자야지?

행사를 위해 깨끗이 청소하고 조명을 밝힌 아틀리에에 학생들의 작품이 전시되었다. 전시회가 개최되는 갤러리, 기량들을 뽐내는 진열장으로 행렬이 느릿느릿 들

---

34 프랑스의 산업용 가스 회사.
35 17세기, 루이 14세의 궁정 유리 제조사에서 출발하여 유리와 화학 물질 가공 회사로 성장했고, 각종 자재와 기계류를 생산한다.

어서고, 흩어지고, 검은색 터틀넥의 여인에게 인사를
했다. 그 여인에게는 오늘이 1년 중 최악의 날이다. 비
둘기색 플란넬 바지 정장 차림에 왁스 먹인 검은색 더
비 슈즈를 신은 그녀는 손님을 초대한 가정주부 역할을
맡아 정중하고 담담하게 맞이하고 안내한다. 이따금 피
로를 감추지 못할 때면 더 이상 상대에 따라 말을 가려
하지 못한다. 상냥해야 할 때 예민해지고 가깝고 싶을
때 멀어진다. 침입자들이 밀려와서 시끌벅적해진 그곳,
끝없이 긴 줄을 이룬 얼굴들에서는 자부심과 어리석은
흥분이 흘러내린다. 검은색 터틀넥의 여인은 이 모든
게 괴롭고 진저리 난다. 올해도 그녀는 이런 홍보성 행
사를 피해 갈 수 있기를 바랐다. 그녀가 원하는 대로 하
자면, 이 학교는 학생들이 트롱프뢰유를 통해 현실에
구멍을, 통로를, 터널을, 회랑을 파게 해주는 은밀한 소
굴이어야 하고, 자신은 그저 학생들과 함께하면서 시범
을 보이면서 방법을 가르쳐 주면 된다. 하지만 기욤 카
르스트와 마리 카르스트가 잔뜩 집중한 얼굴로 말없이
다가오자 검은색 터틀넥의 여인은 곧바로 마음을 열고
악수를 청한다.

폴라 카르스트의 부몹니다. 아주 잠시 주변의 소리가
잦아든다. 폴라는 거북 각질판을 택했죠. 검은색 터틀
넥의 여인이 나지막하게 말하고, 웅성대는 사람들 틈을
뚫고 폴라의 부모를 딸의 작품이 놓인 곳으로 안내한

다. 여깁니다. 현명한 선택이죠. 그녀가 말을 잇는다. 거북이가 보호 대상이 되었고 거북 각질판도 거래 금지 품목이라서, 사실 실내 장식가들이 높이 평가하는 재료인데도 사용은 점점 줄고 있어요. 요즘은 폴라만큼 그려 낼 수 있는 사람이 드물죠. 폴라의 부모는 혼란스럽다. 처음으로 딸의 삶에서 자신들이 알지 못하던 부분을 마주한 그들은 딸의 작품을 관찰한다. 형언할 수 없는 눈부신 이미지. 강바닥의 자갈과 바닷속 식물들과 파충류들을 담고 있는 표면 앞에서 그들은 놀라움을 감추지 못한다. 둘 다, 동시에, 다가가서 그림에 손을 얹어 거북이 등딱지를 느껴 보고 싶다. 그들은 검은색 터틀넥의 여인에게 인사를 하고, 줄지어 다가오는 일행을 거슬러 조용히 걸음을 옮겨 자리를 뜬다. 잠시 후 한 손을 들어 올리고, 벽을 따라 이어진 위쪽 난간 통로에 있는 폴라를 향해 손짓한다. 길게 줄기를 뻗은 접시꽃을 닮은 폴라는 둥글게 말린 졸업장을 망원경 삼아 두리번거리다가 드디어 부모를 발견한다. 저기다. 폴라가 중얼거린다. 여기! 나 여기!

마지막 밤, the last night, the last big one(마지막 밤, 마지막 중요한 밤)에 졸업생들이 전부 모여 취하도록 마셨다. 헤어지기 전 마지막으로 아무 생각 없이 즐겼고 맹세와 선언과 약속과 눈물을 쏟아 냈고 술기운 때문에 감상에 취해 가식을 벗어던졌고 술집 카운터 자리에서 한 명씩 잔을 들어 올리며 작별 인사를 했다. 자정쯤에 조나스가 보이지 않았다. 폴라는 조나스를 찾으러 술 취한 상태로 외투도 걸치지 않고 밖으로 나갔고, 맨팔을 드러낸 채 학교를 향해 걷는 그녀의 발소리가 차가운 거리에 울려 퍼졌다. 폴라는 아틀리에에 불이 켜져 있으리라고, 조나스가 검은색 터틀넥의 여인과 같이 있으리라 생각했다. 이미 밤에 아틀리에에서 두 사람이 몇 번 만났고, 학생들도 모두 알고 있었다. 검은색 터틀넥의 여인은 조나스를 데리고 학교 일을 했다. 안료를 평가하고 니스의 배합을 확인하고 기법을 바꿔 보기도 하고 그냥 그림 얘기도 했다. 함께 고개를 숙이고서 희귀한 책 혹은 암스테르담과 런던과 마드리드에서 열린 전시회 카탈로그 혹은 멍청하도록 화려한 실내 장식 잡지를 넘겨 보았다. 소문에는 검은색 터틀넥의 여인이 조나스의 재능을 좋아해서(자주 입는 후드 티와 노상 쓰고 있는 야구 모자는 싫어한다) 학교에 채용하고 싶어 한다고 했다. 조나스는 그녀와 격식 없는 친근한 말투로 말했고, 그녀는 일을 시작하기 전 조나스에게 코냑이나 샤르트뢰즈[36]처럼 마시면 입 안이 타들어 갈 것 같은 독한 술을 따라 주고 조나스가 피는 담배를 얻어 한두 번 연기를 내뿜고 나서 돌려주기도 하고 돌연 아가씨처럼 가볍게 생글거리기도 했다. 하지만 조나스는 그 침묵의 요청들을 피해 가며 걸려들지 않았다. 그보다는 〈카라라 백대리석의 세계적 권위자〉인 그녀가 잘 나가는 트롱프뢰유 제작자이자 세계적 명성을 지닌 미술 학교의 존경받는 교장이라는 지위보다는 화가가 되고 싶어 하지는 않을까 궁금했다. 〈진짜〉 화가? 앞머리 몇 올을 눈 위로 늘어뜨린, 담비처럼 미끈한 여자는 놀리듯이 되물었다. 폴라의 예상과 달리 학교는 불이 다 꺼져 있다. 폴라는 추위로 떨면서 술집으로 돌아와서

36 샤르트뢰(카르투시오) 수도회의 모원(母院)인 그랑드샤르트뢰즈에서 수도사들이 만드는 약초 술.

런던의 은행에서 온 남자와 함부르크에서 온 화가 사이
에 앉았다. Fuck(젠장)이라고 쓰인 연한 핑크색 맨투맨
셔츠를 입은 런던 은행원은 머리카락을 맥주에 빠뜨린
채 뜨거운 눈물을 쏟았고, 제법 취한 함부르크의 화가
는 폴라가 기억하지 못하는 약속을 들먹이며 같이 자자
고 치근댔다. 자, 어서, 가자고. 그는 뜨거운 큰 손을 폴
라의 허리에 얹고 그녀의 목을 핥았고 걸쭉한 목소리로
오늘 밤 아니면 끝이라고, 이후로는 기회가 없을 테니
후회해도 소용없다고 했다. 폴라는 그를 피하면서 곁눈
질로 계속 살폈지만, 조나스는 끝내 나타나지 않았다.
새벽 5시경, 폴라는 케이트를 집 앞까지 데려다주었다.
그곳에서 두 여자는 진한 키스를 했고, 한참 동안 부둥
켜안고 있었다. 폴라는 케이트의 팔에서 살아 움직이는
물고기 문신을 마지막으로 한 번만 더 보여 달라고 했
고, 그러자면서 점퍼와 스웨터를 벗고 가로등 아래 선
케이트는 밤의 어두움 속에서, 차가운 우윳빛 후광 아
래서, 마치 동화의 인물 같았다. 거리에 해가 떠오를 즈
음 폴라는 파름로의 계단을 올랐다. 이제 봄이네, 생각
하며 그녀는 그동안 그리는 법을 배운 나무들을 하나씩
떠올렸다. 그렇게 층계참까지 왔고, 문을 열지 않아도
알 수 있었다. 조나스가 있다. 집에 있다. 집에 들어와
있다. 그녀의 눈가에서 왈칵 눈물이 솟구쳤고, 분노 때
문인지 피로 때문인지 안도감 때문인지 무력감 때문인

지 알 수 없지만 샘물처럼 계속 흘러내렸다. 폴라는 안으로 들어갔고, 부엌 개수대에서 상체를 굽힌 탓에 티셔츠 속 견갑골과 척추뼈들이 튀어나온(단춧구멍들) 조나스가 그릇을 씻고 있었다. 조나스가 돌아보고, 늘 어뜨린 두 팔과 연분홍색 고무장갑에서 물이 떨어졌다. 그는 입술을 꽉 다물고 마치 폭발의 순간을 기다리는 사람처럼 조용히 그녀를 응시했다. 괜찮아? 조나스가 머리를 움직이며 물었지만 폴라는 꼼짝도 할 수 없었다 (토네이도를 간신히 붙잡아 두었다). 잠시 후 마음을 진정시킨 폴라가 손목시계를 보며 부동산에서 집 점검 하러 몇 시에 오기로 했는지 물었다. 조나스가 다시 개수대 쪽으로 돌아섰다. 오후 5시. 서둘러야 해.

이제 엉망진창인 집을 치워야 한다. 화판들을 치우고 그림들을 도화지 파일에 넣고 붓을 씻고 물감 뚜껑을 닫고 자료들을 정리하고 조립 가구들을 분해한 뒤 접어서 분류하고 가방을 싸고 쓰레기를 내려다 놓아야 한다. 물건들을 다 치운 뒤에도 타일과 마룻바닥에 남은 물감 자국을 걷어 내고 욕조를 닦고 개수대와 세면대를 문지르고 벽에 남은 자국을 없애고 청소기를 돌려야 한다. 보증금을 돌려받기 위해서 해야 할 일이 산더미였다. 그들은 온종일 눈길 한번 주고받지 않고 부지런히 일하고, 불쑥 던진 몇 번의 질문이 대화의 전부였다(이

건 어떡할까? 폴라가 조나스의 양말 한 짝을 높이 들며 묻는다. 맘대로 해. 상관없어). 마침내 집 안이 반짝거리고 마룻바닥도 광택이 나고 타일도 티 하나 없이 깨끗해졌다. 그들이 살았던 흔적이 완전히 사라졌고, 부동산에서 온 여자가 엄숙한 태도로 수표를 써서 주고 갔다. 그런 뒤에 둘은 이상한 일을 했다. 그들은 마룻바닥에 나란히 누워 해가 질 때까지 말없이 천장을 바라보았다. 그리고 아마도, 각자 마음속으로, 이 집에서 있었던 일들을 되짚었을 것이다. 폴라와 조나스는 그렇게 공간에 젖어 들면서, 같이 학교에 다닌 여섯 달 동안 둘 사이에 일어난 일들을, 처음 세르퐁텐 대리석 이야기를 나눈 그 일요일 이후 서로가 상대에게 무엇이었는지 떠올렸고, 이제 그들의 마음속에서 아파트는 마치 볼 때마다 처음처럼 느껴지고 잊고 지내다가도 한순간 그대로 떠오르는 유년기의 풍경처럼 근원적인 것이 되었다. 그들은 또 자기들이 나간 뒤 새로 들어올, 자기들과 비슷할 다음 학생들을 생각하며, 미래를 향한 약속으로 입을 다물지 못하고 가슴팍이 부풀어 오를 그들을 부러워했다. 아니, 어쩌면, 지난 며칠 동안 잠을 못 잔 탓에 피로가 밀려와서 그냥 쉬었을 수도 있다.

밤이 깊어 갈 즈음에 그들은 노트북을 켜놓고 바닥에 책상다리로 앉았고, 전세기로 지상 낙원의 섬을 향해 떠나라고 유혹하는 사이트에 접속했다(세이셸 군도! 세이셸 군도! 폴라가 어깨를 들썩이며 흥얼거렸다). 그들은 노트북 화면의 환한 빛 속에 얼굴을 파묻고서 한참 동안 검색했고, 새벽에 당장 떠나갈 사람들처럼 비행기 시간과 가격을 비교했다. 그러다 조나스가 우연히 침팬지 얼굴을 클릭하면서 동영상이 재생되었다. 자유를 향해 풀어 주는 이야기지만 동시에 작별의 이야기, 그래서 모든 게 복잡해진 동영상의 힘에 매료된 폴라와 조나스는 바짝 붙어 앉아서 지켜보았다. 야생에서 구조되어 콩고의 브라자빌 침풍가 재활 센터에서 보살핌을 받던 암컷 침팬지 운다를 풀어 주고 있고, 곧 into the wild(야생으로) 돌아갈 운다가 외모를 보면 시인이 떠오르는 세계적인 영장류 연구자를 향해 갑자기 돌아서고 큰 손을 뻗어 가녀린 여인의 어깨에 얹더니 고개를 그녀의 목에 파묻으며 꽉 껴안고, 제인 구달도 팔을 뻗어 운다를 안는다. 음악이 짜증스러워서 조나스가 소리를 꺼버렸다. 소리가 사라진 장면이 시간을 정지시키고, 열대 숲의 작은 터, 명상에 잠긴 한 여인과 침팬지밖에 없는 세상을 창조했다. 조나스와 폴라는 눈물을 터뜨렸다. 알 수 없는 무언가가 그들을 동시에 휘어잡았다. 인간과 동물 사이에 되찾아진 연대였을까. 자유롭게 살기 위해서는 헤어져야 한다는 생각이었을까. 그동안 있었던 일과 받은 것에 대한 고마움, 가슴 아픈 사랑 같은 것이었을까. 정확히는 알 수 없다. 하지만 그 날, 파름로에서 보낸 마지막 밤에 폴라와 조나스는 운다의 영상을 수십 번 돌려 보았고, 영상 속에서 침팬지와 눈 감은 여인이 부둥켜안고 있고 밀림 입구가 감동으로 전율하는 동안, 그들은 계속 울었다.

내일 헤어질 때 그들 역시 길에서 부둥켜안을 테고, 그런 뒤에 각자의 길을 갈 것이다. 슬프긴 뭐가 슬퍼! 살짝 체면을 챙기며 서로 웃음을 부추길 테고, 드디어 끝나서 좋다고, 잘됐다고 우길 테고(좋아, 난 네가 지겨워. 이제 좀 편히 지낼 수 있겠네) 끈적대는 출발의 시간을 줄이려 할 것이다. 서로를 믿고 서로가 서로에게 특별한, 세상에 단 하나뿐인 사랑받는 존재가 되었음을 의심하지 않으면서도, 그들은 무언가가 끝났음을 확실히 새겼다. 학교와 이 아파트의 시간, 젊음의 시간, 배움의 시간, 그 시간들은 지나갔다. 폴라는 눈을 감고 그 말을 머릿속으로 되새겼고, 그 말이 휘두르는 거친 힘, 마치 그것을 겪으면 헤어짐의 순간을 연장할 수 있고 몇 분을 더 긁어낼 수 있기라도 한 것처럼 그 힘이 발휘되길 바랐다. 유년기를 벗어났듯이 이제 아틀리에를 나서 밖으로 향해야 한다. 미처 깨닫지 못한 채 버리고 온 세상으로 돌아가야 한다. 모든 것이 영원히 변했다. 밀림으로 돌아가기 전 마지막으로 제인 구달을 향해 돌아서는 운다를 보며 그들이 한 생각이다. 그들은 서로에게, 번갈아 혹은 동시에, 서로의 침팬지였다. 출발 문턱에 선 침팬지들.

때가 돌아오도다

파리에 돌아온 폴라에게 금방 첫 일거리가 나타났다. 졸업식으로부터 한 달이 채 안 지나서 집 안에 틀어박혀 있을 때였다. 마치 브뤼셀과 파리 사이에 며칠 밤을 설치는 것만으로는 회복될 수 없을 만큼 큰 시차가 있고, 마치 먼 나라에서, 지구상의 시계와 일치하지 않는 시간대에서 왔고, 마치 벨기에 생활에서 극심한 피로만 남은 것 같았다. 그녀는 방 안에 해가 너무 들지 않도록 창문 블라인드 살을 비스듬히 눕힌 채 늘 내려 놓았다 (벨기에에서 너무 많이 보느라 혹사당한 눈을 쉬게 해주려고? 모든 것으로부터 눈을 낮게 해주려고?). 밖은 4월이고 봄기운이 완연했다. 거리에 어깨와 종아리의 맨살이 다시 나타나기 시작했고, 엽록소가 내보내는 탄산 가스가 실린 대기가 시큼했고, 하늘은 수정처럼 맑았고, 되살아나는 도시가 온갖 색채들을 펼쳐 놓고 있었다. 폴라가 마음먹고 밖에 나가기만 하면 지금껏 한 번도 제대로 본 적 없는, 이제는 정확한 이름을 붙여 줄 수 있는 여러 가지 색채를 접할 수 있었으리라(로즈나카라, 놀란님프의엉덩이,[1] 파프리카, 아쿠아머린, 키스해줘요아가씨,[2] 나폴리엘로, 거위똥,[3] 아프레롱데,[4] 포멜로). 하지만 삶의 리듬이 무너져 버렸고, 폴라는 탈진했다. 갑자기 너무 무료해지니까 기운이 빠졌나? 아니면 더딘 기억 작용에 붙잡혀서 고개를 뒤로 젖힌 채 좁은 통로로 끌려가고 있나? 폴라는 좀처럼 이전의 삶에 다시 착륙하지 못했다. 기욤과 마리는 딸의 주위를 맴돌며 조심스럽게 이제는 계획을 한번 세워 보라고 말했다. 벨기에 졸업장의 학위 인정 절차를 밟으라고, 8월에 사부아에서 열리는 연수 프로그램을 알아보라고, 정식으로 미술 학교에 편입해 들어가는 방법도 생각해 보라고 했다. 밖에 좀 나가 보라고, 수영장에도 가고 친구들도 만나 보라고도 했다(사실, 폴라의 부모처럼 거의 외출도 하지 않고 찾아오는 손님도 없는, 한가할 때면 시장에 나온 봄철 채소로 어떤 메뉴를 만들지 함께 궁리하는 게 전부인 사람들이 할 말은 아니었

---

1 백장미 품종의 이름이자 연한 분홍색.
2 시인 롱사르의 시구에서 딴 이름으로, 살굿빛을 띤 분홍색을 가리킨다.
3 노란색의 한 종류로, 녹색을 띤 노란색이다.
4 〈비 내린 후〉라는 뜻으로, 비 온 뒤 숲속의 녹색을 가리킨다.

다). 폴라는 친한 친구들을 포함해서 그 누구에게도 전화하지 않았다. 작년 9월에 이미 연락을 끊은 친구들은 더 이상 손이 닿지 않는 곳, 무르고 질척거리는 강가의 땅을 닮은, 그녀가 영원히 떠나온 곳에 있었다. 파리에 돌아와서 처음 며칠 동안 케이트와 조나스에게 문자 메시지를 보냈지만, 돌아온 답은 하나같이 급하게 쓰고 느낌표를 남발한 피상적인 내용들뿐이었다. 어쩌면 혼자만 브뤼셀에서의 시간에 붙잡혀 있는 게 아닐까, 생각이 들어 괴로웠다. 그러자 자기 방이 제일 편했다. 폴라의 방은 브뤼셀에서 보낸 겨울을 편안히 되새겨 볼 수 있는, 방탕한 삶에 달려들듯 절제 없이 살았던 그 시간에 다시 빠져들 수 있는, 외부와 단절된 작은 섬이었다.

어느 날 아침에 초인종이 울린다. 집에 혼자 있어서 폴라가 어쩔 수 없이 문을 열어 나간다. 폴라 플리스 실내복을 입고 맨발에 실내화를 신은 2층 여자가 문 앞에 서 있다. 처음에는 못 봤지만, 옷자락 사이 아기 띠 안에 아기가 잠들어 있다. 폴라는 마치 꼭 받아야 하는 급한 전화를 기다리는 사람처럼 핸드폰을 손에 쥔 채 건성으로 대한다. 여자는 며칠 동안 밤잠을 설친 듯 얼굴이 초췌하고 빛바랜 금발에 이도 제대로 닦지 못한 것 같았지만, 찾아온 이유를 말하는 눈빛이 폴라에게 깊은 인상을 준다. 하늘, 아이 방에 하늘을 그려 줘요.

　방에 하늘을 그려 달라니. 폴라는 대답을 못 한다. 하지만 곧 자신에게 주어진 테마, 지극히 평범하지만 어쨌든 첫 작업 앞에서 마치 시스티나 성당의 천장화 주문을 받은 것처럼 흥분한다. 나는 폴라의 머릿속에 들어가서 그림 속 하늘들이 한꺼번에 뇌 속으로 밀려드는 그 순간을 보고 싶다[공습, 신들이 머무는 둥근 천장, 행성들의 기계적인 원무, 로켓과 비행접시가 날아다니는 천체 궤도, 철학적 공허와 어두운 폭풍우가 몰아치는 인간의 하늘, 강어귀의 안개, 선(禪)의 새벽, 총천연색으로 불타는 하늘, 비행기와 드론이 떼 지어 날아다니는 현실적인 하늘, 높이 나는 새들, 수소를 채운 풍선, 그리고 연기, 재, 바람에 날리는 가을 낙엽]. 그녀는 최고 전문가처럼 진지하게 계획을 세우고, 곧바로 2층으로 내려가서 아이의 방을 확인한다. 좁고 어두운 방, 천장이 깨끗하기는 하지만 건물 전체의 무게에 눌려 휘어진 듯 불룩하게 내려앉았다. 젊은 어머니가 원하는 하늘을 묘사하는 동안 폴라는 말을 끊지 않고 귀를 기울인다. 어머니는 아이를 위해, 아이가 새끼 고양이들이 수놓인 시트 끝을 밖으로 접어서 감싼 담요를 포동포동한 겨드랑이까지 올리고 요람 속에 누워 꾸게 될 꿈을 위해, 높고 상쾌하고 가벼운 하늘을 원한다. 층계참에서 거래가 결정되고(제시된 액수를 폴라는 그대로 받아들인다), 한 시간이 채 안 지났을 때 폴라는 플랑드르 거리 마켓의 페인트 코너에서 카트를 밀고 있다. 0.5리터 용기의 파란색(울트라마린블루, 코발트블루, 세룰리안블루) 아크릴 페인트 몇 통, 1리터짜리 흰색 반광(半光) 페인트 한 통, 시에나브라운과 번트엄버브라운 튜브 하나씩, 원통형으로 말아 놓은 깔개용 비닐, 스펀지와 페인트 트레이, 검은 비닐 몇 미터를 산다. 계산을 마친 그녀는 전부 배낭에 집어넣은 뒤 지하철을 타고 파라디로로 돌아오고, 아기 방에 물건을 전부 펼쳐 놓은 뒤 다시 집으로 올라가서 붓(평붓, 롤러, 둥근 솔)과 그다지 안정감 있어 보이지 않는 작은 작업 사다리를 어깨에 메고 내려온다.

하늘을 그려야 하는 방은 2층, 안마당 쪽이다. 작은 창문이 있지만, 습기 차고 거무죽죽한 벽이 해를 가려 온종일 어둡다. 하지만 바로 그곳, 거의 밀폐된 그 음울한 방에서 폴라는 비로소 자신의 리듬을 되찾고 호흡을 가다듬고 근육을 되살린다. 이 순간에 폴라를 본 사람은(좁은 수직 공간에서 나선을 그리며 내려와 뒷마당에 앉은 커다란 멧비둘기, 맞은편 창유리에 얼굴을 대고 있는 머리카락 빠진 노파, 날씨를 떠올리며 스웨터를 고르고 있는 고등학생) 모두 그녀의 표정에 놀라고 만다. 마치 움직임 하나하나가 이전의 움직임을 이어가고 손짓 하나하나가 전체 동작들의 연쇄 고리 속에 들어 있는 것처럼, 마지막 단계까지 완수되기 전에는 그 무엇으로도 중단시킬 수 없는 작업을 시작하는 것처럼, 몸이, 행동을 개시하는 폴라의 얼굴이 너무도 무표정하다.

준비 작업부터 시작한다. 엎드려서 바닥에 비닐을 깔고, 벽을 따라 사다리를 옮겨 가며 천장과 벽의 경계에 마스킹 테이프를 붙인다(마무리 선을 깔끔하게 하기 위한 진절머리 나는 작업이다). 준비가 끝난 뒤 흰색 페인트 통을 사다리 기둥에 걸어 두고 제일 높은 단에 올라서고, 고개를 뒤로 젖힌 상태로 롤러로 두 번 바탕칠을 하면서 머릿속으로 이 바탕 위에 그려질 하늘, 그 탄산성 반투명의 영역을, 투명 상태와의 경계에서 아무도 광원을 알지 못하는 방사상의 빛을 쏟아 내게 될 영역을 떠올린다. 비물질적이지만 동시에 구체적인, 곧 산문적이고 부드러운 구름도 담기게 될 하늘을 그려 본다. 내가 아기한테 만들어 주고 싶은 하늘이다.

오후가 한창일 즈음 흰색 페인트가 마르고, 새 천장을 그릴 준비가 완료된다. 폴라가 바닥에 무릎을 꿇고 방 안을 둘러보니 창문에 해가 들지 않아 벽이 전부 어슴푸레하다(천국 벽은 사파이어라는 얘기를 어디선가 읽은 적이 있다. 그녀가 고무줄을 세 바퀴 돌려 머리를 묶으면서 빙그레 웃는다. 제대로 왔네). 폴라는 뚜껑 밑에 칼끝을 밀어 넣어 페인트 통을 열고, 통 속에서 빛나고 있는 액상의 표면, 마트에서 파는 크림 디저트처럼 윤기 흐르는 부드러운 표면의 질감을 보면서(몽블랑 크림 디저트가 파란색을 띤다고 보면 된다) 옛날에 하늘의 색깔을 그대로 그려 내기 위해 사용했던 기법들을, 온갖 재료들을 넣고 끓여서 만들었던, 조나스 앞에서 그를 웃게 하고 얼굴에 환한 빛이 번지도록 하기 위해 폴라가 그 재료 목록을 암송하곤 했던 안료를 떠올린다. 그녀는 기꺼이 증류 가마 앞에 선 마녀, 자연의 비밀과 자연의 변형 공식을 알고 있는 연금술사가 되어, 조나스가 바라보고 질문하는 걸 즐기면서 새로운 배합을 시도한다. 중세에는 수레국화 향유로 채운 플라스크에 식초와 〈질 좋은 포도주를 마신 열 살짜리 어린아이의 오줌〉을 섞어 파란색을 만들었고, 르네상스 초기에는 황금색 대신 더 선명하고 더 위엄 있는 울트라머린 파란색이 더 많이 사용된다. 그때 사람들은 울트라머린 염료를 얻기 위해 바다를 건너고 수평선을 넘어 얼어붙은 산맥 깊숙한 곳까지 갔고, 거의 인적 없는, 갈라진 틈새에 우주의 물방울, 천상의 방울들을 품고 있는 그 산에서 청금석을 캐서 정성껏 면 주머니에 넣고 셔츠 속 맨살에 품어 가져왔다. 곧바로 대리석 판 위에 놓고 갈아 가루를 얻고, 그 가루를 다시 절구에 넣고 비법대로 〈달걀흰자와 설탕물과 아라비아고무 혹은 자두나무나 벚나무의 수지를 섞고[당시 베네치아에서는 이

것을 merdaluna(메르다루나)[5]라고 불렀다] 이어 다시 세제 액과 재와 암몬의 소금[6]을 넣어 더 곱게 갈아 준 뒤 실크나 아마포로 걸러 냈다. 여전히 기도하는 여인상처럼 바닥에 무릎을 꿇고 페인트 통 위로 고개를 숙인 폴라가 문득 검은색 터틀넥의 여인을, 아틀리에 벽 위쪽으로 이어진 통로에서 말하던 목소리를 떠올렸다. 난간에 기대 상체를 내밀어 학생들 위로 예리한 그림자를 드리운 검은색 터틀넥의 여인은 그런 준비 과정에 담긴 지식과 한 치의 소홀함 없는 능숙한 제조 과정이 그림에 고귀함, 용기, 정신적 힘(이 마지막 항목은 빈말이 아니고 정말이다)을 부여한다고 말했다.

폴라는 세 가지 파란색을 덜어 낸 뒤 퓨어화이트를 섞고 프탈로시아닌 염료를 조금 더해서 천천히 자신의 색깔을 만들어 간다. 얼굴 피부가 달아오르고, 곧 얼굴에 땀방울이 맺히고, 공기가 부족하기라도 한 듯 입을 크게 벌리고 숨을 쉰다. 단 한 번도 깜빡이지 않는 폴라의 두 눈 속에 붓이 통 속을 휘저으며 만들어 내는 푸른색이 비친다. 그녀는 손목에 힘을 주어 점점 더 빨리 돌려 가며 가능한 한 가지 하늘의 유액을 만들어 낸다. 마침내 그 어떤 색상 목록에도 들어 있지 않은 한 가지 색

5 merda di luna. 달의 똥이라는 뜻이다.
6 고대 이집트에서 태양신 암몬의 사원 근처에서 나온 염화 암모늄 가루들을 암몬의 소금이라고 불렀다.

이 안정적으로 얻어진다. 뻣뻣해진 관절을 펴며 일어설 때 머리가 조금 어지럽고 무릎이 아프다. 폴라는 곧장 페인트 통을 사다리 작업 판에 걸고, 마지막 단으로 올라선다. 농촌 아낙 혹은 걸 스카우트 소녀 혹은 1950년대 핀업 걸처럼 스카프로 뒷머리를 묶어 올린 그녀가 그렇게 2미터 높이에서 몸을 세우고, 묶은 머리를 한 손으로 잡고 다른 손으로 칠하기 시작한다(어깨를 낮추고 팔을 팔꿈치에서 45도로 꺾어 들어 올려야 건염이나 오십견 같은 지긋지긋한 〈어깨 굳음〉 증상들을 피할 수 있다). 어느새 거리의 소리들이 사라졌고, 방 안도 고요하다. 작업 중인 폴라의 가빠지는 숨소리만이 점점 더 크게 진동한다. 하지만 그 거친 숨소리가 정작 폴라 자신의 귀에는 들리지 않고, 그녀의 손끝에서 광대하고 몽환적인 하늘이 퍼져 나간다. 폴라는 깊이를 만들기 위해 하늘 네 귀퉁이와 모서리를 정성껏 밝게 칠해 주고 구름의 자리를 잡아 그려 넣는다. 스펀지로 가장자리를 문질러 입체감과 질량감을 살려 준 구름이 흡사 인간이 탄 열기구처럼 천장을 떠다닌다.

날이 저물어 이제 어둡다. 폴라는 할로겐등을 켜놓고 계속 그리고, 방의 창문은 이제 안에서 보면 거울이고 밖에서 보면 어둠 속에 홀로 환한 들창, 장인의 일을 지켜보게 해주는 디오라마, 조그만 작업실 풍경을 보여주는 영화이다. 커다란 멧비둘기와 머리카락 없는 노파와 고등학생은 보나 마나 창문 앞으로 돌아와서 액자 속 공간을 확실하게 차지한 주인공 폴라의 실루엣에 눈길을 고정하고 있을 것이다. 사다리 제일 윗단에 흔들림 없이 곧게 선 폴라가 왕관 같은 견고한 무언가에 둘러싸인 모습이 흡사 불붙은 굴렁쇠 가운데 있는 것 같다. 그런 의연한 태도는 그림자에도 그대로 이어져서, 올려 묶은 굵은 머리채가 거의 움직이지 않는, 원근법의 작용으로 머리가 천장까지 닿은 그림자는 하늘을 떠받치는 고대 그리스의 여인상 기둥을 닮았다. 동작을 멈춘 폴라가 불을 끄고 문을 닫고 나갈 때까지, 액자 속 장면이 단숨에 어둠 속에 삼켜진 그 순간까지, 멧비둘기도 노파도 여고생도 보나 마나 창가에 서 있을 것이다.

이튿날 아침, 목이 뻣뻣하고 어깨가 아프고 눈이 따가운 채로 2층으로 달려 내려가는 폴라는 방문을 열면 어떤 광경이 펼쳐질지 초조하다. 그녀는 곧장 방으로 들어가서 올려다본다. 맥이 풀린다. 밤늦게까지 열심히 그렸다고 생각한 천상의 광채는 흔적도 없고(폴라가 그때 페인트의 휘발 성분에 취한 상태였음을 기억해야 한다) 너무 강하고 알록달록하고 거리감 없는 하늘뿐이다. 당황한 폴라는 잠시 어쩔 줄 모르고, 결국 퓨어화이트 페인트를 작은 용기에 붓고 평붓을 챙겨 들고서 다시 사다리에 올라 자신의 중력과 싸운다(흔들림, 잠이 너무 부족하다). 그녀는 천장에서 불룩하게 나온 곳을 찾아내서 그 결함을 하늘이 원래 그렇게 생긴 것으로 만든 뒤 빠르게 칠해 나간다. 보기 좋다. 투명 상태인지 반투명 상태인지 말할 수는 없지만, 어쨌든 새 천장이 마음에 든다. 아이의 방은 열기구 바구니, 들판의 티피,[7] 바위 아래 피난처가 되었다. 마침내 폴라가 탈진한 상태로 비틀거리며 바닥에 발을 딛고, 끝났다고 말한다. 방에 들어온 젊은 엄마가 외마디 소리를 지른다. 놀라 입술을 깨물고 한 손을 마치 말벌에 쏘인 듯 허공에 대고 흔든다. 폴라는 더 이상 자신이 해놓은 작업을 바라보지 못하고, 거북해하며 시선을 내려 외면한다. 목이 마르다고, 손을 좀 씻어야겠다고 말한다. 무언가가 이미 그녀에게서 분리되어 나왔다. 고개를 들어 다시 천장을 본다 해도 저 파란 하늘이 자기 작품이라고 알아볼 수 없을 것이다. 폴라는 자신의 몸속에서 느껴지는 미지의 여인 때문에 몹시 거북하다. 내가 저걸 그렸다고? 폴라는 보수를 받는다. 용해제가 묻어 따끔거리는 폴라의 손가락과 젊은 어머니의 손가락이 스치며 손에서 손으로 건네진 지폐가 폴라의 손안에서 사각거린다. 집으로 올라온 폴라는 부엌에서 라트감자를 씻고 래디시 껍질을 긁고 있는 아버지와 어머니에게 다가간다. 딸은 체온으로 미지근해진 돈다발을 흔들며 다음 학기에 아무 데도 등록하지 않겠다고, 다시 대학에 가

7 아메리카 선주민들의 원뿔형 천막집.

지 않겠다고 선언한다. 일을 더 찾을래. 기욤이 알겠다
고 고개를 끄덕이고, 들고 있던 칼을 내려놓은 뒤 새 리
예트[8]병을 꺼내 토스트에 바른다. 난 네가 화가가 되고
싶은 줄 알았지. 폴라가 화들짝 놀란다. 그냥, 그리고
싶어.

8 고기나 생선 살을 기름에 익혀서 식힌 것으로, 빵 등에 잼처럼 발라
먹는다.

여름 기운이 완연하고, 도시의 속도가 달라지고 음향이 달라진다. 빈자리, 버려진 밋밋한 빈터들이 나타나고, 하얀 원판 같은 해가 이글거린다. 폴라는 배회 중이다. SNS를 훑고, 브뤼셀 동기생들의 페이스북 그룹 채팅방에 들락거리고, 작은 전단지를 만들어 동네 상점들에 붙인다. 백화점 쇼윈도를 장식하는 스튜디오 한 곳과 실내 장식 사무실 두 곳, 생드니와 몽트뢰유의 무대 장식 아틀리에 몇 곳도 가보지만, 매번 심드렁하게 삐죽거리는 입술들뿐이다. 당장은 일이 없어요. 다음 주부터 바캉스라 닫으니까 그 뒤에 다시 와봐요. 폴라의 부모는 아는 사람이 원룸을, 또 다른 사람이 벽난로를 고풍으로 장식하고 싶다는데 그 일을 하지 않겠냐고, 아파트 에스컬레이터 내부를 버월넛으로 그릴 거라는데 어떻겠냐고 묻는다. 일부러 신난 척하며 〈첫발을 내딘〉으면 좋겠다고 딸을 속이려 하지만, 이미 눈치챈 딸은 부모가 나서서 일을 만들고 있음을 확신하고, 심지어 몰래 돈을 대주면서 일을 벌일지도 모른다는 의혹마저 품는다. 폴라는 짜증이 나고 마음의 문을 닫는다. 조나스와 케이트한테는 소식이 거의 없다. 그나마도 보수를 비교하는, 가능한 협상 범위에 대한 정보 교환이 전부다(내가 얼마까지 올릴 수 있을까?). 조나스는 11월에 브뤼셀 라모네 극장에서 상연하는 「라모의 조카」무대 장식 팀에서 일하고 있고, 케이트는 글래스고의 한 피자 식당 안쪽 벽에 베네치아 대운하를 그린다. 그녀는 귀국하자마자 나이트클럽 노틸러스에서 심해(心海)의 입구를 지키는 섹시하고 까다로운 케르베로스 일을 다시 시작했고, 클럽의 벽을 새로 장식하는 일도 준비 중이다. 폴라는 빈털터리다. 부모님이 휴가를 보내는 샤랑트에 며칠 가 있던 것을 제외하면 늘 방에 처박혀서 시들어 가고 있다. 여름이 끔찍하다. 설상가상으로, 9월에도 다를 게 없다. 9월은 폴라에게 바캉스 뒤의 새로운 시작이 아니라 그저 한 해가 저물어 가는 계절이다. 폴라는 여전히 흘수선 아래에서, 다시 시작하지 못한 채로 계획과 설계만 하면서, 본게임 밖에서 서성인다.

핸드폰 화면이 밝아진다. 메탈로의 스페인 귀족 아가

씨 알바. 마치 로켓이 날아오듯 단도직입적인 제안이
다. 1906년 에르네스토 스키아파렐리[9]가 이끈 이탈리
아 고고학 탐사단의 〈카〉와 〈메리트〉 무덤 발굴을 기념
하는 전시회가 토리노 고대 이집트 박물관에서 열려.
느낌 오지? 그 일을 우리 어머니의 사촌이 운영하는 무
대 제작사가 맡았고(미리 말해 두는데, 인정머리 없는
여자야) 진열실 내벽을 준비할 팀에서 급하게 사람을
구한대. 폴라는 고대 이집트에 대해 아는 게 전혀 없고,
카와 메리트 얘기는 들어 본 적 없고(어릴 때 〈일요일을
루브르 박물관에서〉라는 명목으로 간 가족 나들이 때
본 파라오들의 석관들과 고양이 미라들만 기억난다. 그
때 찍은 사진들이 1997년 앨범에 들어 있다), 심지어
토리노가 어디인지도 잘 모른다. 하지만 알바의 말을
듣는 동안(말이 빠르고 걸걸한 목소리, 귀족 신분을 벗
어던진 저속한 말투) 폴라는 메탈로로 돌아간 느낌이
고, 그 목소리를 계속 듣고 싶다. 폴라는 집에서 비행기
표 살 돈을 빌린 뒤 도구를 챙겨서 오를리 공항으로 향
한다.

   토리노는 엄숙하고 우아하다. 차가운 화려함이 있다.

   9 이탈리아의 고고학자로, 20세기 초에 고대 이집트 유적들을 탐사
했다. 왕비들의 계곡에서 람세스 2세의 아내인 네페르타리의 무덤, 건축
장인이던 카와 그의 아내 메리트의 무덤을 발굴했다.

폴라는 카를로알베르토 광장을 대각선으로 가로지른다. 캔버스화를 신은 발이 시리지만, 보지노로의 치르콜로 데이 레토리 카페에서 알바를 만나기로 했고, 빨리 보고 싶어 마음이 급하다. 두 여자가 와락 껴안고 요란스럽게 인사한다(알바는 원래 과장이 심하다). 하지만 곧 폴라에게 자존심을 죽여야 하는 상황이 닥친다. 할 일이라는 게 그저 바탕색을 칠하는 거고, 그 위에 왕들의 계곡의 낭떠러지, 카와 메리트가 살던 데이르엘메디나,[10] 3천 년 전 이집트 왕국에서 먼지 자욱한 새벽 속에 밝아 오던 마을을 그리는 일은 다른 사람들의 몫이다. 폴라는 섭섭함을 숨기지 못하고, 팔짱을 끼며 고개를 끄덕인다. 알겠어. 폴라는 박물관으로 간다. 그녀를 포함한 전문 작업 팀이 전시품을 미리 볼 수 있도록 관람이 준비되어 있다. 관리인은 은색 벨벳 양복 차림에 호밀 같은 턱수염을 기르고 머리카락을 호두만 하게 올려 묶은 젊은 남자다. 그는 대뜸 양손 검지로 바닥을 가리키며 선언한다. 이곳은 이집트 본토를 제외하고 전 세계에서 가장 방대한 이집트 유물을 소장한 박물관입니다. 폴라는 자기가 와 있는 장소의 진가를 가늠하기 시작한다. 관리인은 작은 무리를 이끌고 빠른 걸음으로

10 룩소르 지역의 옛 마을로, 이집트 신왕국 시대에 왕들의 계곡에서 일하던 장인들이 살았다. 2천여 년 동안 모래 속에 파묻혀 있다가 19세기 말부터 발굴이 시작되었다.

카와 메리트의 무덤, 부부가 같이 묻혀 있던 묘실에서 발굴된 유물들을 모아 놓은 전시실로 향한다. 보다 정확하게는, 의자 위에 서 있는 젊은 남자의 조각상 앞에 걸음을 멈춘다. 관리인은 두 손을 비비고 손목시계를 확인한 뒤 선언하듯 말한다. 제가 보여 드릴 것은 이것 하납니다. 그러면서 그는 조각상을 가리키고, 그 손짓과 함께 이야기가 시작된다. 고대 이집트에서 여기 이 사람, 아멘호테프 2세 치하의 건축 장인이던 카처럼 자신의 무덤을 마련할 만한 재력이 있던 사람들은 무덤에 함께 넣을 자신의 조각상을 준비했습니다. 영원의 세계에 들어설 때 신들에게 보이고 싶은 자기 모습을 주로 데이르엘메디나의 조각 장인들에게 주문했죠. 젊은 관리인은 스마트폰을 기웃거리는 산만한 관람객들에게 엄격한 눈길을 던지며 현학적인 어투로 말을 잇는다. 그런 조각상들은 말하자면 분신입니다. 혹시라도 미라로 만들어 놓은 몸이 상할 때 그 몸을 대신해서 망자의 영혼을 맞이할 피난처였으니까요. 그러니까 이 조각상은 카의 모습을 재현해 놓은 것이 아니라 그 자신이었습니다. 폴라는 전율한다. 남자의 말이 분명 자기에게, 오로지 자기에게만 건네는 말 같다. 관리인이 곧바로 결론을 맺는다. 분신에는 생명이 부여되어 있습니다.

마지막 문장을 내뱉은 관리인이 뒷걸음질로 물러선다. 마치 이렇게 말하는 것 같다. 자, 이제 여러분이 모든 걸 생각해 보십시오. 무리가 갑자기 목적지를 잃고 웅성거리다가 진열장 주위로 흩어지는 동안, 폴라는 계속 카의 조각상 앞에 서 있다. 색칠된 의자에 올라선 조각상은 1906년 2월의 그날, 묘실에 들어간 발굴단이 처음 발견했을 때의 모습 그대로다. 인부들이 데이르엘메디나 계곡을 파기 시작하고 한 달쯤 지났을 때였다. 오후가 끝날 무렵에, 스리피스 양복을 입고 베이지색 헬멧을 쓴 에르네스토 스키아파렐리가 무너진 흙더미 속에서 무덤의 입구를 찾아냈다. 약 4미터에 이르는 수직 통로를 내려가자 벽돌을 쌓아 봉인한 통로가 보였고, 길게 이어진 그 좁은 통로 끝에 다시 벽이, 그 벽을 부수자 화려하게 장식된 침대가 놓인 길쭉한 전실(前室)이 나왔고, 이어 마침내 인간의 눈길이 닿으리라고 생각조차 할 수 없었던 묘실 한가운데, 3천 년 동안 세상에서 물러나 있던 부부의 시신과 엄청난 보물이 모습을 드러냈다. 그중에 바로 저 카의 조각상, 가슴 위로 진짜 꽃들이 그 누구도 짐작할 수 없을 긴 시간과 어둠을 가로지르는 동안 원래의 모습을 간직한 화환을 두른, 걷는 모습의 작은 조각상이 있었다. 폴라는 채색된 카의 두 눈을 응시하고, 나무를 깎아 만든 코와 꽉 다문 입, 손가락을 펴고 몸에 붙인 두 팔, 그리고 걸음을 떼는 중인 듯 벌어져 있는 두 다리를 응시한다. 계속 바라보던 폴라는 문득 진열창 안의 조각상이 정말로 가만히 서 있

는 건지, 입을 열며 다가오는 게 아닌지(그 순간에 폴라
는 그렇게 믿는다) 더 이상 알 수 없게 된다. 곁눈질로
살피던 관리인은 폴라가 나중에 카와의 대면이 갖는 의
미를 이해하게 되리라고, 그 대면만으로도 그녀가 받아
들인 보잘것없는, 별로 돈벌이도 안 되는 토리노에서의
일이 말로 헤아리기 힘든 가치를 지니게 되리라고 확신
한다.

　폴라는 이탈리아에서 풍성한 수확을 거둔다. 마치 누
군가 끈을 당겨 끌어 주기라도 한 것처럼, 한 가지 일이
끝날 때쯤 운 좋게 늘 다른 일이 이어졌다. 폴라는 그때
그때 나타나는 일을, 때로는 마지막 순간에 때로는 반
신반의하면서 일단 잡았다. 거친 현장, 하찮고 초라한,
보수가 바로바로 나오는, 주로 다이아몬드 반지를 끼고
손톱을 뾰족하게 기른 손(핀셋)이 주저하며 돈을 건네
는 일들이었다. 그렇게 해서, 토리노 박물관의 전시장
벽면에 바탕색을 칠하는 일 이후, 밀라노의 어느 미용
실을 라눙쿨루스엘로로 장식하는 일을 했고, 곧바로 미
용실 주인의 집 화장실에 대리석을 그렸고(과대망상을
품은 감상적인 남자가 선택한 것은 성당 궁륭에만 쓰는
칸돌리아[11]였다), 이어 브레스치아로 가서 초콜릿 상점

---

11 이탈리아 칸돌리아에서 나는 백대리석으로, 1927년 이후 피에몬테
지방법에 따라 두오모에만 사용 가능하다.

의 진열장을 예스러운 글씨체로 장식했고, 토리노의 산 루카 교구에서 아마추어 극단의 「시칠리아에서의 대화」를 위한 무대를, 6개월 후 같은 극단이 아비뇽 오프 페스티벌에서 공연한 「시간과 방」 무대의 기둥을 맡았다. 이어 드롬의 어느 농가를 개조한 저택의 방들에 유칼립투스 판 세 개를(회색 대리석) 그렸고, 벽난로에 그린 사랑콜랭[12]은 고객이 거실의 소파에 어울리려면 벽난로 색은 보헤미아핑크가 좋겠다고 우기는 바람에 다시 해야 했다(소규모였지만 보수가 적고 시간은 오래 걸린 아주 성가신 작업이었다). 이어 어느 제과점의 벽에 정제 설탕만큼 반짝이는 카라라 대리석을, 오솔라 계곡에 있는 메르고초 성당의 성직자석에 앞을 못 보고 속이 좁은 어느 사제가 주문한 바르딜리오[13] 기둥 두 개와 접합 부위의 가짜 회양목을 그렸다. 성당에서 일하는 동안 그녀는 사제관 안의 장식 없는 소박한 방에서 묵었는데, 첫날 저녁에 침대 위 베개에 올라서서 발꿈치를 들고 한 팔을 뻗어, 도금 철로 만들어진 예수가 엉망이 된 얼굴과 갈비뼈를 드러내며 고통으로 몸을 비틀고 있는 보기 흉한 십자가를 벽에서 떼어 내서 서랍장 깊숙이 집어넣은 뒤 침대에 누워 천장을 바라보았다.

12 피레네 지역의 사랑코랭에서 나는, 회색 결 무늬가 있는 붉은 보라색 대리석.
13 토스카나 지방에서 주로 나는, 흰색과 검은색 결이 있는 청회색 대리석.

마지막으로 십자가를 잡아 본 것은 8월, 시골 묘지, 뒤죽박죽이 되어 버린 장례식 후에 사실상 혼자 남았을 때였다. 그날 묘혈 파는 인부가 착오로 다른 친척의 지하 납골소를 열어 버렸고, 장례 행렬의 앞쪽에서 시작된 웃음이 뒤쪽까지 퍼져 나갔고, 두꺼운 검은색 나사 양복 차림의 장의사 일꾼들은 들고 있던 관을 간신히 자갈땅 위에 내려놓고는 땀에 흠뻑 젖어 숨을 헐떡였고, 아이들은 혹시라도 해골을 볼 수 있을까 기대하며 어느새 고개를 숙이고 구덩이 속을 내려다보았다. 티셔츠 위에 입은 작업복 단추를 풀고 튀르키예 단도 모양의 구레나룻을 기른 비쩍 마른 인부가 헐레벌떡 달려왔다. 빌어먹을, 어떻게 된 게 무덤 절반이 이름이 같아! 남자가 무덤 사이를 지나 다른 무덤을 열었고, 이번에는 맞는 자리였다. 하지만 이미 폭염 속에서 기다리느라 다들 재킷을 벗고 넥타이를 풀었고, 화장이 흘러내리고 구두 신은 발이 부어올랐다. 누나들의 품에 잠들었던 아기들도 깨어났고, 묘석 위에 마치 커다란 까마귀 떼처럼 흩어져 앉은 노인들은 미사 경전을 부채 삼아 부치면서, 차에 에어컨을 틀어 놓고 들어가 앉아 있는 젊은 부부들을 째려보았다. 드디어 관이 제자리에 내려갔고, 엉망이 된 어머니 장례식에 지친 망자의 장남이 시뻘게진 얼굴로 「성모여 하늘의 여왕이 되소서」를 부르고 몇몇 사람들도 들릴락 말락 하게 따라 불렀

다. 10킬로미터 떨어진 곳에서 또 다른 미사가 기다리
고 있던 사제가 대충 노래를 마무리하자, 손님들도 재
빨리 성호를 긋고는 장례식 다과회가 준비되어 있는 장
소로 출발했다. 묘혈 메우는 인부를 쳐다보느라 혼자
뒤처져 있던 폴라는 양동이 속 아직 굳지 않은 시멘트
냄새 때문에 머리가 띵했다. 잠시 후 묘석 위에 십자가
를 얹는 폴라에게 삽에 몸을 기대선 인부가 물었다. 넌
믿어, 안 믿어? 묘지 안은 적막했고, 담 너머에서 자동
차 문 닫히는 소리가 들렸다. 잠시 후 인부는 눈을 감고
고개를 뒤로 젖히면서 미적지근한 판타 1리터를 들이
켰다.

폴라는 계약에 따라 1년 내내 어디든지, 때로는 멀리
까지 옮겨 다니며 수시로 일터를 바꾸는 무리에 합류했
다. 그들은 트위터나 인스타그램의 스타들, 핸드폰이
나 메이크업 라인이나 새우소르베를 새로 출시할 때 비
싼 돈을 주고 불러오는 이들(미용사, 메이크업 아티스
트, 잘나가는 제과 장인, 축구 선수, 치아가 흰 외과 의
사, 온갖 분야의 중개인, 팬을 거느린 기자)과 다르고,
반대로 지구상에 계속 증식 중인 일터에서 끊임없이 고
용되는 프롤레타리아들, 세계화의 선창 바닥에서 순환
되는 고갈되지 않는 저임금 노동력과도 다르다. 폴라는
두 범주의 중간에 자리 잡은, 정해진 계약 기간 동안 고

용되어 보수를 받는 프리랜서다. 그녀는 졸업 후에 계속 이탈리아에서, 여러 일터에서, 이탈리아인이 발주한 작업장에서 일해 왔지만 여전히 이탈리아 예술가 협회에 등록되어 있지 않다. 프리랜서는 어정쩡한 신분이다. 찾는 사람이 많은 스타 프리랜서들이야 주문 장부에 기다리는 일이 빼곡하게 적혀 있을 테지만, 그렇지 않은 사람들은 석 주 후를 기약할 수 없다. 폴라 정도의 프리랜서는 잊히지 않기 위해, 혹시라도 거절했다가 블랙리스트에 오르는 위험을 피하기 위해, 고객을 가리지 않고 주문을 받는다. 직접 비행기표나 기차표를 사고 저가 호텔, 혹은 입주자가 자주 바뀌는 덕에 고수익이 보장되는 투자처가 된 가구 딸린 원룸의 방값을 지불하고(그런 실용적인 작은 방은 와이파이가 연결되어 있고 급하게 만들어 놓은 붙박이장도 있지만, 걸레 하나 혹은 베갯잇 하나만 추가해도 집세에 합산된다) 몇 시간이면 그 방을 당분간 머물 만한 포근한 곳으로 만들 수 있다. 그들은 어설프지만 여러 나라 말을 쓰고, 그중에 어떤 말도 유창하지는 않아도 워낙 귀가 발달한 덕에 보름 정도 지나면 어느새 목소리의 음색이 바뀌고 그 지역의 억양을 따라 하고 있고, 말할 때 그전까지 볼 수 없던 손짓이 더해지고, 주변 피부들과 화합한 피부가 아롱거리기 시작한다. 로마에서는 로마인처럼 하라. 늘 다짐하는 말이다. 그들은 어느 땅에서든 살아남을 수 있고 갖가지 능력을 지니고 있으며 어떤 관습 혹은 예절 혹은 리듬이든 가리지 않고 적응할 수 있다. 그들은 바로 그 힘으로 유용한 존재가 되고, 사람들이 그들을 고용한다. 폴라는 그런 사람들 틈에서 경험을 쌓기 시작했고, 함께 일해 본 적 있는 이들은 기꺼이 그녀를 추천했다. 믿을 만한 애죠. 기술이 좋고 손이 빨라요. 순발력도 있어서 갑자기 닥친 일에도 대처할 줄 알죠. 실제로 폴라는 새로운 문제가 발생했을 때를 대비해서 다른 때와 장소에서 이미 일어난 유사한 문제가 어떻게 해결되었는지를 기억 속에 저장해 두었고, 희귀한 색들의 색상 기호나 특수한 도료들의 성분, 다른 직업군에서 사용되는 어휘들의 정의와 번역을 수첩에 기록해 나갔다. 고객들을 잇는 지도 역시 점점 뻗어 갔다.

조촐한 작업장들이 꼬리를 물며 이어진 덕분에 폴라는 끊이지 않고 일했고, 아슬아슬하기는 하지만 혼자 생계를 꾸려 나갈 수 있게 된다. 그녀는 토리노역 근처의 조토로에 위치한 어두침침한 아파트에 방 하나를 구하며 뿌듯한 기쁨을 맛본다. 이탈리아어를 배우고 일처리도 점차 능숙해져서 보수와 초과 근무와 수당을 협상할 수 있게 된다. 케이트가 이탈리아어보다는 영어를 확실하게 배우는 게 낫다고, 영어로 승부를 봐야 한다고 주장할 때 폴라는 이렇게 대답했다. 대리석의 나라에서 쓰는 말이잖아. 안 그래?

폴라는 어떤 일이든 능란하게 헤쳐 나가는 젊은 여자들을 지켜보며 그 유연한 방식을 익힌다. 그 여자들처럼 기차에 뛰어 올라타고, 먼 거리를 시외버스로 이동하고, 상점 진열창이나 자동차 사이드 미러를 거울 삼아 화장을 하고, 수도꼭지에 입을 대고 물을 마시고, 모르는 사람도 주저 없이 상대하고, 사람들이 모여 있어도 아무렇지도 않게 길을 뚫고 지나가고, 한곳에 오래 머물지 않는다. 뒤돌아보지 않고, 미소 띤 얼굴로 자리를 뜨고, 어느샌가 멀리 다른 곳에 가 있다. 하지만 밀려드는 일감을 과장하고 잘난 척하며 수시로 〈일이 산더미야!〉라고 외치는, 잠을 못 잔 지 몇 시간째인지, 지금 얼마나 어려운 일을 하고 있는지 부풀려 떠드는 새로운 흥분 상태는 결국 그녀의 명석한 통찰력을 흔들어놓는다. 그녀는 불확실성이 자신의 삶의 조건이 되었고 불안정성이 자신의 삶의 방식이 되었음을 깨닫지 못한다. 자신이 어느 정도로 취약한 상태인지, 얼마나 고독한지도 알지 못한다. 물론 사람들을 만난다. 그렇다. 많이 만난다. 스마트폰에 저장된 전화번호 목록이 길어지고 연락망도 두터워진다. 하지만 모두 보수를 대가로 주문받은 일을 해주거나 한정된 기간 동안 특정 작업장에 고용되어 일하는 경제적 관계들이다. 그녀는 지속적인 인간관계를 맺지 못하고 순식간에 타오르는 강렬한 충동, 흔적이 남지 않고 몇 주 후면 열기와 재만 남는 감정들을 쌓아 간다. 예를 들어, 같은 일터에서 함께 일하던(밀라노의 한 선박 회사의 계단에 옐로골드 알제리 오닉스를 그려야 하는 끔찍하게 힘든 일이었다) 한 젊은 여자와 영원히 함께할 기세로 붙어 지냈다. 사장이 구해 준 아파트에 함께 살면서(가는 콧수염에 캐멀색 캐시미어 싱글 코트 차림의 사장이 작업복 차림의 두 프랑스 아가씨에게 숙소를 마련해 주는 친절을 베풀었다) 순식간에 친해져서 뭐든지 함께 사용했고, 성(性)을 포함해서 모든 것에 대해 수다를 떨었다. 하지만 계단이 완성된 뒤 두 여자의 길이 갈라졌고, 헤어짐과 함께 관계도 금방 끝났다. 사흘이 지나자 이따금 주고받는 웃는 얼굴 이모티콘들, 정보를 교환하는 문자 메시지만 남았고, 두 여자는 서로의 부재를 아쉬워하지 않았다. 폴라는 스스로 유목민이자 자유 전자(電子)라고, 그런 식의 삶에 완벽하게 적응했다고 주장하면서 한순간의 짧은 사랑들을 즐겼고, 일찍 결혼하는 사람들을 무시하고 자기 나이에 벌써 정착하는 사람들을 멍청이로 간주했다. 하지만 불연속적 애정, 내일이 없는 열광, 오락가락하며 심장을 헤집는 감정이 서서히 폴라의 안정감을 앗아 가게 된다. 그녀는 거리를 가늠하는 법, 흥분하지 않는 법, 요컨대 언제든 다시 떠날 준비를 하는 법을 배운다. 이탈리아에서 지낸 두 해 동안 전부 세 명의 남자를 만났다. 매번 일터에서 잠시 틈이 날 때, 혹은, 마치 한 곳을 떠날 때가 되면 그동안의 자제력이 풀어지기라도 하는 듯 떠나기 전날 밤에 아주 짧은 섹스를 했다. 3월의 어느 날 밀라노를 떠나 로마로 가는 프레차로사[14] 안에서 폴라는 울음을 터뜨린다.

글래스고에서도 우울한 소식이 전해진다. 케이트가 심하게 고전 중이다. 붓을 쥐어 보지 못한 지 거의 석 달째인데 나아질 낌새조차 없다. 마지막으로 스카이프 통화를 했을 때 케이트는 여전히 노틸러스에서 일했지만, 돈이 부족해서 베이비시터 일까지 하고 있었다. 「브리튼스 갓 탤런트」 오디션에 나가고 싶어 하는 여자애야. 학교에서 돌아오자마자 거실에서 노래방 기계를 틀어 놓고 쉬지 않고 뛰느라 난리법석이지. 문제의 시작은 케이트가 마지막으로 일한 곳이었다. 프리즈 하나를 그려 주는 간단한 작업을 마치고 고객에게 돈을 받을 때, 바닥을 더럽혔으니 일부를 제하고 주겠다고 빨간색 가죽 라이더 재킷을 입은 여자가 말했고, 케이트는 말도 안 된다고 항의하며 다 달라고 했고, 이를 악문 케이트가 고개를 숙인 채로 이마를 내밀며 다가가자 겁먹은 여자가 왜 이래, 미쳤어? 고함치다가 케이트의 얼굴을 향해 돈을 던져 버렸고, 화를 참지 못한 케이트가 하얗

14 이탈리아의 고속 열차.

게 질려서 돈을 집어 들고는 여자의 손에 강제로 쥐여
주며 다시 제대로 달라고, please(제발)를 붙여 사과하
면서 다시 달라고 했고, 케이트의 요구를 거절하던 여
자는 유리 콘솔에 막혀 더 이상 물러설 자리가 없자 남
편에게 전화하려고 핸드폰을 꺼내 들고 당신 완전히 미
쳤어, 아주 위험한 미친 여자야, 계속 떠들어 댔고, 결
국 자제력을 잃은 케이트가 다시 붓을 들고 페인트 통
을 열어서, 정말 눈 깜짝할 사이에, 사흘 걸려 완성해
놓은 현관의 17세기풍 우아한 잎 장식 위에 마구 붓질
을 해 버렸고, 그러느라 페인트 방울들이 떨어지면서
이번에는 정말로 바닥이 엉망이 되었다. 케이트는 얼빠
진 눈으로 쳐다보고 있는 여자를 두고 그 집을 나섰고,
여자의 남편이 모는 멋진 은색 아우디 Q5가 나타나기
직전에 오토바이에 올랐다. 그렇게 된 거야. 이제 난 이
동네에서 끝이야. 여길 떠야 해. 케이트가 장난스럽게
말했다. 폴라가 환호했다. 이리로 와! 케이트가 퉁명스
럽게 응수한다. 어쩌라고, 비행깃값 내줄 거야? 그리고
혼란스럽다는 듯 덧붙인다. 나 애인 있잖아, 잊었어?
그 뒤로는 케이트에게 연락이 없다.

조나스에게도 연락이 없지만 이유는 전혀 다르다. 조
나스는 일이 넘치고, 그야말로 왕성하게 일하고 있다.
하지만 자기 상황에 대해서 일절 말하지 않고 늘 멀리
있다. 브뤼셀에서 「라모의 조카」가 큰 성공을 거두면서

조나스는 어느 유명한, 읽기 힘든 이름을 가진 슬로베니아인 무대 디자이너와 2년 계약을 하게 됐고, 그렇게 단숨에 유럽 전역으로, 대작들로 활동 반경을 넓혔다. 하지만 그는, 빌어먹을 징크스를 믿는지, 일언반구도 없다. 폴라는 나무르 왕립 극장에서 각색 상연된 「맥베스」와 베를린의 샤우뷔네 극장에서 상영된 「오셀로」에 대해 찬사를 늘어놓은 기사에서 조나스의 이름을 발견하고 기분이 상했다. 스카이프 화상 통화 중에 그가 초연한 어조로 스스로를 폄하하는 말을 할 때는 상처도 받았다. 소용없어, 폴라, 어차피 제대로 된 미술도 아닌데 뭘. 일 얘기가 나오면 조나스는 교묘하게 말을 흐렸다. 네 얘기 좀 해봐, 그게 더 재밌겠네. 그러면 갑자기 거리가 사라지면서 가까워지고, 세상이 지리적 조건을 벗어던지면서 축소된다. 그 일들 하자면 사람들 좀 만나겠네? 이번에는 폴라가 말을 흐릴 차례, 인위적으로 흐릿한 영역을 만들 차례다. 스카이프 화면이 꺼진 뒤 폴라는 두 손이 차갑게 느껴지고 공허감이 밀려온다. 조나스와 정말로 대화를 나눴는지도 모르겠고, 서로 멀어지고 있음을 느낀다. 얼굴 반쪽에 그림자가 드리운, 불붙은 담배꽁초를 입에 물고 있는 조나스를 언제 다시 볼 수 있을까.

폴라는 눈을 뜨고 두리번거린다. 어디인지는 곧 알아보지만, 제대로 정신을 차리려면 시간이 더 필요하다 (평소와 다른 시간이다). 서서히 의식이 명료해지고 날이 밝아 오는 것을 감지한 폴라는 지난 며칠을 되짚어본다. 모든 게 아주 빠르게 진행되었다. 5주 예정이던 일이 시작 직전에 취소되면서(토리노 중심에 위치한 3백 제곱미터짜리 아파트 내부를 고풍으로 장식하는 일이었다) 폴라의 작은 세계가 순식간에 모래성처럼 무너져 내렸다. 그녀는 조토로의 방을 빼고, 화구 상자와 노트북과 충전기까지 충분히 다 들어가는 커다란 배낭 두 개를 챙기고, 열쇠와 방세를 현관 콘솔에 놓고, 양쪽 균형을 맞추기 위해 배낭 두 개를 한쪽 어깨에 하나씩 메고, 버스 정류장에서 68번 버스를 기다려 공항으로 향했다. 탑승 수속을 하는 줄에서 그녀는 자기와 나이가 비슷한 여자 하나가 핸드폰에서 잠시도 눈을 떼지 않고 발로 여행 가방을 밀어 가며 계속 앞으로 가는 모습을 멍하니 지켜보았다. 몇 시간 후 파라디로의 문을 밀고 건물 현관에 들어설 때는 벽에 그려진 오래된 대리석 무늬에 놀라 걸음을 멈췄다. 저 대리석을 처음으로 제대로 본다. 베로나의 붉은 대리석인데 결절이 너무 두껍고 암모나이트 화석이 골고루 퍼지지 않아서 가짜티가 났다.

폴라는 집 안의 소리들에 귀를 기울인다. 아버지와 어머니는 부엌에 있고, 토스터에서 빵이 튀어 오른다. 제대로 해내야 한다(오해하지 말아요. 다시 집에서 살 거 아니니까. 잠시만 머물 겁니다). 폴라는 당당하게 안으로 들어선다. 자, 두 분, 둘이 웃고 떠드는 시간은 이제 끝났습니다. 딸이 돌아왔어요.

그녀는 자기 방으로 간다. 스무 살이 될 때까지 이 방에서만 살았다. 늘 이 방에서, 갓난아기 때는 등나무로 만든 받침대 위에 놓인, 안에 비시 체크 면을 댄 바구니 요람에서 잤고, 그다음에는 아기 침대에 누워 『닐스의 신기한 여행』[15]을 모티프로 한 나무 모빌(가슴에 레이스 장식이 달린 셔츠 위에 로열블루색 양복을 입은 어린 소년이 야생 기러기를 타고 있었다)을 올려다보며

15 스웨덴의 작가 셀마 라겔뢰프가 1906년에 발표한 아동 소설.

잤고, 그다음에는 어머니가 스카이블루색으로 다시 칠해 준 새 철제 침대에서 잤다. 마지막으로 저기 있는 더블베드, 자리를 많이 차지하는 저 침대를 고3 초반에 싸우듯이 졸라서 얻어 냈다. 그때 방을 완전히 바꾸었다. 기억난다. 침대를 새로 들여놓는 김에 벽을 하얗게 칠하고 바닥 융단도 교체하고 꽃무늬 커튼 대신 블라인드를 달았다. 말괄량이 꼬마 시절을 떠올리게 하는 것은 다 버렸다. 작은 흰색 하이 글로시 책상과 열 개가 넘는 수납 상자, 반짝이 잉크가 나오는 수성 펜, 낡은 봉제 인형, 수첩, 허구한 날 붙잡고서 이리 붙였다 저리 붙였다 하던 커다란 액자 속 사진과 그림, 친구 서너 명과 함께 작은 부스에 들어가서 찍은 즉석 사진, 두아니에 루소의 그림이 들어간 엽서, 향수 광고 혹은 패션 사진, 드아노의 「시청 앞의 키스」, 디캐프리오, 전부 버렸다. 이 방은 자기 거니까 마음대로 하겠다고, 자기도 취향이 있고 이제 다 컸다고 우기면서 유년기의 찌꺼기라 할 수 있을 자질구레한 물건들을 미련 없이 버렸다. 살아남은 것은 자작나무를 깎아 만든 모형 카약, 타히티 목걸이, 책 몇 권(그중에 흰색 책등 가장자리에 금박 선이 박힌 견장정의 『고대 그리스의 설화와 전설』[16]도 있다), 노란색 점프 슈트 차림의 섹시한 전사 우마 서먼이 유

---

16 이탈리아의 동화 작가 라우라 오르비에토가 1911년 출간한 책으로, 프랑스에도 번역되어 인기를 얻었다.

혈이 낭자한 검을 들고 있는 실물 크기의 「킬 빌 2」 포스터뿐이었다. 폴라가 떠난 뒤에 슬그머니 자리를 차지한 그림들과 물건들이 있기는 하지만, 단출한 방의 분위기, 타협을 모르는 고교생 폴라가 무척이나 흡족해했던 군더더기 없는 분위기는 그대로였다. 그때, 열일곱 살의 폴라가 서랍을 다 비우고 벽에 붙은 사진들과 잡지 페이지들을 떼어 내서 가차 없이 쓰레기통에 쓸어 담는 동안, 사다리에 올라선 아버지가 우마의 가슴 사이 지퍼 고리를 떠올리지 않으려 애쓰며 삼각 머리 나사를 풀었고, 어머니는 떼어 낸 커튼을 접어 플라스틱 상자에 넣었다.

자식들이 떠난 뒤 남겨진 방이 으레 그렇듯이, 폴라의 방은 서서히 아파트의 나머지 부분과 분리되고 아파트의 유기적 기능으로부터 단절되어 갔다. 부모의 일상 공간으로부터 완전히 배제되지는 않아도 비활성화 상태였다. 모든 게 질서정연하게 제자리를 지키고 있고 바닥 모켓에 진공청소기 자국도 남아 있지만, 그럼에도 더 이상 전등을 켜지 않고 환기도 하지 않는 구역 안에 웅크린 생기 없고 고요한 방이다. 누구든지 방문을 열어 보면 벽장 속에 넣어 둔 레인코트와 장화나 여행 가방 혹은 침낭을 꺼낼 때 말고는 들락거리지 않는 방이라는 사실을 금방 알 수 있다. 폴라 역시, 한곳의 일이 끝나고 다음번 일을 시작하기 전까지 일정이 비는 동안 집에 돌아올 때, 아파트 밖 복도에서 이미 모든 것을 감지할 수 있다. 그러면 짜증이 난다. 이 집에서 자신의 공간을 계속 차지하고 싶고, 이 땅에 첫발을 내디딘 이후 언제나 자신의 것이었던 공간을 지켜 내고 싶다. 그녀는 방 입구에 서서 소리를 지른다. 무슨 출입 금지 성역이라도 돼? 그녀는 곧 방으로 들어서고 소리를 내고 조명을 켜고 창문을 활짝 연다.

폴라는 기지개를 켜고 옆으로 돌아눕는다. 그녀의 눈길이 1미터 채 안 되는 자리에 놓여 있는 다른 얼굴에 고정된다. 마른 몸에 그을린 얼굴, 샌들을 신고 햇빛 아래서 미소 짓는 일곱 살 혹은 여덟 살 여자아이. 타월 소재로 만든 반바지에 르 트리옹팡 잠수함 티셔츠를 입고 풀밭에 서 있다. 풀들은 말라 있고 하늘에는 아무것도 보이지 않는다. 아이의 목에는 멜론 씨로 만든 목걸이가 걸려 있고 왼쪽 눈에는 두꺼운 안대를 하고 있다. 책장 선반 위에 기대세워 놓은, 아래 흰색 공간에 누군가 〈Pola〉[17]라고 써놓은 변색된 폴라로이드 사진이다. 이 방에 있는 유일한 사진인데, 폴라의 부모는 왜 굳이 이 사진을 골랐을까. 사진 속에는 폴라가 기억하는 귀여운 소녀의 모습(어린 폴라는 나이에 비해 키가 너무 컸고 몸짓이 어색하고 곧잘 비틀거려서 꺽다리라고 불렸지

17 폴라의 이름인 Paula는 발음이 Pola와 같다.

만, 생기 있고 다정한 아이였다. 그때 폴라는 자기 큰 키가 신체적 장점임을, 예를 들어 자기보다 작은 아이들에게 위축감을 안길 수 있다는 사실을 이해하지 못했다)이 아니라 얼굴에 문제를, 장애까지는 아니라 해도 적어도 이상(異常)을 지닌 아이가 있다.

폴라는 침대에서 일어나 방 한가운데 옷을 벗은 채로 서서, 마치 자기 손가락이 사진에서 나오는 모든 것을 거두어들일 수 있기라도 한 듯, 8월의 무더위로 메말라 버린 들판, 사진기 앞에서 꼼짝 않고 미소 지으며 서 있는 아이를 되살려 놓을 수 있기라도 한 듯, 낡은 폴라로이드 사진을 흔들어 본다. 그날 아침에 이 사진을 왜 찍었지? 폴라가 그때를 되살리고, 장면이 펼쳐질수록 호흡이 빨라진다. 기억난다. 르 트리옹팡의 장교이던 폴라의 대부가 작전 나갔다 올 때 소포로 보내 준 선물, 배 부분에 합성 벨벳으로 르 트리옹팡이라는 잠수함의 이름이, 쉽게 사용되지 못하도록 철저히 감시되지만 그 억제력으로 인해 더욱 강력한 핵 잠수함의 이름이 새겨진 스카이블루색 반소매 면 티셔츠 때문이었다. 르 트리옹팡이 어느 바닷속을 지나다녔는지는 승조원들만이 알고 있고 누구한테든 발설하는 순간 반역자가 되기 때문에 아무도, 심지어 아내들조차도 알 수 없었다. 어느 날은 툴롱의 기지에서, 또 어느 날은 브레스트 혹은 로리앙의 기지에서 물 위로 올라왔다가 다시 몇 주 후에 거센 바다 거품이 이는 수면을 뚫고 올라와 함수(艦首)를 바닷새들이 날아와 앉는 횃대로 내어 주며 모습을 드러낼 때면 갑판 위에 줄지어 선 승조원들은 이미 안색이 창백하고 두 눈이 파르르 떨리고 몸무게는 몇 킬로그램씩 줄어 있었다. 그날 노란색 우편배달 차량이 대문 앞에서 방향을 돌려 다시 출발할 때, 폴라는 이미 달려온 아이들 틈에서 커다란 봉투를 뜯고 있었고, 깊은 바다에서 온 티셔츠를 그 자리에서 입어 보았다. 순식간에 자전거를 타고 나타난 사촌 오빠 셋이 질투에 휩싸여 입도 못 다문 채 탐을 내며 벌겋게 달아오른 얼굴로(새끼 코요테들) 폴라의 주위를 맴돌았지만, 폴라는 모른 척했다. 어차피 이 순간은 폴라가 주인공이다. 그동안 무조건 신적인 존재로 우러러보았던, 자기를 대단치 않은 존재(여자애)로 여기던 오빠들이 해군 조선소 깊숙한 곳, 엄격하게 출입이 통제되는 해군 매장에서 세일러복과 훈련복, 군모, 코트, 군화, 외투, 양철컵, 견장과 함께 파는, 절대 아무 데서나 살 수 없는 티셔츠를 부러워한다는 사실에 폴라는 행복했다. 친한 사람이 잠수함에 관련되어 있지 않으면 절대 가질 수 없던 그 티셔츠와 함께 사람들의 눈에 은밀한 바닷속, 어두운 심연 속 세상에 연결된 존재가 된다는, 어뢰가 지나다니고 온갖 위협이 도사린 보이지 않는 세계의 질서의 일원이 된다는 사실이 다리가 길쭉하고 가슴이 볼록하게 나온 여덟 살 어린 폴라에게 기쁨을 안겼다.

　폴라는 폴리네시아의 환상 산호초 주변이나 북한 앞 바다나 흑해 바닥이나 생 해협을 정찰 중인 검은색 잠수함들에 둘러싸여 반바지와 티셔츠를 입고, 세상의 표면 아래 돌아다니는 모든 것에 대해, 은밀하면서도 엄청나게 강력한 열정들(사랑)을 떠올린다. 그런데 신기하게도 바로 그 순간에, 조나스가 자기 사진을 보내온다. 모자를 안 쓰고 넥타이를 맨 진지한 얼굴이 고대의 반암과 사문석의 위용을 떠올리게 하는 짙은 녹색 대리석 속에 들어가 있다. 폴라는 곧바로 알아보고 놀란다. 지구상에서 가장 유명한 대리석 중 하나, 바로 뉴욕 유엔 본부 총회장 연단을 장식한 상징적인 대리석이다.

다시 여름이다. 그런데 몇 년도 여름이지? 2010년? 2011년? 얘기할 때 폴라는 헷갈린다. 그녀에게 지난 몇 년은 오로지 어디에서 어디로 옮겨 갔는지 장소들로 정리되고, 계절로만 기억 속에 남아 있다. 그녀가 지나간 시간을 재구성하기 위해 커다란 검은색 수첩을 꺼내 드는 모습이 점점 더 자주 눈에 띈다. 지금 폴라는 포르토피노 언덕에 위치한 아르 데코 저택의 현관에 파오나초를 그리러 간다. 카라라의 변종으로 조각상에 많이 쓰이는 파오나초는 흰색 바탕에 적자색 반점들이 있고 갈라진 틈을 따라 노란색의 가는 맥이 마치 돌 틈으로 부둣가의 녹물이 새어 나온 것처럼 이어져 있는 그리기 어려운 대리석이다. 7월의 폭염이 막 시작될 때, 솔밭 한가운데 이글거리는 여러 개의 층으로 고인 송진 냄새와 먼지 냄새가 바닷바람에 실려 들이닥치는 빌라 현관에서 폴라는 파오나초를 그린다. 어깨가 번들거리고 가는 땀줄기가 등으로 흘러내려 허리를 적시고 겨드랑이 땀이 앞치마 안에 입은 수영복 위로 흘러내리고 페인트로 더러워진 운동화 바닥에 두 발이 달라붙은 채로 폴라는 희열을 느낀다. 그녀가 보온병에 담아 온 아이스티를 마시는 동안 집 안에서는 주고받는 나른한 말소리와 위스키 잔 바닥에 얼음이 부딪히는 소리가 이어진다. 저녁이면 폴라는 끈적이는 몸을 끌고 아무도 없는 해변으로 내려간다. 해변과 이어진 좁은 길에서 그녀가 걸음을 옮길 때마다 작은 동물들이, 배가 푸른 도마뱀과 검은 비닐 같은 풍뎅이와 사람 얼굴 가면을 쓴 것 같은 주황색 불벌레가 화들짝 놀라 도망치고, 잡목들이 바스락거리고, 보자기처럼 내려앉은 먼지를 뒤집어써 뻣뻣해진 나뭇잎들이 슈웃 소리를 낸다. 해변까지 온 폴라의 맨발이 잿빛 모래 속에 빠지고, 느리게 움직이는 짙은 바다, 마조렐블루빛의 바다가 눈앞에 펼쳐진다. 그녀는 그 바다에 발을 들여놓으며 환희에 젖고, 그저 물을 가르기만 하려는 듯, 물의 힘을 느끼고 온전한 접촉을 음미하려는 듯, 물방울 하나 튀지 않게 부드럽게 물속으로 들어간다. 이어 몸이 조금씩 물에 잠기고, 고개를 숙이며 희미해진 빛 속으로 내려간 폴라가 바닥의 주름진 땅을 어루만질 때 맨살이 드러난 복부가 쾌락에 달아오른다. 잠시 후 그녀는 빛을 바라보며 다시 올라가고, 아래쪽 바다에, 바다 안에 비친 자기 모습을 한참 바라보고, 수면 위로 머리를 내밀고, 잔잔한 물결에 편안히 몸을 내맡기며 헤엄치고, 배영으로 바꾸어 하늘을 바라본다. 그렇게 드러누워 지난 몇 달, 마치 납작한 조약돌로 물수제비를 뜨듯이 한 곳에서 다른 곳으로 옮겨 다닌 지리멸렬하고 고독했던 시간을 떠올리고, 한곳에 넉 주 혹은 다섯 주 이상 머무는 적 없이, 혹시라도 파리로 돌아가서 오래 쉬어야 하는 상황을, 보나 마나 자기 말을 금방 들어줄 부모에게 도움을 청하는 일을 피하기 위해서 일하는 몇 주 동안 필사적으로 다음 번 일을 구하며 머물렀던 곳들을 떠올린다. 그리고 공백 없이 계속 그려 낸 그림들을 떠올리고, 삶이란 게 원래 이런 걸까? 머리 위에서 하늘이 서서히 짙어지고 동쪽으로 구아슈를 두 겹 발라 놓은 것처럼 생기 없는 푸른색으로 움츠러든다. 폴라는 메탈로 아틀리에 천장의 커다란 유리창을, 아틀리에를 비추던 너무도 특별한 빛을 떠올리고, 그러자 마치 그 장면에서 곧바로 나오는 것처럼, 장면의 연속인 것처럼, 렘브란트 같은 입, 모자의 챙에 절반이 가려진 얼굴, 은밀한 눈길, 이구아나를 닮은 피부, 푸른빛이 도는 까만 눈동자, 진주 광택이 도는 흰자, 회백색 눈자위, 조나스가 나타난다. 폴라는 청자색으로 짙어진 바닷물에 가만히 떠 있다. 석 주 전의 메일 이후로 조나스에게 답장이 없다. 그녀는 바다 한

가운데 누워 마음속에서 울리는 자기 목소리를 듣는다. 사랑해, 조나스.

약속된 일정대로 파오나초 대리석을 마친 폴라는 터번처럼 머리에 두르고 있던 스카프를 풀고 손등으로 이마를 닦고 눈을 감는다. 아주 멋지다. 완성된 대리석이 너무 훌륭해서 집주인 부부는 곧바로 광물성의 기운을 느낄 수 있다. 그들은 miracoloso(기적적인), incredibile(믿을 수 없는), magico(마법 같은) 등의 찬사를 연발하며 폴라를 추켜세운다. 붉은색 캄파리오렌지 칵테일을 따라 주고, 금박 테가 둘러진 던힐 담배를 권하고, 도기 타일을 대리석 끼움돌로 연결해서 깐 수영장에서 조금 쉬다 가라고 허리를 붙잡고, 잠시 후 현금으로 돈을 건넨다. 곧 리구리아 해안의 라팔로와 포르토피노와 사보나에, 제노바만의 깎아지른 언덕에 한여름이 시작되고, 빌라의 주인 부부가 손님들을 초대하고, 손님들은 파오나초를 보며 감탄하고 손바닥을 대보며 눈이 휘둥그레진다. 그중에 영화 제작자 한 명이 자신이 속았다는 걸 깨닫고는 웃음을 터뜨리고, 손가락을 튕겨 사람을 불러 폴라에게 전화를 걸게 한다. 로마로 오라고 해. 물론 그렇게 지시한 뒤에 남자는 폴라와 파오나초를 잊고 다시 백포도주를 따르고 손가락으로 머리카락을 훑고 월계수잎으로 입고 있는 여름 바지를 턴다. 하지만 바퀴가

돌아가기 시작했고, 실제 그다음 주에 폴라는 로마에
있다.

개인들이 주문하는 자잘한 일, 무료로 제작하는 견
본, 집에 없는 남자들과 끝없이 망설이고 괜히 바쁜 척
하느라고 요구가 더 많은 여자들한테 까다로운 색견본
을 확인받는 고생은 끝났다. 폴라는 치네치타[18]의 작업
장과 3개월 계약을 했고, 이제 시뇨리나 카르스트로 불
린다(그때마다 태양빛 노란색 발레 치마를 입고 발레
슈즈를 신은 기분이다). 하지만 정작 하는 일은 이전과
그리 다르지 않다. 한 남자가 손뼉을 치며 Silenzio(조
용히)!라고 외친다. 이제 바티칸 대성당의 전면을 그립
니다. 아. 세트장 작업실 안에서 팔짱을 끼고 선 폴라는
자신이 제대로 이해했는지 확신이 서지 않는다. 다른
사람들은 놀라지 않는다. 젊은 남자들은 청바지의 주머
니를 가볍게 몇 번 두드리고는 아무 일 없다는 듯 바람

18 이탈리아 로마 근처에 있는 유서 깊은 영화 촬영소.

을 쐬러 밖으로 나간다. 바티칸 대성당보다 엄청난, 더 크고 더 까다로운 것을 이미 그려 본 사람들은 별다른 감흥이 없다. 심지어 배를 내밀며 조용히 장난을 치기도 하고, 둥글게 모여 서서 손바닥을 입술에 닿을 만큼 가져다 대면서 담배를 피우기도 한다. 감독들의 꿈에 육체를 부여하기, 감독들의 과대망상적인 열정을 뒷받침하고 그 환상을 물질적으로 실현하기. 바로 이들의 일이다. 이봐, 프랑스 아가씨! 치네치타의 진짜 이름이 la fabbrica dei sogni(꿈의 공장)라는 거 알고 있어? 치아가 많이 썩은, 블루머린 빛깔의 눈동자가 굉장히 깊은, 거무스레한 털이 손목에도 나 있는 남자가 폴라에게 고개를 숙이며 말한다. 그리고 환영 인사를 대신해서 어느 미술 감독이 영화감독에게 했다는 말을 들려준다. 〈시작하셔도 됩니다, 마에스트로. 우주를 준비해 두었습니다.〉 우리 일은 그런 거야. 폴라가 킥킥댄다. 우주. 농담이 아니다.

미술 감독이 말을 잇는다. 더 무거워진 목소리로 상세한 설명을 이어 간다. 전면의 중앙부, 즉 교황의 발코니와 양옆의 창문, 그러니까 전체 기둥 여덟 개 중에 가운데 네 개를 그립니다. 전면 전체의 폭 130미터 중에 20미터에 해당해요. 성당 전체를 대표할 수 있는 부분이죠. 우리가 만들 20미터 안에 교황 선출일, 환하게 불 밝힌 저녁, 광장에 모여 기다리는 사람들을 축복하

러 나온 새 교황의 목소리가 마이크에서 웅얼거리고 빨
간 모자를 쓴 추기경들이 양옆 발코니에서 손을 흔드는
성당이 담기게 됩니다. 바티칸퍼플, 그리고 트라베르
티노![19] 감독의 목소리에 희열이 어린다. 마지막으로,
시스티나 성당 전체를 세트장으로 재현합니다! 웅성거
림이 번져 나가고, 젊고 쾌활한 남자 둘이 인간과 하느
님이 서로를 향해 뻗은 검지 두 개가 마치 전기를 연결
할 두 개의 전도체처럼 맞닿으려는 「천지 창조」의 장면
을 재현하기 위해 작업대들 사이에 몸을 숙이고 늘어뜨
려 포즈를 취하고, 다시 몸을 일으킨 뒤에 어린애들처
럼 좋아한다(시스티나 성당이라니! 대박!). 폴라는 시
스티나라는 이름을 듣는 순간 성당 양쪽 벽면 하단을
띠처럼 둘러싼 커튼, 넓은 주름이 잡히고 도토리와 떡
갈나무잎과 교황의 문장들이 새겨진 커튼을 떠올리고,
검은색 터틀넥의 여인이 그 유명한 트롱프뢰유를 그리
는 모습을 떠올린다. 전체 구성으로 보자면 좀 떨어지
는 부분이죠. 그러고는 고약스럽게 덧붙인다. 말하자
면, 허드레 부분이에요. 검은색 터틀넥의 여인은 반쯤
감은 눈으로 화판을 제대로 보지도 않고 머릿속으로는
다른 생각을 하면서 그리는 것 같다. 아래부터 시작한
다고, 아래쪽에 재미있는 게 많다고, 그다음에 벽화들

19 로마 근방에서 나는 대리석으로, 흰색 혹은 회색에 노란색이나 갈
색이 섞여 있다.

을 올려다봐야 한다고, 서서히 단계적으로 해야 한다고 말한다. 그래요. 시스티나 성당은 천천히 그려 나가야 해요. 그녀는 중얼거리듯 위협적인 낮은 목소리로 조언을 한다. 그때, 달아오른 분위기에 찬물을 끼얹는 미술 감독의 목소리. 오, 여러분, 흥분할 필요 없습니다. 미켈란젤로의 벽화들은 빅 이미지[20]가 맡습니다! 이어 감독은 돌아다니며 첫 일정표를 나눠 주고 빈정거리듯 어깨를 들썩이며 말한다. 제작사가 대형 디지털 인쇄를 선택했죠. 우린 그 위에 마무리 작업을 할 겁니다. 이어 걸음을 멈추고 덧붙인다. 마지막으로, 우리가 만들 영화는 난니 모레티의 「우리에겐 교황이 있다」입니다.

매일 아침 8시 30분에 폴라는 지하철 A선 치네치타 역에서 내리고, 투스콜라나로를 가로지르는 지하도로 들어가고(오줌과 쓰레기 냄새 때문에 스카프를 당겨 코를 막은 채로 걸음을 재촉한다) 밖으로 나오면 치네치타의 입구로 다가가서 출입증을 보여 준다. 곧 나타나는 잔디밭을 끼고 돈 뒤, 안에서 붓들과 걸레들과 수첩들과 둘둘 말아 놓은 깨끗한 앞치마가 서로 스치는 숄더백의 무게 때문에 몸의 중심이 한쪽으로 쏠린 걸음으로 스튜디오 구역으로 향하는 동안, 한쪽으로 굵게 땋아 내린 머리채가 숄더백의 무게와 균형을 맞추려는 듯 걸음을

20 1987년 설립된 디지털 프린트 회사.

옮길 때마다 왼쪽 가슴을 친다. 날이 밝고 있다. 잿빛으로 밝아 오던 건물들에 연보랏빛이 감돈다. 공기 중에 최근 치러진 행사의 냄새가 난다. 그렇다! 정말 치네치타다. 5분 후 그녀는 작업복을 입고 자기 위치에 가 있다.

처음 며칠은 당황스러울 정도로 실망의 연속이었다. 온갖 물건이 들어차 있는 휘황찬란한 바로크 궁 같은 치네치타를 기대했지만, 막상 보니 그저 영화 제작 과정의 필요성에 부응하기 위해 만들어진, 산업 공정을 지배하는 합리성의 지침에 따라 촬영장과 분장실과 작업장과 소품 창고가 모듈식으로 조직된 복합 건축 공간이었다. 형태와 시야의 기하학적 구성, 간결한 선들, 정확히 직각을 이루는 평면들, 잔디 화단과 질서 정연하게 심어 놓은 우산소나무까지, 첫눈에도 모든 게 한 치 어긋남 없이 틀을 이루고 있고, 마치 전체가 덩어리 상태로 한꺼번에 솟아오른 것처럼, 단 한 사람, 조물주의 뜻에 따라, 조물주가 땅을 세 번 쳐서 만들어 낸 것처럼, 전부 동질적이다(치네치타가 지어진 과정과 이후에 일어난 일에 대해서 폴라가 알고 있는 내용은 완전하지도 정확하지도 않지만, 문제의 조물주가 무솔리니였다는 사실은 폴라도 분명히 알고 있다). 이젠 별거 없어. 가 봤자 볼 거 하나 없다고. 시간 낭비야. 일하는 작업장 사진을 규칙적으로 인스타그램에 올리는 스페인 아가씨 알바가 한 말이다. 폴라는 알바가 옳다고 생각한다.

정말 별 볼 일 없다. 치네치타의 스물두 개 스튜디오는 은밀하기가 금고 같고 항만 터미널의 보안 구역 부두에 쌓여 있는 철제 컨테이너 같다. 펠리니의 땅이라는 이름에 걸맞은 것들, 그러니까 기상천외함, 과시적 작위성, 살찌고 우스꽝스럽고 형이상학적인 인간들, 스투코와 플라스틱 조형물, 소극과 시의 결합은 찾아볼 수 없다. 하지만 무언가가 있다. 그것은 바로 안을 들여다볼 수 없는 건물들 옆을 지나다닐 때 폴라의 시선을 자극하는, 보이는 것과 보이지 않는 것 사이의 촘촘한 짜임이다. 그녀는 손가락 끝으로 건물들의 벽을 훑으며 지나가고, 손가락에 묻은 오렌지색 가루를 코에 가져다 대며 영화의 냄새를 맡는다. 닫혀 있는 울타리 너머에 신비스러운 삶이 있다. 그 삶에 다가가고 싶다. 발에 밟힌 뾰족한 소나무잎들이 마른 장작처럼 바스락거린다.

작업장 사람들에게 폴라는 권력을 지닌 누군가의 손이 낙하산에 매달아 떨어뜨려 놓은 뒤 곧바로 잊어버린 존재다. 폴라는 곧 사람들이 자기를 어찌 대해야 할지 몰라 곤란해한다는 사실을 깨닫고, 예술과 산업이 동거를 시도하는 이곳에서 일시적이고 변화 가능한 조절 변수라는 것이 어떤 의미를 갖는지도 알게 된다. 그녀는 직위의 서열을 배우고, 〈노동 귀족〉이라는 단어에 실린 뉘앙스들에 익숙해지고, 로마 억양이 살짝 가미된 이탈리아어를 쓰기 시작하고, 스튜디오의 어휘들을 흡수한다. 그녀가 만난 동료들은 모두 숙련되고 솔직하고 전문적인 사람들이고, 폴라는 특히 능숙하고 참을성 있고 자아가 강하고 말도 잘하는 젊은 여자들이 차근차근 추가 노동 시간을 협상하는 모습에 깊은 인상을 받는다. 이곳 사람들에게는 이제 영화 제작소에서 일한다는 사실이 별다른 의미를 갖지 않는다. 신화를 만드는 일에 참여하면서 정작 그 신화에는 무감각하고 감흥도 없다. 스타들한테도 관심이 없고 구미 당기는 일화들이나 소란스러운 소문들도 좋아하지 않는다. 그들은 치네치타에서 일어나는 모든 일에 매력을 느끼는 폴라에게 경멸의 눈초리를 보내며 참 순진하다고 빈정거린다.

폴라는 그때그때 필요한 심부름부터 시작한다. 덧칠부분을 확인하기 위한 소도구를 가져오고 우편물 수령소에 가서 편지를 받아 오고 구내식당에 두고 온 핸드폰을 찾아온다(말도 안 돼! 집어치우라고 해! 네가 무슨 하녀야? 머리를 오렌지색으로 염색하고 볼 커트로 자른, 겉옷 안에 청록색 스웨터를 받쳐 입은 케이트가 소리 지른다). 하지만 그런 심부름 시간을 이용해서 폴라는 작업복 단추를 풀고 긴 머리를 틀어 올려 붓을 꽂아 고정하고 지도를 손에 들고 촬영장 구석구석을 알아나간다. 이내 곧장 갈 수 있는 길을 두고 대각선으로 가로지르고 일부러 돌아가는 길을 찾아내고 어슬렁거리며 스튜디오 곳곳을 돌아본다. 그러다 우연히 마주치는 장면들이 폴라에게 지금 이곳에서 일들이 일어나고 있음을 알려 준다. 물방울무늬 옷을 입은 남자가 합성수지로 만든 〈헤라〉상을 안아 옮기고, 텔레비전 게임 쇼를 진행하는 여자들이 뾰족구두를 신고 당장이라도 터질 듯이 큰 가슴과 회반죽한 테라 코타 인형처럼 뽀얀 뺨을 내밀며 전화기에 소리치고(「일 그란데 프라텔로」?)[21], 스파르타 샌들을 신고 로마 토가를 입은 엑스트라들이(「보르자」?)[22] 쉬는 시간에 모여 서서 담배를 피우고, 흰색 롱 코트를 입은 여자가 등 뒤로 폭포처럼 흘러내린 머리카락을 흔들며 리무진에 올라타고(라바차 커피 광고를 찍는 줄리아 로버츠?), 세 명의 청소년이 「U-571」 세트장을 찾고 있다(미국 구축함이 독일 함정에 맞서 암호 해독기 에니그마를 탈취하는 잠수함 영화로, 음파 탐지병이 나오고 캄캄한 심해에서 발사되는 어뢰가 등장한다). 폴라는 그 아이들을 세트장으로 안내하면서 외부 사람들의 눈에는 자신이 이곳의 원주민으로, 스튜디오들을 잘 아는 사람으로 보이리라는 생각에 흐뭇하다. 아이들과 함께 잠수함 조종실로 들어간 폴라는 흐릿한 조명 속에서 깜박거리는 계기판과 수중 음파 탐지

21 네덜란드 리얼리티 쇼 「빅 브라더」의 이탈리아판으로 2000년부터 방영되었다.
22 르네상스 시대 보르지아 가문의 이야기를 그린 미국 드라마로, 2011년부터 방영되었다.

기와 잠망경 쪽으로 다가간다. 그 순간, 돌연, 거친 대양을 전속력으로 달리는, 최신 기술이 구현된 잠수함에 타고 있는 느낌이다. 밤이 되면 빨간색으로 바뀌는 네 온등의 강렬한 불빛만이 시간을 가늠해 주는 어두움, 반향되는 소리들, 숨소리, 침묵, 낯선 세계를 재구성해 내는 인간의 지각. 르 트리옹팡 함의 아이는 격한 감정에 사로잡혀 숨을 참는다.

스튜디오와 스튜디오 사이에서 삶의 기운이 배어 나온다. 폴라는 스튜디오의 내막을 들여다보려고 자꾸 문 앞에서 서성이게 된다. 그곳은 공기의 질이 다르다. 늘 흥분 상태로 진동 중이다(시커먼 벌통 입구 앞에서 부지런히 붕붕거리는 벌 소리, 줄지어 허공에 멈춰 있거나 벌집 안으로 밀려들었다 나왔다 하는 벌들). 폴라는 가까이 다가갈수록 더 열심히 살피고, 스튜디오에 드나드는 것들을 통해 재빨리 안에서 일어나는 일을 알아챈다. 어떤 물품을 구입했는지(정수기, 포도주, 혹은 분장실에서 쓸 자질구레한 것들, 때로는 나무 플레이트 위에 투명 플라스틱으로 포장된 파르마햄, 때로는 따뜻한 크루아상) 어떤 장비가 배달되는지(수 킬로미터짜리 케이블, 컴퓨터, 분해 상태의 음향 장치) 관찰한다. 밖으로 나온 사람들의 얼굴도 살피지 않을 수 없고, 이제 그 살갗의 상태만으로 카메라 앞에 섰던 사람들을 분간해 낼 수 있다. 깜빡이는 눈, 화장이 진하고 두껍거나 최신 기술로 윤곽선을 다듬어 단순화된 얼굴이 그렇고, 방송에서 어머니와 화해하거나 바람난 남편을 용서하느라 혹은 고생을 많이 하느라 혹은 춤추느라 노래하느라 우느라 혹은 스타들 가까이 있느라 아드레날린이 분비된 촬영장의 흥분이 얼굴에 남아 있다. 그런 변모를 보면서, 세트장 안의 무언가가 사람들을 변화시킬 힘을 가지고 있다는, 저 평행 육면체 건물들이 변화를 촉발하는 무언가를 품고 있다는 사실에 폴라는 당황한다. 그녀는 사람들이 드나드느라 문이 열리기를, 틈이 생기기를 기다린다(마치 땅속에서 열 교환이 일어나고 암석 속에 빈 공간이 존재함을 알려 주는 김이 올라오지 않는지 살피면서 절벽을 걷는 동굴학자 같다). 이상하게도 아직 치네치타의 제일 안쪽, 야외 세트장들이 있는 곳까지는 가볼 생각이 나지 않는다. 아직은 아니다.

이리저리 옮기며 잡일을 하던 폴라는 「우리에겐 교황이 있다」의 세트 두 곳(교황의 발코니와 시스티나 성당)뿐 아니라 기초 작업 팀에도 잠시 합류한다(사포질, 도색, 고색 입히기). 말도 안 돼! 그건 건축 도장 일이잖아! 그런 거 하려고 학교 다닌 줄 알아? 노트북 화면에 나타난 글래스고의 케이트가 잔뜩 찌푸린 얼굴로 고함을 지른다. 하지만 치네치타에서 요령껏 버텨 내야 하는 폴라는 불쾌한 내색 없이 받아들인다. 심지어 틀 밖에서, 화판을 벗어나서, 넓은 표면 전체를 한 가지 색으로 얇게 칠하는 일이 커다란 단색화를 그리는 느낌을 주며 즐겁기까지 하다. 기분이 좋아. 그림의 근본적인 행위로 돌아가는 것 같아. 표면을 덮기! 노틸러스의 휴게실에서 매니큐어를 칠하던 케이트는 폴라가 큰 동작으로 롤러를 미는 흉내를 내며 하는 말에 망연자실해진다. 어느 일요일, 급히 1천 제곱미터의 나무 판을 콘크리트로 보이게 만드는 작업에 폴라도 합류한다. 점심 휴식 동안 동료들과 함께 바닥에 앉은 폴라는 이들과 어깨를 나란히 하고 있다는 사실에 놀란다. 드디어 그녀의 팔과 손이 제구실을 하며 능력을 펼치고 스스로 에너지가 되어 다른 사람들의 에너지에 끼어들고 혼자 일하는 장인의 고독에서 벗어나 진짜 팀원이 되었다. 폴라는 정말로 하고 싶은 일은 이것과 반대로 콘크리트를 나무로 보이게 만드는 거라고, 그게 자기 직업이라고 말하고 싶은 마음을 억누른다.

어느 날 아침, 폴라는 텔레비전 드라마 세트장을 조명 아래에서 확인하고 수정하는 작업에 합류한다(부르주아의 거실, 도토리가 그려진 벽지, 베르사유 바닥 마루,[23] 놀 가구). 주변에서는 승진이라고 말한다. 그녀는

---

23 타일 같은 정사각형 마루판으로, 베르사유궁에 대리석 바닥 대신 사용되면서 이렇게 불리었다.

약속 시각보다 일찍 도착하지만, 착각해서 옆 스튜디오로 간다. 양쪽으로 미는 문 앞에 서서 안을 힐끔 들여다보고, 한쪽 어깨로 문을 밀며 입구에 선다. 그 순간, 다리에 힘이 빠진다. 등 뒤로 들어오는 빛이 열린 문의 폭과 같은 크기의 빛줄기를 어두운 세트장 바닥에 드리우고, 폴라의 그림자가 그 위로 투사된다. 처음에 뚜렷이 보이던 그림자는 어둠으로 사라지는 빛줄기와 함께 서서히 흐릿해지고, 폴라는 밤의 어둠, 불 밝힌 해변과 그 앞에 펼쳐진 바다를 떠올린다. 그녀는 천장을 향해 눈을 들고, 철제 장선들 위로 이리저리 교차하는 레일들에 매달린 스포트라이트들을 바라본다. 스튜디오의 규모는 온전히 파악할 수 없을 만큼 엄청나게 넓다. 이 갑문 너머, 다른 세상으로 이어질 것이다. 사람의 손이 닿은 적 없는 숲속에 첫발을 디디듯 안으로 몇 발자국 들어선 폴라는 그 공간 속에서 자신의 몸이 일으키는 반향에 귀를 기울이면서 여기 살고 싶다고 생각한다.

조금 전 지하철 맞은편 자리에 앉은 여자의 몸에 짙은 담배 냄새가 배어 있다. 작은 키에 다부져 보이는 여자는 은여우 털목도리를 하고 두툼한 입술에 검은색 립스틱을 칠했고 머리카락은 철 수세미 같다. 폴라는 그녀를 알아보고 조금 주저하다가 앞쪽으로 몸을 내밀며 빠르게 내뱉는다. 저도 같은 역에서 내려요. 치네치타에서 일해요. 여자는 깜짝 놀라고 기계적인 미소를 짓고 나서 별다른 대꾸 없이 시선을 돌린다. 폴라는 다시 몸을 뒤로 빼고 가방을 더 당겨 안고 눈길을 창밖 어둠 속으로 던진다. 몇 분 후 두 여자는 치네치타 입구의 신분증 검사대를 지나고, 앞서 가던 여자가 작은 여송연을 피우며 폴라를 기다렸다 다시 걷는다. 용기를 얻은 폴라가 재빨리 다가간다. 여기서 무슨 일 하세요? 중앙 광장에 이르자 이른 아침의 여명이 땅에 스칠 만큼 낮게 깔려 잔디밭이 빛의 호수 같다. 두 여자의 발걸음 소리만 들리고, 거리의 소음이 다 꺼진 공간은 마치 청음실 같다. 난 분장사야. 배우들 메이크업을 해준 지 30년째지. 이름은 실비아. 30년 동안 분장사로 일했다니. 폴라는 「클레오파트라」의 리즈 테일러를 떠올린다. 눈 위아래에 아이라이너를 짙게 칠한 보랏빛 눈, 눈썹까지 올라가서 이마까지 잠식한 그 과장된 눈은 이집트 왕이라기보다는 배우였다. 할리우드의 스타를 화장으로 감추지 말고 화장을 한 뒤에도 돋보이게 할 것. 그러라고 분장사를 고용한 것이다. 두 여자는 말없이 걷는다. 펠리니의 「카사노바」 촬영 때 쓰고 나서 중앙 광장 바닥에 가져다 놓은 무섭게 생긴 거대한 여자 머리 조각상 옆을 지난다. 역시 눈까풀을 진하게 칠한 순진하고 토템적인 영화의 신이다. 그곳을 지나고 나면 스튜디오와 작업장 구역으로, 건조물들이 늘어서 있다. 폴라는 어두워 보이는 실비아의 옆모습을 힐끗 쳐다보고 혼자 가기 위해 옆쪽으로 빠지는 길을 찾는다. 예상과 달리 실비아가 잡는다. 여기서 무슨 일 하는데? 폴라가 눈을 크게 뜨고 대답한다. 장식 화가예요. 난니 모레티의 차기작을 준비해요. 세 달 계약했어요. 폴라는 자기도 보여줄 패가 있다는, 이곳에 있을 정당한 자격을 지녔다는 사실이 자랑스럽다. 실비아가 쓸쓸하게 웃는다. 이봐, 여긴 이미 다 끝났어. 영화는 오래전에 떠났다고. 이제 감독들은 더 싸게 찍을 수 있는 다른 곳을 찾아다녀. 인력도 이미 줄었고. 못 해내는 일이 없는 사람들인데 말이야. 뭐든 주문해 보라지, 달이라도 따 올걸? 정말로 다 할 수 있지, 뭐든. 실비아는 마지막 단어를 힘주어 발음한다. 요즘 여기서는 기껏 텔레비전 리얼리티 쇼, 광고, 특별 공연 같은 거나 찍고, 아니면 새 안경 브랜드나 록 그룹의 새 앨범을 론칭하는 요란한 쇼가 전부야. 음향이 쿵쾅거리고 여자들이 벗고 나오고 레이저 조명을 쏴대면서 하루 저녁 동안 마법을 되살리는 거. 더 이상 영화가 아니고 그냥 이벤트일 뿐이야. 말하며 화가 난 실비아가 딸꾹질을 하고, 담배를 꺼내려고 걸음을 멈추면서 더 빠른 속도로 말을 이어 간다. 44만 제곱미터의 부지에 다 더하면 75킬로미터가 되는 길들, 스무 개가 넘는 스튜디오까지, 지금 이 땅을 두고 토지 개발을 시도하고 있어. 촬영장을 이전하고 직원 2백 명을 내보내고 이곳 치네치타를 놀이공원으로 만들려고. 기억들을 유리 진열장에 넣고 신화를 팔겠다는 거지. 치네치타 전체가 분노 중이야. 분노가 꽉 찼다고. 걸어 가면서 실비아는 〈수치〉, 〈펠리니〉, 〈포르노〉 같은 말을 쏟아 내고, 갈림길에 이르자 담배를 구두 굽으로 비벼 끈 뒤 꽁초를 주워 들어 재떨이를 대신하는 옷 주머니에 넣더니 고개를 들며 단호하게 말한다. 아무도 안 속아. 잠시 후 두 여자가 각자의 길을 향해 갈라지기 전,

막 발을 떼려 할 때 실비아가 얼굴이 환해지며 폴라의
턱을 잡는다. 나한테 메이크업 받으러 한번 와. 난 양쪽
홍채 색이 다른 눈이 좋아. 그리고 사시네. 어떻게 해볼
수 있을 것 같아.

　사시네. 사시네. 폴라의 눈앞에서 실비아가 멀어지
는 동안 이 한 문장이 그녀의 좌측 측두엽에 새겨진다.
어린 시절의 목소리들이 놓인 자리, 익숙한 문장들, 시
간이 가면서 수수께끼로 바뀐 문장들이 울려 퍼지는 자
리다. 사시네. 폴라는 고개를 숙이고 좁은 길로 들어선
다. 오래된 폴라로이드 사진 속의 아이, 다리가 사슴처
럼 길고 타월 소재로 만든 오렌지색 반바지를 입고 두
손을 허리에 얹은 여자아이가 부메랑처럼 되돌아온다.
르 트리옹팡 함의 여름. 사시네. 정말로 그 사진을 찍던
여덟 살 어린 폴라의 얼굴에는 이상한, 축을 벗어난 무
언가가 있었다. 비정상. 꼭 추파를 던지는 것 같은 한쪽
눈. 사팔눈. 식탁에 앉은 사촌들은 일부러 자기들 눈을
사시로 만들며 웃음을 터뜨렸다. 너 꼭 달리다[24] 같아.
내 손가락 몇 개게? 사촌들이 손가락을 벌려 폴라의 코
아래쪽 시야의 경계선에 가져다 대며 물었다. 어린 폴
라는 웃지 않았다. 정말로 폴라는 해부학적 규범에 부
합되도록 평행을 이루며 나란히 정면을 바라보는 두 눈

24 이집트 출신의 프랑스 가수로, 가벼운 사시 증상이 있었다.

을 간절히 원했다. 교정 치료사가 어떻게든 폴라의 결함을 고치려 애쓰는 동안, 온갖 형상이 계속 나타나는 사시 교정기에 자그마한 턱을 붙이고 그 형상들의 수를 세고 순서를 정하고 묘사하는 일이 폴라에게는 진 빠지도록 힘들었다. 그해 여름이 시작되기 직전에 교정사가 폴라의 왼쪽 눈을 확실하게 고쳐 보자고 했다. 축을 벗어난 왼쪽 눈은 꾀병쟁이라 자기 일을 동료에게 떠넘긴다고(어린 폴라는 이 표현을 이해하지 못했다) 선고하며 왼쪽 눈이 자기 일을 해낼 수밖에 없도록 오른쪽 눈에 늘 안대를 하고 있게 했다. 폴라는 놀라고 어쩔 줄 몰랐다. 하지만 가장 불운할 뻔했던 그해 여름이 〈승리〉의 여름, 〈의기양양한〉 여름으로 바뀐다.[25] 안대와 함께 오히려 주인공의 후광을 갖게 된 것이다. 키클롭스족의 아이, 해적, 애꾸. 폴라의 눈은 어른들의 관심을 끌고 사촌들의 호기심을 자극하고 어린 사촌들의 두려움을 불러일으켰다. 폴라는 커피를 마시는 어른들 곁에 남아 있을 수 있는 특별 대우를 누렸고, 물속에 들어가 헤엄치기를 포기하는 대가로 작은 선물을 받았고, 누구든 폴라를 괴롭히면 혼이 났다. 평소에는 만져도 안 되고 젖어도 안 되는(절대 안 돼!) 안대를 바꿀 때가 되면 폴라는 말 잘 듣는 사촌 동생 하나에게 자신의 보물인 거

25 잠수함의 이름 르 트리옹팡은 프랑스어로 〈승리를 거둔〉, 〈의기양양한〉이라는 뜻이다.

즈와 살균 습포 그리고 반창고를 보여 주기로 하고, 찌
푸린 얼굴로 욕실로 데리고 들어갔다. 그녀는 거울 앞
에서 조심스레 의식을 집행한다. 과시적인 동작으로 손
을 씻은 뒤 손가락 끝으로 조심스레 반창고를 쥐고 떼
어 낸다. 간뜩 긴장해서 숨죽인 채 지켜보던 어린 증인
은 기대했던 눈, 녹색 연고가 속눈썹에 엉겨 붙고 늙은
버섯 같은 물집이 잡혀 진물이 흐르는 눈까풀이 아니라
그냥 감긴 눈이 나타나는 바람에 실망하고, 폴라가 여
전히 찌푸린 얼굴로 파란색 크림을 눈 가장자리에 바르
기 시작할 즈음에는 아예 심드렁해진다. 폴라는 새 습
포를 대고 천천히 별 모양으로 반창고를 붙인다. 안대
를 하고 다니는 게 좋다. 사람들이 안대를 보고 건네는
질문이 좋고 안대 때문에 지켜야 하는 주의 사항들이
좋고 안대를 하고 있는 자기 얼굴이 좋다. 조금씩 겉멋
까지 들면서 허세를 부리며 짜증 나게 굴기도 했다(뭐
야? 도대체 왜 저래?). 개학을 앞두고 드디어 안대를 벗
기로 한 날, 안대를 사용해서 사시를 교정하는 시야 교
정술의 승리를 기리기로 되어 있던 그날, 블라인드를
내린 진료실 안에서 흰색 습포로 가리고 눈까풀을 닫고
있어도 폴라의 왼쪽 눈은 집요하게 버티며 여전히 옆으
로 빗나갔다. 어느새 수첩을 펼쳐 든 교정사가 다시 일
정을 잡으려 했다(집중 사격을 해보죠. 그녀가 호전적
으로 말했다). 뜻밖에도 폴라의 어머니가 자리에서 일

어서고, 딸의 턱을 부드럽게 쥐면서 중얼거린다. 관둘래요. 그냥 지켜볼래요. 그게 낫겠어요. 교정사는 당황한다(폴라가 기억하기에 살이 출렁거리던 뚱뚱한 여자의 높은 구두 굽은 하루 종일 몸의 무게를 떠받치느라 힘겨워서 바닥에 닿을 때마다 나팔 모양으로 벌어졌다). 폴라는 어리둥절해하고, 카디건을 걸치고 어머니를 따라 진료실을 나선다. 점차 그녀는 외사시 덕분에 자기 한 눈이 축을 따라가는 동안 또 한 눈이 다른 곳을 볼 수 있다고(외사시라는 단어를 떠올리면 스스로 중요한 사람이 된 기분이 들고, 이 단어를 발음하는 게 좋다), 나름 괜찮다고, 매력이라고, 자기만의 매력이라고 생각하게 된다.

폴라는 눈을 비빈다. 실비아는 멀어졌다. 그녀는 몸에 꼭 끼는 스노 진에 달라붙은 엉덩이와 근육질의 다리를 드러내며 고집스러운 걸음걸이로 씩씩하게 걷고 있다. 태양이 스튜디오 벽의 살구 과육을 짓누르고, 공기에 강한 소나무 향내가 실려 온다. 멀리 작업실 문이 열려 있고, 문 앞에 팀장의 개가 자리를 차지하고 누워 있고, 스쿠터들이 인도 위에서 모터의 열기를 식히고 있다.

Scusi miss(실례합니다, 아가씨)! 스태프[26] 작업실 입구에서 안을 들여다보는 폴라의 등 뒤로 목소리가 다가온다. 한 남자가 석고 부대를 실은 작은 손수레를 밀고 있다. 작업실 안의 사람들이 하던 일을 계속하면서 입구 쪽으로 고개를 돌리고, 폴라는 황급히 뒤로 물러서며 길을 비켜 준다. 눈이 커피콩처럼 부풀어 오르고 옆으로 찢어진, 붉은색 머리카락을 가진 남자다. 작업복 위에 지퍼 넥 니트 티를 걸쳤고, 선원용 비니를 귀 위로 접어 올려 쓰고 있다. 폴라가 인사한다. 여기로 가라는 지시를 받았어요. 이번 주에 사람이 필요하다고. 폴라의 얼굴을 빤히 쳐다보던 남자가 한 손을 허리에 얹고, 면도 안 한 턱을 벽 쪽으로 내밀며 흡사 퍼즐 조각처

---

26 석회 반죽에 응고제와 황마 혹은 유리 섬유를 넣어 강화한 것. 돌출부인 코니스를 단단하게 만들기 위해 19세기 후반부터 사용되었다.

럼 붙여 놓은 커다란 발코니 도면을 가리킨다. 그리고 손목 시계를 본다. 좋아. 약속 시간보다 늦었네. 오늘은 발코니 코니스를 만듭시다. 짐은 저쪽에 두고.

내부는 온통 흰색이고(우유를 쏟아부은 것 같다), 서늘하고, 대합실 안처럼 말소리가 울린다. 개수대 하나와 바닥에서 물을 쓸 수 있게 해놓은 자리, 받침대 위에 얹어 둔 긴 판자들, 여기저기 함석 양동이, 미장용 반죽통, 온갖 크기의 용기와 아연 판이 보인다. 판자에 못을 박아 걸어 둔 연장들도 있다. 손잡이는 보는 이의 눈길을 사로잡는 니스 칠 된 빨간색 혹은 오렌지색이고, 날들이 번들거린다. 폴라가 호기심에 끌려 다가간다. 삼각형 혹은 납작한 타원형 흙손, 미장용 끌, 대패, 나무 컴퍼스, 온갖 종류의 납작 주걱들이다. 어서 손이 다가와 주길 기다리는 연장들. 하나하나의 형태와 다루어질 수 있는 속성과 그 질량이 특수한 행동을 낳게 될 것임을, 그로부터 행동이 나올 것임을 확신하는 손이 어서 와서 자기들을 쥐고 신비를 꿰뚫어 주길, 기능을 드러내 주길 기다리고 있다. 잠시 후 모자를 벗고 티셔츠 차림으로 변한 남자가 작업용 앞치마를 폴라에게 던지고, 재빨리 받아든 폴라는 앞치마를 몸에 걸치고 등 뒤로 끈을 묶는다. 남자는 탁자 위에 긴 실리콘 틀을 펼친다. 교황의 발코니 윗부분, 조각이 새겨진 코니스의 음화다. 남자가 입가를 씰룩이며 미소 띤 얼굴로 폴라를 쳐

211

다본다. 치네치타는 스태프 제작자들의 왕국이야. 〈사기꾼〉들의 왕국이지! 다른 사람들이 구석에서 키득거리고, 그러거나 말거나 폴라는 의연하게, 오히려 잔뜩 호기심을 느끼며 실리콘 고무 틀에 다가간다. 내가 하는 거 잘 보고 그대로 하면 돼.

남자가 반죽 통에 수돗물을 채우고, 마치 본능적으로 물과 석회 가루의 적당한 비율을 알 수 있다는 듯 눈대중으로 석회 가루를 부었다. 이어 손을 통 안에 넣어 반죽을 이겨 주고, 물 표면에 뭉친 가루가 나타나기 시작하자 팔뚝까지 잠기도록 손을 깊이 집어넣어 휘저어 가며 마침내 미끈거리는 반죽을 얻는다. 열 살짜리 아이도 들 수 있을 만큼 가벼운 산피에트로 대성당 발코니라니! 이어 남자는 털이 길고 부드러운 납작 솔을 찾아 양동이 속에 담그고, 탁자를 따라 걸어가며 스태프 틀 전체에 석회 반죽을 골고루 바른다. 여기 얼마나 있을 거야? 멀리, 탁자 반대쪽 끝에서 붓질을 하면서, 시간을 때우듯, 남자가 폴라에게 묻는다. 아직 몰라요. 두고 봐야죠. 폴라는 눈앞에 펼쳐지는 일, 틀 작업, 그 절차의 구체적인 특성에 집중하며 고개를 숙인 채로 대답한다. 하지만 그녀는 틀 작업보다 틀 자체가 어떻게 만들어졌는지, 실리콘으로 어떻게 이런 형태를 만들었는지가 더 궁금하다. 끝! 남자가 솔을 내려놓는다. 이제 무장시켜 줘야겠지? 초강력 코니스를 만들어 보자고! 그는 실 한 타래를 들더니 풀어서 틀 속에 넣어 평평하고 두툼한 판처럼 만들었다. 이어 다시 붓과 양동이를 들고 탁자를 따라 오가며, 스스로 하고 있는 일을 잘 볼 수 있도록 고개를 살짝 뒤로 젖히고서, 평온하게, 석고 반죽이 실뭉치에 골고루 배어들도록 붓질을 했다. 정확한, 하지만 긴장이 실리지 않은, 거의 경쾌한, 아무 생각도 없는 듯한, 심지어 무용수처럼 뒷머리를 깔끔하게 묶어 올려 핀으로 고정한 폴라가 턱 한번 움직이지 않고 지켜보는 것도 안중에 없는 듯한, 멀리서 오는 동작이었다. 남자가 여전히 고요한 목소리로 다시 물었다. 혹시 누가 뒷배 봐줘? 폴라와 남자의 눈길이 부딪히고, 길게 찢어진 남자의 두 눈에 짙푸른 광채가 나타났다. 아뇨, 전혀. 작업실 안이 워낙 소리가 잘 울리는 탓에 각자 스태프 작업 중인 사람들 모두 핀 마이크를 차고 있기라도 한 듯 목소리들이 크게 울렸지만, 폴라의 귀에는 오로지 스태프 솔이 표면을 스치는 소리밖에 들리지 않았다. 남자는 이따금 폴라를 힐끗거렸고, 눈대중으로 그녀의 몸매를 가늠하고 지도 제작자처럼 정확하게 해부학적 좌표들을 짚어 나갔다. 그러면서도 손목의 동작은 완벽한 리듬으로, 마치 솔이 저절로 움직이듯 능숙하게 이어졌다. 모든 것이 지극히 단순하고 동시에 무척 신비스러웠다. 그럼 앞일을 모르는 신세네? 붓을 내려놓은 남자는 아주 작은 기포도 남아 있지 않도록 맨손으로 섬유를 눌러 가며, 이미 굳기 시작하는 석고 반죽을 마무리했다. 그런 뒤에 남자가 차가운 물에 한참 손을 씻는 동안 폴라는 테이블 위에서 굳어 가는 코니스를 계속 지켜보았다. 얼마나 기다려야 돼요? 남자가 담배를 꺼냈다. 커피 마시러 나갈까? 그가 웃음기 어린 눈으로 바라보며 덧붙였다. 곧 알게 되겠지만, 나도 사기꾼이야.

작업장을 나선 폴라는 스튜디오들이 줄지어 서 있는
구역을 지난 뒤 지하철역 방향이 아니라 오른쪽, 야외
세트장 쪽으로 향한다. 경치가 달라지고 흙길이 나온
다. 신발 밑창에 돌이 끼고, 물웅덩이가 많아서 오후 늦
게는 날벌레가 날아다닌다. 해가 기울기 시작했지만 소
나기가 쏟아진 뒤라 하늘이 투명하다. 막 새로 태어난
세상 같다.

　　전날 난니 모레티가 현장에 왔다는 소식을 들은 폴라
가 내심 그를 볼 수 있기를 기대하며 스튜디오에서 담
비 털 포인터 붓으로 시스티나 성당을 손질하고 있을
때, 사기꾼이 왔다. 교황의 발코니가 일어섰어. 야외에
서 보면 어떤지 확인하려고 어제 로마 세트장에 세웠거
든. 가서 보고 와. 폴라와 남자는 서로 탐색 중이다. 이

제는 손으로도 만져질 듯 분명하다. 감각이 워낙 예리하게 날이 선 탓에 이제 그들은 굳이 시선으로 상대를 포착하지 않아도 서로 같은 반경 안에 있음을 알아챘다. 그 반경이 아주 넓을 때도, 수십 명이 들어와 있을 때도, 심지어 서로 등을 돌린 상태에서 각기 다른 사람과 대화 중일 때도 상대가 그곳에 있음을 알 수 있다(왜 빨리 같이 나가서 몸을 맞대지 않고 저러고 꾸물대고 있지?). 폴라가 몸을 일으키고, 손을 허리에 얹으며 말했다. 당연하죠, 가서 볼 거예요.

우선 포치가, 이어 빗물로 번들거리는 광장에 성당과 탑, 저택들과 목조 주택들이 있다. 모두 인간적 척도의 것으로, 역사 속의 한 장소, 시간 속의 한곳을 가리킨다. 〈중세 피렌체〉. 표지판에 써 있다. 하지만 10여 년 전 처음 세워질 때는 프란체스코 성자의 일생을 다룬 텔레비전 드라마 「프란체스코」를 위해 아시시를 재현한 세트장이었다. 당연히 참고 자료들을 확인하고 줄거리에 맞춰 상세하게 구현했지만(폴라는 성당의 장미창, 입구의 반원형 계단, 대리석의 가로줄 무늬, 사각 종탑, 평평한 지붕과 첨두홍예 창을 알아본다), 이후에 다른 영화를 찍기 위해 재사용되면서 모습이 달라졌다. 그래서 이곳은 완전히 아시시도 아니고, 그렇다고 완전히 피렌체도 파도바도 볼로냐도 아니다. 중세 이탈리아

북부의 어느 도시든 될 수 있다. 이곳은 행동들과 시간들을 조립 배치하는 메카노[27]이고, 영화의 허구들이 층층이 쌓여 가는 혹은 서로 뒤얽히는 도가니다. 말하자면 조립되어 만들어진 장소다. 조만간 또 다른 영화를 찍게 되면 베로나가 될 수도 있다. 여름, 매, 무도회, 검, 어둠 속의 발코니, 사랑과 고통, 〈아직도 아침이야?〉,[28] 아니, 어쩌면 새로운 제임스 본드가 등장하는 페라라 혹은 만토바 혹은 시에나가 되어, 대니얼 크레이그가 나타나 이리저리 뛰어다니고 거울처럼 반들거리게 윤을 낸 구두에 턱시도 차림으로 벽을 오르고 발터 PPK 권총을 입에 물고 로프에 매달려 건너가고 폭탄 사이로 탑을 기어오를지 모른다.

광장 한가운데 선 폴라는 세트장이 너무 크고 조용하고 비어 있어서 놀라고, 그 안에 연극의 무대, 하나의 자족적인 세상이 즉석에서 창조될 수 있다는 사실에, 하나의 섬을 이룬 듯한 폐쇄성에 놀란다. 광장은 촬영용 크레인, 카메라, 트래블링 숏 레일, 촬영 팀과 수많은 단역과 말과 수레와 줄 타며 입에서 불을 뿜어 내는 곡예사까지 들어올 수 있을 만큼 넓다. 전쟁을 치를 수도

27 구멍 뚫린 금속판을 볼트와 너트로 연결하여 모형을 만드는 조립 완구.
28 베로나를 배경으로 한 셰익스피어의 『로미오와 줄리엣』 1막 1장에서 로미오가 사촌 벤볼리오에게 말하는 대사다.

축제를 열 수도 배신자를 처형할 수도 파랑돌[29]을 출 수
도 있다. 1469년 2월 7일[30] 새벽의 피렌체 산타크로체
광장처럼 모래를 깔 수도 있다. 메디치 가문의 공자를
기다린 날이다. 마침내 저 멀리 말을 탄 공자가, 흰색
실크에 흰 담비 모피가 장식된 긴 망토, 진주가 박힌 벨
벳 쉬르코,[31] 순도 높은 다이아몬드가 박힌 마초키오[32]
로 치장한 강하고 흔들림 없는 공자가 광장에 모인 군
중 위로 눈길을 던지며 등장하고, 피렌체 명문가 혈통
의 열두 청년으로 이루어진 친위대도 함께 나타난다.
튼튼하고 강한 피렌체의 젊은 지배자들은 이제 곧 축제
의상 대신 철제 갑옷을 입고 소리치며 말을 달리고 창
이 부러지도록 싸울 테지만, 일단은 흥분해서 날뛰려는
말을 힘센 손으로 억제하며 나란히 행진 중이다. 지난
밤을 그야말로 흥청망청하게 즐겨 놓고도 어떻게 저렇
게 등을 꼿꼿이 세우고 말 위에 앉아 있는지 놀라울 뿐
이다. 지난밤 그들은 술에 취해 남녀가 뒤섞여 이 방 저
방 옮겨 다녔고, 뒹굴고 엎어뜨리고 뒤집고 주무르고
꼬집고 쑤셔 넣고 빨아 댔다. 여자들 치마를 허리까지

---

29 프로방스와 카탈루냐 지방에서 시작된, 다 같이 손잡고 추는 전통
춤.
30 메디치가의 아들 로렌초와 로마 오르시니 가문의 딸 클라리체와
의 결혼을 축하하는 행사로 산타크로체 광장에서 마상 창 시합이 열렸다.
31 중세 때 윗옷 위에 걸쳐 입던 겉옷.
32 중세와 르네상스기에 남자들이 쓰던 길게 내려오는 두건.

걸어 올린 뒤 단검으로 배 위를 천천히 훑고, 그러다 가
슴골에 놓였던 단검이 단숨에 휙! 여자의 윗옷 끈을 끊
어 버리면 보드랍고 따뜻한 젖가슴이 튀어나오고 강가
의 조약돌 같은 어깨가 명암 효과로 입체감을 얻은 맨
살을 드러냈다. 강렬한 광채와 은은한 반사광과 웃음과
비명과 땀과 숨결과 온갖 종류의 헐떡임이 뒤엉킨 그
만화경 속에서 하얀 젖가슴이 쾌락으로 팽팽해지고 목
동맥이 뻣뻣해지고 입술에 피가 맺히고 턱으로 술이 흘
러내리고 끈적이는 시커먼 성기가 작은 들창밖에 없는
다락방에서 흡사 개미 무리처럼 진동했다. 사다리 계단
을 한 칸 오를 때마다 뒤로 나자빠지지 않도록 서로 잡
아 주면서 올라야 하는 그 다락방에서는 누구든 무너졌
고, 욕구를 채운 몸들이 달빛 아래 짚 침대에 쓰러졌다.
첫닭이 울고, 일어난 젊은 기사들은 술이 깨도록 나무
통 속 차가운 물에 머리를 담그며 전날의 장면들을 모
두 떨쳐 냈고, 깨끗한 아마 셔츠를 입고 정성껏 치장을
했다. 그들이 값비싼 희생이 따르는 격렬한 쾌락을 칭
송하는, 눈빛이 공허하고 턱이 기름진, 상대를 죽이고
자신도 죽을 준비가 된 바보가 되어 말에 올라 〈일 마니
피코〉[33]의 뒤를 따라갈 때, 공자의 기마 창 깃발에는 이
상한 글귀가 적혀 있었다. 〈때가 돌아오도다.〉 산타크
로체 광장의 하늘은 노란, 아니, 철분이 함유된 산성(酸

33 로렌초 데 메디치의 별명으로, 위대한 자라는 뜻이다.

性)의 샤르트뢰즈그린 빛깔에 잠겼고 아름다운 황금빛 구름들이 떠 있었다. 폴라는 성당으로 달려가고, 앞 계단을 올라가서 연철 못으로 장식된 목재 문 앞에 선다. 성당의 문은 그녀가 다가갈수록 입체감을 잃고 점점 더 그림임을 드러낸다. 두드려 보니 속이 빈 곳에서 울리는 소리, 모조품의 소리가 난다. 폴라가 미소 짓는다. 이어 그녀는 탑으로 가서 섬유 유리로 만든 벽돌 이음매를 손가락으로 천천히 훑어 본다. 가까이서 보니 벽돌은 더없이 조악한 그림이다. 폴라는 우둘투둘한 표면을 만져 보며 검은색 터틀넥의 여인이 보았다가는 난리가 나겠다는 생각을 한다. 그리고 몇 미터 더 나아가다가 갑자기 걸음을 멈춘다. 어디선가 들어온 찬바람이 얼굴에 닿았다. 마치 연극 무대 위에 벌어진 커튼처럼 갈라진 틈이 있고 그 틈새로 다른 세상이 열려 있는 것 같다. 그 순간 폴라는 지금 자신이 들어와 있는 세트장보다 밖의 세상을 더 신비하고 더 몽환적으로 느낀다. 앞쪽으로 공터, 가시덤불, 듬성듬성한 풀과 약간의 고철이 나뒹굴고, 뒤편으로는 치네치타의 담 너머로도 보이는, 로마시에 인접한 교외 지역이 펼쳐진다. 가까운 도로들에서 모터 소리, 경적 소리가 들리고, 막 불을 밝히기 시작하는 창문들도 보인다. 누군가는 라디오와 컴퓨터와 텔레비전을 켜고, 누군가는 냄비에 물을 받아 얹고 가스레인지를 켜고, 누군가는 침대 옆 탁자의 작은 램프를 켜고, 누군가는 다른 집 창틈에서 나오는 불빛을 막기 위해 커튼을 닫는다. 발코니 위, 플라스틱 테이블과 뒤로 젖혀지는 안락의자들이 빗물에 젖어 있고, 아이의 자전거와 공, 늘 비에 젖어 구석에 처박혀 있는 나뭇잎과 솔잎, 병마개, 분홍색 고무줄, 타고 남은 성냥개비가 나뒹구는 그곳 위로 블라인드가 내려온다. 폴라는 갈라진 벽 틈새에 갈색 눈을, 이어 초록색 눈을 가져다 댄다. 매번 차가운 공기 때문에 눈동자가 수축한다. 벽 틈새에 눈을 붙인 그녀는 영화의 공간을 감싸고 있는 바깥세상을, 세트장을 품고 있는 오프스크린 공간을 한참 동안 바라본다. 어느 쪽이 진짜 세상일까? 때가 돌아오도다. 폴라는 광장을 벗어난다.

해가 지기 전에 다른 backlots(야외 촬영지)도 볼 것, 조금 빨리 걸을 것. 중세 도시 뒤로 19세기 뉴욕의 변두리, 석조 저택들 뒤로 목조 가옥들의 거리가 나타난다. 대륙이 바뀌고 두 시대가 포개진다. 장면들이 맞서고 겹치고 찢어진다. 폴라가 앞으로 나아가는 순간, 그녀를 통해 두 세상이 이어진다. 폴라의 눈 속에서 귀족들이 싸우는 기마 창 시합의 유혈 폭력이 갱들의 폭력으로 바뀌고, 벨벳 대신 허름한 옷을 입은 사람들이 기마 경기 대신에 마구 칼을 휘두르는, 마치 한쪽이 죽어야 끝나는 결투여야 영웅이 태어나고 전설이 태어난다는 듯 일대일의 결투로 끝날 난투극을 벌인다. 폴라에게는 두 폭력이 다르지 않다.

멀리 역광 속에 높은 목조 건물들이 성채처럼 서 있고, 바람이 일 때면 비계들이 흔들리고 천막 덮개가 펄럭이고 접합 부위가 떨어져 나간 판자에서 마치 요트 항에서 파도가 제방 위로 넘쳐 오르고 소용돌이치는 바닷물이 선체를 때리고 마룻줄이 부딪히며 휙휙거리는 듯한 소리가 난다. 당연해, 여긴 해안이잖아, 항구라고. 폴라가 생각한다. 10년 전에 「갱스 오브 뉴욕」을 찍은 세트장이 시작되는 곳에서 그녀는 눈을 가늘게 뜨고 바라본다. 브로드웨이, 파이브포인츠, 항구 부두, 전부 세 곳이다. 하나의 세상을 태어나게 하려고 그야말로 대규모의 작업장이 차려졌고, 몇 달간 작업이 이어졌다. 당시 기술 팀의 기세가 하늘을 찔렀고, 한동안 치네치타는 본래의 야심 찬 목표였던 〈테베레강의 할리우드〉로 돌아갔다. 「갱스 오브 뉴욕」에 참여했던 사람들은 그때를 떠올리면서 〈웅대하다〉는 단어를 사용했다. 그들은 수시로 그때 일을 떠올렸고, 상대의 배를 치고 어깨를 두드리면서, 알아 둬요, 잘 기억해요, 스코세이지의 비음 섞인 목소리와 따발총같이 빠른 말투를 흉내 냈고, 「갱스 오브 뉴욕」의 장면들을 되살렸다. 폴라는 맨해튼의 파이브포인츠를 만들던 이야기를 좋아했다. 교차로 두세 곳과 거리들, 몇천 제곱미터가 채 안 되는 토지, 그곳은 기근으로 고향 마을을 떠나야 했던, 코크[34]에서 출항 준비 중인 배의 선창에 한자리를 얻기 위해 싸워야 했던, 누더기 같은 외투 위로 피를 토해야 했던 아일랜드인들이 겁에 질리고 불안으로 요동치는 마음을 달래며 배에서 쏟아져 내리던 곳이다. 그리고 또, 5백 년 넘게 이어 온 노예제의 악몽에서 막 빠져나온, 남부를 버리고 북부로 떠나온 흑인들이 빈털터리 자유인이 되어 모여들던 곳이다. 그들에게 파이브포인츠의 진창은 약속의 땅이었다. 그들은 여름이면 숨 막히게 덥고 겨울이면 얼음장 같은 허름한 집에서 살았고, 그나마도 감염병이 돌면 제일 먼저 쫓겨나야 했다. 너무 많은 사람이 우글대는 좁은 길들에서는 배고픔이 세계와의 관계를 대신했고 온갖 악폐가 법을 대신했다. 누구든 파이브포인츠를 벗어날 즈음에는 단단해지고 무장을 갖추었다. 그곳은 아메리카 땅에 정착하기 위해, 살 수 있는 삶으로 발돋움하기 위해 거쳐야 하는 관문이자 갑문이었다.

세트장은 세상의 골조를 형성하는 이미지들을 엮어 놓는다. 배경들은 겹쳐지고 결합된다. 물을 빼낸 치네치타의 piscina(수조)는 파이브포인츠의 진흙땅이 된다. 1820년에 시궁창의 물을 빼내서 건설된 파이브포인츠는 땅이 늘 축축했다. 비가 조금만 많이 오면 곧바

<hr />

34 아일랜드 남부 지역에서 가장 큰 항구 도시.

로 걸어 다니기도 힘든 진흙탕으로 변하는 바람에 미끄
러지는 사람들도 많았다. 폴라도 미끄러져 앞으로 고꾸
라질 뻔한다. 재빨리 두 팔을 휘저어 몸의 중심을 잡고
고개를 숙여 보니 운동화가 진흙투성이다. 영화를 찍기
위해서 갈아엎고 파헤쳐서 평평하게 다듬어 놓은 땅에
서, 폴라는 돌연 이곳이 자신의 배경으로 느껴진다. 몸
이 치네치타의 물컹거리는 땅 위를 걷는 동안 머릿속에
서 다른 늪이 펼쳐진다. 센강이 르아브르에 닿기 직전,
폭이 넓어지는 하구의 갯벌이었다. 흰색 하늘로 높이
솟은 거대한 다리, 붉은색 탕카르빌 현수교 아래서 아
주 작아진 아버지와 어머니는 분주했다. 영화 같은걸.
사진기를 든 아버지가 어깨끈 원피스(돛대 줄 달린 당
신 원피스 말이야!) 차림의 어머니를 찍으며 중얼거린
다. 사진작가라도 된 듯 몸을 이리저리 틀면서 발음을
굴린다. 여보, 여보, 이쪽 좀 봐, 당신 참 예쁘군. 어머
니는 처음 하는 배우 역할이 어색하다. 그래도 허리를
비틀고 눈부시게 환한 표정을 짓고 한 팔을 뒤로 들어
올려 팔꿈치를 머리 뒤로 보내고 담배를 입에 물고 과
장된 포즈를 취하고 바다와 항구가 있는 쪽을 바라본
다. 부모가 영화를 찍는 동안 어린 폴라는 무성한 풀들
에 넋을 잃고 공기의 시큼한 냄새에 어리둥절하고 보라
색 쥐며느리들과 분홍색 지렁이들에 마음을 빼앗겨(피
부로 호흡하는, 땅 깊숙이 내려가 흙 속에 바깥 공기를

넣어 주는 작은 짐승들이다) 둑 쪽으로 걸어간다. 물이 많아서 늪이 된 곳, 발이 물에 잠기는 곳까지 다가가고, 앗! 땅이 꺼진다. 어린 폴라가 구덩이에 빨려 들어가며 풀 뭉치를 움켜쥐지만, 풀은 동아줄이 되지 못한다. 구덩이를 벗어나려면 팔에 힘을 줘서 몸을 들어 올리고 팔꿈치를 구덩이 밖에 걸치고 무릎을 올려야 한다. 하지만 역부족이다. 다시 떨어지고, 새로 산 티셔츠와 새로 맞춘 안경이 진흙투성이가 된다. 외로운 손이 안개 낀 늪으로 서서히 빠져드는 흑백의 장면이 어린 폴라를 엄습하고, 다른 컬러 장면도 따라온다. 피에르 리샤르가 붉은 모래 속에 빠지면서 〈움직일수록 더 깊이 들어가게 돼. 다 아는 얘기야. 움직이는 모래 속에서는 발버둥 치면 안 돼〉라고 말하는 장면이다(폴라는 아버지와 함께 대사를 외울 정도로 이 장면을 좋아했다). 폴라는 움직임을 멈추고 입과 눈을 닫는다. 르아브르로 이어지는 이 갯벌에서 어머니와 아버지가 신나게 장난치는 동안 혼자서 사라지게 될까 봐, 흔적도 없이 파묻히게 될까 봐, 강 위로 흩어져서 날아다니는 갈매기들 외에는 보는 사람 하나 없이 사라지게 될까 봐 두려웠다. 저 높이 차를 몰고 다리를 지나는 사람들 누구도 보지 못할 것이다. 절대로. 하늘을 향해 손을 뻗은 작은 소녀가 웅장한 공간 속에 완전히 흡수되고 땅속으로 빨려 들어간다. 그때다. 딸이 있는 쪽을 돌아본 부모가 풍경을 훑으

며 딸을 찾고 이름을 부르기 시작한다. 폴라! 폴라! 부
모는 늪 쪽에서 금발 머리를 발견하고는 놀라서 달려온
다. 어머니가 먼저 진흙 주머니 같은 구덩이 속으로 내
려가고, 아버지가 소리친다. 움직이지 마, 그대로 있어.
내가 내려갈게. 곧 좁은 진흙 구덩이 속에 셋이 같이 있
다. 차분히 생각할 겨를 없이 신경이 곤두선 부모는 아
이를 진흙 구덩이 밖으로 밀어 올릴 방법을 찾느라 전
전긍긍한다. 결국 아이의 겨드랑이를 잡고 엉덩이를 받
치기로 하고 함께 밀어 올린다. 으차! 마침내 구덩이 밖
으로 올라온 셋은 뜨거운 풀 위에 포개져 드러눕고, 헐
떡거리며 간신히 숨을 돌린다. 셋의 가슴속에서 하나가
된 세 개의 심장이 펄떡인다. 곧 어머니는 아이가 샌들
을 잃어버렸음을 알게 된다. 아이는 신이 나서 눈을 크
게 뜨고 소리친다. 영화랑 똑같네! 「염소」에서 피에르
리샤르도 그랬는데! 어머니는 침착하고 단호하게 진흙
범벅이 된 치마를 천천히 걷어 올리고, 눈부시게 아름
다운 두 다리를 뻗어 다시 구덩이로 내려가고, 팔을 바
닥에 밀어 넣고 뒤지고, 샌들(샌들도 새것이었다)을 의
기양양하게 건져 올린다.

해가 지고 하늘에 쪽빛이 실린다. 땅속 둥지에서 나
온 밤 짐승들이 울타리를 스치며 지나가는 시간, 두 세
상 사이의 경계가 지워지는 시간이다. 더 깊이 들어간

폴라는 보물 혹은 노획품을 찾듯이 판자로 만들어 놓은 간판들, 식당과 가게의 이름들을 확인하러 다니고, 얼어붙어 벗겨지고 비에 변색되고 로마의 태양 때문에 탈색된 그 이름들을 해독해 나간다. 옛날 뉴욕에 살았던 이름들, 지금은 엘리스섬의 서늘한 전시실 컴퓨터 모니터들에서 볼 수 있는 이름들이다.[35] 옛날에 있었던 일, 일어났던 일을 알고 싶은, 구멍 난 가족의 계보를 이어 보고 싶은 사람들은 직접 데이터베이스로 정리된 자료들을 확인해 볼 수 있다. 폴라는 아무 생각 없이 떠오르는 이름들을 검색해 본다. 셰이머스 오쇼너시, 두에인 피셔, 핀바 피어리, 스베보 크란코비치, 시어도라 던. 그리고 자신의 이름 카르스트. 풍경의 이름,[36] 시간의 침식과 깎여 나간 돌과 지하로 흐르는 강과 좁고 긴 어두운 통로와 석회질 바닥에 장식된 방을 떠올리게 하는 이름이다. 폴라 카르스트, 그녀는 자기 이름을 큰 소리로 발음해 본다. 여섯 음절이 조각나서 대기 속으로 흩어지며 치네치타의 밤을 열어 우주로 접속시킨다. 그러는 동안 폴라의 발은 허름한 집들의 잔해를 걷어차고, 깨진 내리닫이 창들의 유리 조각들을 피해 걷는다. 폴라는 부서진 문들 틈새로 고개를 내밀어 살펴본다. 문

---

35 엘리스섬의 이민국은 1924년에 폐쇄되고 이민의 역사를 전하는 박물관이 되었다.

36 카르스트라는 성(姓)은 석회암 지역이 빗물이나 지하수의 침식을 받아 이루어진 카르스트 지형과 철자가 같다.

너머에는 모래 바닥 위에 서 있는 먼지 냄새 나는 허름한 집, 30미터 높이에 해골처럼 앙상한 목재와 철제 기둥, 허술하지만 신기하게도 단단한 비계, 그 위에서 삐거덕대는 역시나 허술한 다리들, 함교들, 층계참들, 출입문들이 있다. 모두 비계 장치와 카라비너로 자리를 확보한 인부들이 막대들과 장대들을 하나하나 쌓아 나가면서 만들어 낸 것이다.

달리기, 시간을 거슬러 올라가기, 로마로 돌아가기. 폴라는 로마의 포석 위로 뛰듯이 옮겨 발을 디딘다. 마지막 세트장이다. 거의 2만 제곱미터에 이르는 그곳에는 고대 로마 역사의 주요 장소들이 늘어서 있고, 얘기만 나오면 작업장 사람들이 어깨를 들썩이는, 이름만 들어도 구역질이 난다는 듯 손을 윗배에 가져다 대곤 하는, 섹스와 피가 뒤범벅된 드라마 「로마」[37]를 찍은 곳이다. 로스트라 연단, 포룸, 바실리카, 그리고 더 멀리, 조악한 벽의 뒷면에 「우리에겐 교황이 있다」의 발코니가 마치 기이한 조각상처럼 홀로 떨어져 서 있다. 창문 세 개, 기둥 세 개, 발코니 하나, 저녁 빛 속에 주름진 자주색 커튼, 어두운 틈새 위로 여백 없이 꽉 찬 장면이다. 폴라는 다가간다. 영화를 위해 준비된, 기술적으로 완

37 미국의 HBO, 영국의 BBC, 이탈리아의 RAI가 공동 제작한 텔레비전 역사 드라마다. 2005년부터 2007년까지 방송되었다.

벽한 발코니가 너무 진짜 같아서 나선을 그리며 올라가는 폴라의 담배 연기가 새 교황의 등장을 알리는 흰색 연기로 응축된다.

치네치타의 위대한 전통에 따라 이곳 세트장에서 장인들이 작업했고 솜씨를 발휘했다. 치네치타였으니 망정이지 다른 데 같았으면 어림도 없었어! 야외 세트장 색채를 책임졌던 미술 감독이 중얼거렸다. 벽들이 어두운 적색이어야 했지. 노란색이나 푸른색 기운이 비치면 안 되고, 벽돌색과 옥스블러드 사이의 붉은색, sandaloni (샌들 서사극)[38] 색 말이야. 우리 일의 핵심이지! 「로마」 세트장과 함께 다른 세트장들은 전부 밀려났고, 그곳은 치네치타를 돌아보는 여정의 절정이자 종착역이 되었다. 투어가 끝나면 가이드가 커다란 목소리로 말했다. 「이제 다시 로마로 왔군요. 대장정의 끝입니다!」 치네치타에 오기 전에 포로 로마노 유적지를 돌아보느라 이미 지쳤을 관광객들은 시내 중심가에서 지하철로 몇 역 밖에 떨어지지 않은 자리에 다시 펼쳐진 고대 로마의 광경에 신기해했고, 드라마에서 본 곳이 나오면 신이 나서 포즈를 취하며 조립식 세상들 속으로 들어가서 서로 사진을 찍어 주었다.

하지만 이곳은 입김을 불어 두 손의 찬 기운을 녹이는 폴라에게는 입법가와 정복자와 배신자 들의 도시가

---

38 〈검과 샌들 극〉이라고도 불리는, 고대를 배경으로 하는 모험 영화.

아니라 채색 투시도, 합성수지 기둥들, 석고와 셀룰로이드 조각상들을 모아 놓은 멋진 카탈로그다. 그녀는 광장 가운데 서서 눈앞의 장면을 천천히 와이드 스코프로 훑어 나간다. 이미지마다 세상이 담겨 있지만, 그 세상은 로마가 아니라 〈테베레강의 할리우드〉다. 그렇다, 이곳은 꿈의 공장, 거대한 내막, 프로파간다의 수단이다. Il cinema è l'arma più forte(영화는 가장 강한 무기다).[39] 가짜 풍경은 두체[40]의 열병식과 파시즘을 기리기 위해 이곳에서 촬영된 수백 편의 영화를 소환하고, 치네치타의 황금기에 만들어진 페플로스 무비[41]들을 다시 소집하고, 수많은 포토그램이 이루는 이미지들로 이루어진 키치적인 혹은 전설적인 장면들을 끌어낸다.

날이 완전히 저물었다. 폴라는 핸드폰을 꺼내 바닥을 비춘다. 이제 곧 야간 경비들이 순찰을 시작하고, 핸드폰보다 훨씬 강한, 사각(死角) 없이 멀리까지 빛을 비출 수 있는 회중전등을 들고 돌아다닐 시간이다. 폴라는 로마 서민들이 살던 구역, 양옆으로 나지막한 집들과 장인들의 허름한 가게들과 작업장들이 늘어선 중앙 길

---

39 무솔리니가 치네치타를 세울 때 내걸었던 슬로건이다.
40 대장, 수령을 뜻하는 이탈리아어로, 무솔리니를 부르는 별칭이었다.
41 샌들 서사극과 마찬가지로 고대를 배경으로 하는 사극 영화 장르를 지칭한다. 페플로스는 고대의 의복이다.

에 와 있다. 도중에 철책에 길이 막히고, 자물쇠를 채운 철책 안에는 촬영 때 사용되었던 물건들, 조각이 장식된 기둥머리 파편, 암포라,[42] 바퀴와 수레, 녹슨 차축, 석회 조각상, 판자, 돌, 줄, 말뚝 같은 잡동사니가 널려 있다(한 영화에서 사용한 뒤 고쳐서 다른 영화에서 재사용한 물건들이다). 길은 어둠 속에서 흡사 고고학 발굴지 같다. 적어도 폴라가 고고학 발굴지는 이러리라고 생각한 모습이다. 폴라는 뒤로 물러서서 핸드폰 불빛으로 잔해들을 비추고 바닥을 살핀다. 누가 보면 대리석 사이의 끼움돌이나 깨진 테라 코타 조각 혹은 금화 같은 보물을 찾고 있다고 생각할 모습이다. 이곳은 진짜 폐허를 그대로 옮겨 놓은 가짜 폐허이고, 가짜 폐허가 무너진 진짜 폐허다. 폴라는 마치 호화 건물의 회전문 안에 들어선 사람처럼 빙빙 돌면서 주변을 돌아보고, 긴 띠를 이룬 이미지들이 폴라를 중심축으로 360도 회전하며 펼쳐진다. 문, 비계, 도시의 잔해, 너덜너덜해진 실내용 장식 천, 촬영용 크레인, 거대한 벽난로, 목숨을 위협하는 절벽, 시체가 나뒹구는 해안가, 들쑥날쑥한 들판, 화산이 터져서 그 무엇도 다시 일어설 수 없이 검게 타버린 풍경. 서서히 회전문의 움직임이 느려지고 회전의 힘도 약해진다. 폴라는 상체를 앞으로 숙여 두 손을 허리에 얹고 숨을 헐떡인다(트랙을 돌고 나

42 목 부분이 좁고 양쪽에 손잡이가 달린 고대의 도기.

서 침을 뱉는 여자 육상 선수). 그리고 기둥에 등을 기댄다. 끝이다. 여정의 끝. 폴라가 생각한다. 위대한 영화의 끝. 밤의 추위가 그녀의 어깨를 짓누르기 시작하고, 핸드폰 불빛 속에 이끼가 보인다. 꺼진 땅, 그을음 더미 위를 걷는다고 생각했던 자리에 이끼들이 멋대로 자라나 있다. 포석들 사이에서 자라고, 나지막한 벽의 굴곡진 면에서도, 판자의 틈새에도 자란다. 그 광경에 매혹된 폴라가 핸드폰 불빛을 비추며 걸어가는 동안, 그녀의 발길을 따라 식물성의 망(網)이 이어진다. 바닥에 마치 짐승의 껍질처럼 조밀하고 부드러운 얇은 막이 짜여 있다. 이끼는 살아남는다. 모든 것이 끝나면, 장소들만 남는다. 폴라가 눈물을 글썽이며 생각한다. 오직 장소들만이 폐허로, 이끼로, 계속 이어진다. 철제 막대기 위에서 펄럭거리는 방수포가, 비계 뒤편의 텅 빈 방들이, 풀이 자라 균열이 생긴 시멘트 포석이, 장소들이 남는다. 폴라의 신발은 진흙투성이고, 그녀의 눈은 지쳤다.

〈사기꾼〉의 평판이 좋지 않으니 조심하라고 여기저기서 폴라에게 충고를 건넨다. 어딜 가든 욜로족의 fama(명성), 쾌락을 좇는 인간들(난 술이 있으면 마시고 음악이 있으면 춤추고 멋진 여자가 있으면 섹스를 해)을 향한 비난과 시기를 앞세우고 다니는 남자다. 조심해, 폴라, 그 사람 믿지 마. 대책 없는 남자야. 폴라의 얼굴 위로 고개 숙인 실비아가 양쪽 눈에 각기 다른 아이새도를 칠해 주면서 말한다. 두 눈동자 색이 다른 것을 감추기보다는 강조함으로써 결점을 오히려 개성으로 살려 주려는 것이다. 그녀의 충고가 고맙긴 하지만, 다들 짐작할 수 있듯이 선입견은 오히려 반대의 결과를 낳아서 폴라는 사기꾼이 불러낼 때마다 나가고, 그를 따라 더 깊숙한 치네치타 속으로 들어간다. 아버지가 30년 동안 조명 감독으로 일하며 펠리니의 영화들에 참여했고, 어머니는 「바바렐라」에서 제인 폰다의 머리에 헤어 롤을 말 것을 시작으로 치네치타의 미용사로 일했다는 남자는 이곳 왕국의 왕자였고, 구석에서 소리 없이 일해 온 사람들까지 전부 알고 있는 산증인이었다. 그는 자신이 3천 편 넘는 영화에 쓰인 물건들을 보관한 소품 창고 안 어느 구석에 뭐가 있는지 다 알고 있는 유일한 사람이라고, 데 안젤리스(제2차 세계 대전 이후 4대째 치네치타에서 조각가로 일한 집안이다)의 작업실들에서 밀로의 비너스와 아인슈타인의 흉상과 그리스 보병 모자를 찾아낼 수 있는 건 자기뿐이라고 주장했다. 그는 모든 사람에게 편하게 말하고 여자들에게 칭송을 쏟아 내고 남자들과 포옹을 한다. 치네치타의 제5스튜디오는 내 집이나 마찬가지야. 그가 자기를 졸졸 따라다니다가 다시 야외 세트장까지 온 폴라에게 허풍스럽게 말한다. 낮의 밝은 빛 아래서 다시 본 야외 세트장이 조악하기 그지없고 누가 봐도 모조품이 분명해서, 브뤼셀에서 배운 트롱프뢰유와는 거리가 멀어서 폴라는 당혹스럽다. 누가 이걸 진짜라고 믿겠어? 그녀가 외친다. 이걸 어떻게 믿어? 사기꾼이 한 팔로 그녀의 어깨를 감싸 안으며 포로 로마노 쪽으로 데려간다. 그거 알아? 「타이태닉」의 침몰 장면을 찍느라 진짜 배를 만들어서 물 위에 띄우고 엑스트라를 수백 명 동원했어. 엑스트라 수천 명을 데려와 투창과 창을 쥐여 주고 고대의 전투 장면을 찍기도 했고. 그러다 정말로 다치기도 했지. 그 정도야 뭐(그는 주머니칼처럼 날카로운 새하얀 치아를 드러내 보인다)! 영화를 과소평가한 거지. 영화의 힘, 영화 고유의 해결책을 못 본 거라고. 관객들이 진짜로 믿게 만들겠다고, 진짜처럼 보이겠다고 진짜 배를 띄우다니. 폴라는 말없이 듣는다. 문득, 영화 속에서 죽는 사람이 진짜 죽는 줄 알았던 어릴 때가 떠오른다. 사람들이 죽고 싶어서 일부러 영화에 나오는 줄 알았다. 서부 영화 속에서 죽는 건 꽤 괜찮은 방법이라고 (콜트 권총에 맞고 술집 지붕에서 떨어지기 혹은 심장에 아파치의 화살을 맞고 쓰러지기), 영화가 아름답게 죽을 수 있게 해주고 심지어 죽어도 계속 남을 수 있게 해준다고 믿었다. 폴라는 여전히 어깨에 놓인 사기꾼의 손을 느끼면서, 자기 말에 놀라던 아버지의 얼굴을 떠올린다. 함께 무릎 담요를 덮고 텔레비전 앞에 앉아 넋 놓고 영화를 보고 있을 때였다. 사방에 총알이 날아다니는, 1960년대 치네치타에서 마구 찍어 대던 스파게티 웨스턴의 한 장면이었다(제작사들은 1년 내내 푸른 하늘과 리라로 지불하는 싼 인건비의 혜택을 누리면서 1954년부터 1963년까지 4백 편 가까운 영화를 찍었다). 아버지는 말문이 막힌 표정이었다. 이런, 폴라. 저건 가짜로 죽는 거야. 그냥 영화라고! 폴라가 자신의 삶에서 결정적이었던 그날 저녁을 되짚어 보는 동안 사기꾼이 말을 이어 간다. 그는 치네치타라는 환상 제조 공장이 어떻게 돌아가는지 설명하기 위해 자기가 배운 규칙들을 한 가지씩, 매번 손가락을 하나씩 펴가면서 공포한다. 세트는 진짜일 필요 없고 정확해야 한다. 기술적으로, 영화적으로 정확해야 한다. 자연 공간은 불필요한 것들이 쓸데없이 많아서 거추장스럽고 오히려 화면에서는 인위적이고 알아보기 힘들다. 고로, 만들려는 영화에 맞는 공간을 창조해야 한다. 그리고 또, 잘 들어. 관객의 눈에 들어올 수 있는 것 외에는 모두 불필요하다. 위쪽, 정작 배우는 등장하지 않고 만드는 데 돈도 제일 많이 들고 힘들기만 한 높은 부분은 피해야 한다. 「우리에겐 교황이 있다」의 발코니가 그런 경우지. 잠시 후 그들은 로마 제국의 몰락 이후에도 살아남은 합성수지 사원의 계단에 나란히 앉았다. 사기꾼은 폴라의 쇄골에 얹었던 손을 들어 올리며 주변의 경치를 가리켰다. 우리 눈이 카메라의 렌즈와 비슷하다는 건 알고 있지? 하지만 인간의 눈은 훨씬 더 복잡한 초성능 기계야(그는 검지를 들어 올려 옆으로 찢어지고 튀어나온 자기 눈을 가리켰다. 원래 짙푸른색이던 홍채가 이제 붉은빛 도는 갈색이다). 물론 우리의 눈은 초 단위로 분할된 장면을 볼 뿐이지만 그 지각을 기억해서 다음 지각에 통합할 수 있어. 그렇게 뇌가 완전한 이미지를 만들어 내는 거지. 우리 눈은 와이드 숏으로 이미지를 지각하는 게 아니라 안에서 연속적으로 탐사해 내는 거야. 카메라가 한 덩어리로 기록한 것을 선별하고 조직하고 재구성한다고. 즉 관객의 눈이 영화를 이해하는 데 필요한 요소들을 즉각적으로 파악하게끔 해주기, 이게 바로 영화 이미지의 본질이야. 사기꾼이 벌떡 일어서서 주위를 한 바퀴 돌아본다. 여기 이것들 전부가 조악하지만은 않답니다, 아가씨. 우리의 눈에 맞춰진 고도로 기술적인 거라고요.

계약이 마지막 달로 접어들도록 폴라는 난니 모레티를 한 번도 보지 못했다. 그즈음 갑자기 결정들이 내려지고 일이 급하게 진행된다. 파르네제궁에서 찍을 「우리에겐 교황이 있다」의 실내 장면을 위해 치폴리노[43]를 그리는 일이 폴라에게 주어진다. 대리석은 크고 시간은 촉박해. 잘해 내겠지? 얘기 들어 보니까 전문가 같은데. 미술 감독이 폴라의 어깨를 치며 말한다. 폴라는 얼굴이 달아오르고, 이내 혼자 떨어져서 눈을 감고 치폴리노의 이미지와 여운을 떠올려 본다. 메탈로에서라면 팔레트에 잉글리시그린, 울트라머린, 반다이크브라운, 오커, 그리고 블랙 물감을 덜고 차근차근 단계별로, 우선 바탕을 〈일렁이게〉 만들고 나뭇결 붓에 검은색과 황

---

43 그리스의 카리스토스에서 주로 채굴되는 대리석으로, 초록빛이 도는 흰색 바탕에 녹색 파도형 맥이 있다.

토색과 녹색을 묻혀 결을 그린 다음 납작붓으로 누그러 뜨리고 다시 전체를 플랫 브러시로 다듬고 나서 마지막으로 기름 윤내기 작업을 할 것이다. 하지만 지금은 사기꾼의 가르침을 받아들여 다른 방식을 선택한다. 전체적으로 색을 연하게 만들고 운모층의 느낌과 미세 주름이 잡힌 편도 형태를 살려서, 초록빛 광채(아염소산염)가 나는 밝은 크리스털 대리석의 특징을 표현하기로 한다. 사람들이 진짜라고 믿을까 안 믿을까? 일과가 끝날 무렵 찾아온 사기꾼이 비니를 벗어 손에 들고 그녀의 목에 얼굴을 바짝 들이밀며 묻는다. 믿지. 폴라가 대답한다. 찬물에 뛰어들듯, 과감할 것. 폴라가 고개를 획 돌리고, 30센티 앞에 그의 얼굴이, 입 바로 앞에 그의 입이 와 있다. 폴라가 달아올라 키스를 하고, 키스가 입술 너머로 이어지고, 남자의 입은 폴라의 혀 아래서, 그녀의 숨결 속에서 무언가 넓고 가득한 것, 예기치 못했던 깊이가 담길 만큼 너무도 단순한 무언가가 된다. 손이 펼쳐지고, 손가락이 벌어지고, 비니와 붓이 바닥에 떨어진다. 이어 네 개의 손바닥이 두 몸 위에 놓이고, 가만히 있다가 곧 여기저기 점점 더 빠르게 돌아다닌다. 손가락이 등 뒤의 앞치마 끈을 풀고 스웨터 지퍼를 열고 블라우스 위쪽 단추들을 풀고 티셔츠를 걷어 올린다. 발들 역시 조급해져 갑자기 작업실 밖으로 향하고, 좁은 길에서, 기울어진 해가 우산소나무들의 아래쪽을 비추며 벽에 그림자들을 만들어 그 검은색 그물망이 두 사람을 더욱 옥죈다. 잠시 후 그들은 치네치타를 벗어나서 지하철역으로 내려간다. 소리가 으르렁 울리는 지하철 승강장에 서서, 도시의 밑을 지나며 흔들리는 열차 안 창유리에 기대서서, 폴라와 남자는 입을 맞댄다 (손잡이 봉을 잡고, 정숙함 따위 벗어던지고, 괜찮아? 괜찮아. 우리 집에 갈까? 좋아). 이어 보스코 거리의 비좁은 승강기 안, 이어 폴라의 작은 방 안. 그들은 입을 맞대고 접이식 소파 침대에 포개 눕고 밤이 드리운 창문 아래 누워 입을 맞댄다. 이튿날 두 입술이 부풀어 있고, 입술 끝이 붉다. 그리고 바로 그날, 마치 모든 것이 한 번에 결정(結晶)을 이루듯, 너도나도 치폴리타를 보려고 다가섰다 물러났다 다시 다가서기를 반복한다. 경험이 많은 이들, 으스대기 좋아하는 이들, 도도한 젊은 여자들까지, 모두 어색한 표정으로 고개를 끄덕인다. 제법인걸. 모두 폴라를 다른 눈으로 보기 시작한다. 정작 폴라는 별 관심이 없다. 그녀는 이미 다른 작업실에서 사기꾼과 함께 다른 작업에 매달려 있다. 전날 트럭이 피렌체 시뇨리아 광장을 너무 빨리 달리는 바람에 크레인에서 떨어진 기둥의 반암을 손보는 일이다. 두 사람은 세트장에 쓰일 물건을 공들여 다듬고, 그다음 며칠 동안에 섹스의 방식도 똑같이 다듬는다. 불타오르는 듯 뜨겁고 무거운 사기꾼의 몸과 까끌거리는 손바닥과 군더더기 없는 몸짓이 폴라를 휘젓고, 그의 눈에는 폴라의 아름다움이 생각했던 것보다 훨씬 강하게 와닿는다(벗은 상태에서 그녀의 진가가 드러나나 보다). 그는 폴라의 초록빛 눈, 비껴가며 늘 다른 방향으로 탈선하는 눈, 그녀를 온전히 가졌다는 느낌을 갖지 못하게 하는 한쪽 눈 때문에 당황한다. 그는 흥분하고, 폴라를 내려다보면서 눈이 옆을 보지 못하도록 양손으로 눈 바깥쪽을 가린다. 날 봐, 날 보라고. 지금껏 폴라는 늘 단호하게 일과 사랑을 분리했고(삶이 자리 잡는 곳이면 감정이 일어나게 마련이라는 사실을 부정하는 것 같았다), 물론 별다른 일이 일어난 적이 없었기 때문에 가능했을 테지만, 아무튼 자신만만했다(기껏해야 여름에 파오나초 대리석을 그리던 별장에서 겪은 성적 방종의 분위기, 허리에 와 닿던 손들, 수영복을 빌려줄 테니 풀에 들어가 보라고, 술 한잔 하라고, 편히 즐겨 보라고 강권하던 방식들이 다였다. 계속 일만 하고 있을 순 없잖아요. 즐기기도 해야지. 집주인 여자는 계속 말하면서 정작 자기는 아무것도 하지 않았고, 팔목의 금팔찌들이 부딪치는 소리와 함께 우아하게, 살짝 감은 눈으로 폴라를 관찰하기만 했다). 그런데 지금 그녀는 전부 뒤섞고 있다.

저녁이면 폴라는 스태프 작업실로 가고, 그의 일이 끝날 때까지 뜨거운 커피 잔을 들고 페인트 통에 앉아서 지켜본다. 한 장면씩 동작들을 고정할 수 있도록 슬로비디오로 늘어졌으면, 초 단위, 더는 말고 딱 초 단위의 이미지로 주어졌으면 좋겠다고 생각한다. 한 작업장이 끝나면 미련 없이 떠나가던 아가씨, 일도 잘 마치고 적합한 보수도 받았다는, 조금 짧기는 해도 구체적인 만족감과 함께 딸깍! 화구 통을 잠그던 아가씨는 이제 더 이상 볼 수 없다. 폴라는 아직 로마를 떠나지도 않았는데 벌써 로마를 뒤돌아본다. 뭐야, 사랑에 빠진 거야? 엄청나게 큰 가짜 속눈썹을 붙이고 가슴골에 켈트 십자가를 늘어뜨린 케이트가 묻는다. 밝은 데로 나와 봐. 제대로 좀 보게 화면 가까이 오라고! 폴라는 웃음을 터뜨리며 케이트의 말대로 한다. 글래스고에서 케이트가 이마를 찌푸린 심각한 표정으로 폴라를 살피고, 잠시 후에 엄숙하게 선언한다. 내가 파리에 가야겠네. 네가 돌아올 때 내 눈으로 지켜봐야겠어. 그냥 두면 안 되겠어.

어느 날 담배를 피우러 밖으로 나가 보니, 그동안 폐쇄된 작업실 안에 갇혀 지내느라 겨울이 오는 줄도 몰랐는데, 놀랍게도 나무와 지붕과 자동차 보닛이 얇은 눈에 덮여 있다. 치네치타를 돌아보는 관광객들이 다가오자 폴라는 허리에 손을 얹고 서슴없이 무리에 끼어든다. 사람들이 둥글게 모여 서고, 길쭉하고 마른, 얼굴색이 누렇고 수염이 볼품없는, 이렇게 추운 날 입기에는 너무 얇아 보이는 꽉 끼는 청 재킷 차림의 학생이 가이드로 가운데 서 있다. 그는 치네치타의 역사를 이야기한다. 제2차 세계 대전과 페플로스 무비의 황금기 사이, 치네치타가 난민 수용소였던 5년 동안의 일이다. 요즘 지구촌 곳곳에 있는 난민 수용소들처럼, 아마도 1880년경 뉴욕의 파이브포인츠처럼, 당시 치네치타는 비좁고 살기 고달프고 지저분한 곳이었다. 1945년 이후로 전부 1천8백 명이 이곳에 머물렀다. 전쟁 때문에 터전을 잃은 이름 모를 사람들, 수용소에서 돌아온 유대인들, 달마티아의 이주민들,[44] 식민지 리비아를 지배하던 사람들,[45] 모두가 제5스튜디오의 간이 이층 침대에서, 이어 간신히 칸막이 가벽을 세운 좁은 방들에서 지냈다. 영화를 만드는 허구의 장소는 그렇게 삶의 장소로 변했다. 그곳에서 사람들이 태어나고 죽고 자라났다. 멀건 수프를 먹고 휴식은 잠시도 맛볼 수 없고 너무 시끄러워서 잘 수도 없다. 한쪽에선 코를 골고 다른 쪽에서는 흐느끼고 때로는 섹스의 신음 소리가 들린다.

44 11세기부터 베네치아 공화국의 지배를 받던 달마티아 지역은 제1차 세계 대전 이후 유고슬라비아에 통합될 때도 일부가 이탈리아 영토로 남았다. 제2차 세계 대전 동안 유고슬라비아 파르티잔이 달마티아 지역을 장악하면서, 3만 명가량의 이탈리아인들이 추방되었다.
45 리비아는 20세기 초에 이탈리아 튀르키예 전쟁으로 이탈리아에 정복되었고, 이후 리비아의 식민화를 강력하게 추진한 무솔리니 정권이 9만 명에 달하는 이탈리아인을 리비아에 이주시켰다.

악몽을 꾸느라 비명을 지르는 사람 때문에 모두 깨어나 기도 한다. 지루하고, 아무것도 하지 않는다. 그렇게 5년. 치네치타는 인간 하치장의 이름이었다.

관광객 무리가 멀어진 뒤에도 폴라는 가만히 서 있다. 여기서 별의별 일이 다 있었지? 사기꾼의 목소리다. 그의 운동화는 눈 속에, 두 손은 청바지 뒷주머니에 있고 빨간 머리는 헝클어져 있다. 폴라의 심장이 오그라든다. 이어서 얘기해 줄까? 좋아. 사기꾼이 단숨에 결론을 맺는다. 1950년에 다시 허구가 나섰어. 로마의 순결한 여주인공 데버라 커를 내세우며 치네치타가 돌아온 거야. 「쿠오 바디스」, 전형적인 페플로스 무비. 그 촬영과 함께 치네치타가 되살아났지. 그런데 그때까지도 제5스튜디오를 못 떠난 난민들도 있었어. 사람들은 이제 그만 잊고 싶어 했지만, 갈등의 잔재가 여전히 치네치타를 놓아주지 않은 거지. 제작사가 그중 일부를 고용해서 영화에 엑스트라로 출연시키기도 했어. 그들은 다시 역사의 그림자, 역사의 단역이 된 거야.

우리 둘이 멋진 팀이 되겠는걸? 로마에서 보내는 마지막 밤이다. 사기꾼은 옷을 벗고 있고, 욕조에서 김이 올라온다. 어두운 방, 반쯤 열린 문으로 폴라는 그가 수북한 거품 속에 목만 내놓고 누워 있는 모습을, 김이 어리긴 했지만 두 눈을 감은 얼굴이 불빛 아래 너울대며 반짝이는 옆모습을 바라본다. 그의 말을 들으며 폴라는 흐트러진 침대 위에서 몸을 움직여서 양쪽 팔꿈치를 날개처럼 힘차게 옆으로 뻗고 손가락을 깍지 껴서 두 손으로 뒷목을 받치고 긴 다리를 뻗어 한쪽 발목을 다른쪽 발목에 얹는다. 그리고 천장을 바라보며 맑은 목소리로 대답한다(이럴 때는 연기하는 배우 같다). 날강도 연합이네. 안 그래? 사기꾼은 말없이 천천히 물속으로 가라앉는다. 엉덩이가 욕조 앞쪽으로 미끄러지고, 뒤에서는 등이 흔들리고 머리가 거품 속으로 사라지고,

반대쪽으로 밀려가는 물이 찰랑대느라 거품이 가라앉는다. 몇 초가 흐르고, 젖은 머리카락이 달라붙은 얼굴이 물 위로 올라온다. 폴라가 생각에 잠긴 듯한 어조로 말한다. 사라진 것을 다시 세울 수 있겠죠. 그가 몸을 수직으로 일으킨다. 거품 가득한 육중한 몸이, 거대한 배와 물방울이 맺혀 번들거리는 피부가, 상반신과 치골에서 다시 서서 곱슬거리는 털이 나타난다. 그가 욕조 밖으로 나와 큰 타월을 허리에 두르고, 평온하게, 역광을 받으며 방으로 다가온다. 폴라가 다시 말한다. 잊힌 것을 되살릴 수 있잖아. 욕실에서 나온 빛줄기가 침대로 뻗어 나와 폴라의 몸을 가르고, 그녀의 가슴과 배와 성기가 환하게 드러난다[가운데가 볼록한 구(球), 이등변 삼각형을 이루는 볼록한 수반]. 그녀가 또박또박 반복한다. 잃어버린 것을 되찾을 수 있다고. 남자가 허리에 걸친 수건을 푼다. 맞아, 말하자면 그렇지. 그는 옷 입을 채비를 하고, 혹시 뒤집히지 않았는지 불빛에 대고 확인한 뒤 팬티와 셔츠를 입는다(전날 단추를 안 풀고 그대로 머리 쪽으로 끌어 올린 셔츠를 먼저 벗은 폴라가 그에게 다가가 까치발로 서서 한순간 드러난 희끄무레한 배와 육중한 복부와 까만 꽃받침이 된 배꼽과 창백한 성기를 곁눈질하면서 벗겨 주고는 아무렇게나 던져 놓았다). 그리고 덧붙인다. 진짜 위작자(僞作者)가 되는 거지. 여전히 침대에 누워, 남자가 옷 입는 모

245

습을 지켜보던 폴라가 방의 윤곽이 흐려지고 마치 환영(幻影)같이 느껴지는데도 정작 안에서 일어나는 장면이 너무도 현실적임에 놀라워하면서 차분하게 결론 내린다. 진짜 화가지.

마침내 돌아온다. 소유욕이 강하면서도 늘 멀찌감치 거리를 두는 사기꾼이 애태우게 만들던 로마와 새 일터가 있는 이탈리아 북부 사이를 2년 동안 오간 뒤였다. 폴라는 짜증이 났고, 탈출구가 필요했다. 생루이섬의 어느 개인 저택을 복원하는 작업장이 금의환향의 기회를 마련해 주었다. 그곳의 일을 얻기 위해 폴라는 놀랄 만큼 열성적으로 달려들었고, 공사를 주관하는 러시아 건축 사무소에 하루에 몇 번씩 전화를 걸었다. 그리고 계약이 성사되자 곧바로 이탈리아 생활을 청산했다. 마치 모든 결정이 산사태처럼 닥칠 수밖에 없다는 듯 꽤 급작스럽게 진행되었다. 나중에 폴라는 왜 프랑스로 돌아왔는지 해명하려 애쓰며, 자기를 이탈리아에 잡아 두지 못한 사기꾼과의 사랑을 떠올리며, 이렇게 말하게 된다. 더는 그 남자를 믿을 수 없었어.

짐작하다시피 폴라의 부모는 딸의 침대를 깨끗이 준비해 주고, 두 팔 벌려 맞이한다. 첫날 저녁에 그들은 졸인 양파와 병아리콩과 건포도를 넣은 쿠스쿠스루아얄을 만들고 고급 포도주를 딴다. 폴라는 돌아온 탕아, 소식 없이 갑자기 돌아왔기에 더욱 소중한 탕아다. 그런데 돌아온 딸은 두 나라 말을 섞어 쓰고, 모습도 뭔가섞인 것 같고, 두 뺨은 야외의 볕으로 볼 터치를 한 듯그을려 있다. 처음에는 자신들의 일부를 되찾은 기분으로 딸의 손목 안쪽 살갗을 어루만지고 그 목소리의 결을, 펼쳐진 일본 부채처럼 주름 잡힌 눈꼬리를 단번에알아보지만, 며칠 동안 힐끗거리며 관찰한 부모는 모르는 사람 같은 낯선 모습을 발견한다. 반면 폴라는 집이그대로인 것에, 5년이 지나도록 집 내부의 생체 시계가거의 무뎌지지 않은, 오히려 영속적 운동의 리듬에 이르렀다는 사실이 놀랍기만 하다. 물론 5년 사이에 기욤과 마리는 나이를 먹었다. 금발은 더 퇴색했고, 정면에서 보면 눈에 띄지 않지만 비스듬한 조명에서는 얼굴에도 잔주름의 굴곡이 드러나고, 안경알이 두꺼워졌고, 엉덩이 역시 아마도 마지막으로 빨리 달려 본 게 언제인지 기억도 나지 않을 만큼 무거워졌다. 하지만 세월이 가면서 더욱 연마된 부부의 결합은 마치 예술 작품같은 감동을 선사한다. 다녀오시죠, 우리 두 분 예술가님! 매일 아침 평범한 정장과 어두운색 넥타이와 소박한 재킷으로 전투 복장을 갖추고 각자의 일터를 향해 집을 나서기 직전, 현관에 서서 커피를 마시며 서로 옷 매무새를 만져 주는 부부에게 딸이 인사를 건넨다. 잘 다녀오시죠, 두 분 연주자님! 두 사람이 함께한 지 이미 30년이다. 주변에서는 그들을 신기한 동물 혹은 괴수 취급을 한다. 그렇게 오랫동안 사랑할 수 있는 비결이 뭐냐고 뻔뻔스럽게 묻기까지 한다. 몇 개의 삶을 동시에 누릴 수 있음에도 단 하나의 삶에 만족하게 해주는 그들의 내면을 무시한 채, 무인도니 권태니 스테인리스 스틸이니 습관이니 멋대로 들먹이고 이런저런 이론을 늘어놓기도 한다. 딸이 보기에 그들은 희귀 조류이고, 폴라는 신비한 관계에 이끌려 그 주변을 맴돈다. 재회의 기쁨이 지난 뒤 다시 각자 집 안에서 자기의 역할과 구역을 되찾았다. 곧 폴라는 자기 거처를 제대로 마련할 때까지 건물의 보조 계단을 이용하며 부모의 시선을 피해 자유롭게 들락거린다.

생루이섬의 작업장은 이전에 수리하면서 칠해 놓은 도료를 벗겨 내는 과정에서 17세기 벽화가 나오는 바람에 지난 몇 주 동안 야단법석이었다. 그대로 공사를 계속했다가는 그림이 완전히 사라지고 말 테니 어떻게든 살려 내야 했다. 그 일이 폴라에게 주어졌고, 그녀는 첫 공연을 하는 배우가 되었다. 매일 아침 마스크와 폴리프로필렌 보호복 차림에 커터와 여러 종류의 붓과 거위 깃털 먼지떨이를 챙겨 들고 벽 앞에 다가서고, 아직은 석고 아래 감춰진 유령일 뿐인 그림이 제 모습을 드러낼 수 있도록 벽을 긁어 나간다. 전문가들이 와서 벽화의 제작 시기를 추정하고 그림 양식을 확인하면서 가능한 이야기를 만들어 본다(손실과 복구의 스토리). 그들은 비가시광선 램프를 켜놓고 돋보기를 꺼낸 뒤 과학수사대가 범죄 현장에서 사용하는 것과 비슷한 연장으로 안료와 부스러기 가루를 벗겨 내고, 폴라에게도 이것저것 묻는다. 폴라는 그들에게 벽에서 도료층이 갈라지고 그 껍질 아래로 공기가 들어가면서 균열이 일어난 순간을 정확히 알려 준다. 갓난아기 손톱만 한 석고 조각들이 바닥으로 떨어졌고, 그 조각이 눈에 잘 보이지 않을 만큼 작았지만 아무튼 떨어져 나오면서 그 아래 그림이 있음을 알게 되었고, 이어 긁개로 그 구멍을 넓히자 석고 조각들이 제각각인 모양으로 부서지며 떨어지면서 그 아래 꽃잎과 장미와 정원이 나타났다고 폴라가 설명한다. 그렇게 하나의 세상이 조금씩 열리는 동안, 어떤 형상이 나타날지 호기심에 찬 사람들이 마치 공연을 기다리는 관객들처럼 벽 앞에 모여들었다. 나신의 여자가 나타날 거라며 내기하자는 사람도 있었다. 누가 알아? 부셰의 「오달리스크」처럼 동그스름한 둔부를 내밀고 쿠션 위에 엎드린 여자가 도발적인 눈길을 던질지? 이전 주인의 시대엔 지나치게 파격적인 장면이라서, 신앙심 깊은 아내를 위해, 혹은 열네 살이지만 이미 충분히 영악한 딸이 볼까 봐 그대로 덧씌워 버린 거지. 폴라 역시 그림 가장자리의 조각들을 하나씩 떼어 내면서, 모습을 드러내는 장밋빛 도는 흰색과 에메랄드초록색을 보며 나름의 가설들을 세워 본다. 누군가는 퐁텐블로나 콩피에뉴 같은 왕실 숲에서의 사냥 장면이라고, 달려오는 사냥개들에 쫓겨 황금빛 도토리 열매들이 달린 떡갈나무 아래 몰린 붉은사슴이 끔찍한 사냥개들한테 발을 물어뜯기면서 긴 목과 뿔을 고결하고 절망적이게 하늘을 향해 뻗는 광경이라고, 1750년경에 이 저택을 산 사람이 별로 마음에 들어 하지 않았다고, 지나치게 선정적인 장면이라 어린애들이 보고 울지 모르고 여자애들이 감상에 빠지고 남자애들이 짓궂어질까 봐 그냥 덮어 버렸다고 주장한다. 두 주간의 작업과 기다림 끝에 마침내 가로 5미터 세로 3미터의 그림이 드러난다. 자그마한 꽃, 경작된 밭, 양옆의 작은 숲, 바위 곶, 그리고 뒤쪽으로 나무가 우거진 언덕이 있는 이상적인 풍경이고, 여러 동물이 등장하고 사람은 한 명도 없다. 마치 동물 카탈로그처럼 온갖 동물이 가득하다. 길든 동물들(말, 개, 소, 황소, 양, 고양이)과 야생 동물들(여우, 사슴, 원숭이, 호랑이)이 함께 등장하고, 모리셔스섬의 도도새처럼 이국적인 명성을 지닌, 지금은 멸종된

동물들도 있다. 동물의 에덴동산 한가운데에서는 바람
이 불고, 속눈썹이 긴 흰말의 곱슬거리는 갈기, 조심성
없이 다가오는 거위를 향해 두툼한 앞발을 들어 올리는
갈색 사자의 갈기가 휘날린다. 그리고 제일 앞에, 그림
을 보는 사람의 눈을 바라보고 있는 대모거북 한 마리.
폴라는 전율하고, 마치 친한 친구를 만난 듯 윙크한다.
작업장 사람들 모두가 박수를 친다.

　스물다섯 살이 되던 날 저녁, 폴라는 생루이 저택의
응접실에서 간이 탁자에 둘러선 사람들과 함께 술잔을
치켜든다. 프로젝터가 칠이 마르고 있는 별 모양 궁륭
천장을 비추고 있다. 탁자에는 백포도주와 적포도주,
종이 접시에 담은 방울토마토와 파르마치즈칩이 놓여
있다. 윌럼 더포를 닮은 미술 감독(음산하면서 섹시한
얼굴, 늑대의 미소)이 물구나무로 걸으며 폴라를 위해
보들레르의 시를 낭송한다. 내겐 천년을 산 것보다 더
많은 추억이 있다네. 폴라는 브리오슈 빵에 꽂아 놓은
촛불들을 끄고, 크로뮴 도금된 스피커에서 보사노바 선
율이 흘러나오고, 벽 너머로 센강이 흐르는 소리, 짧고
규칙적인 물결이 찰랑이는 소리가 들리고, 6월이다. 폴
라는 담배를 피우러 발코니로 나간다. 그날 오후 그녀
는 7미터 높이의 코니스 뒷면에서, 바닥에서는 보이지
않게 작게 이어진 붓질 자국을 보았다. 3백 년 전 지금

처럼 비계를 세워 놓고 올라선 이들이 그림 위치를 잡고 둥근 천장을 장식할 때 남긴 자국이다. 그것은 색조와 광택과 선명도를 비교하는 색견본이었고, 특히 폴라의 마음을 흔든 것은 바로 옛 예술가들의 탐구를 자기 눈으로 확인하는 중이라는, 색이 어떻게 변해 가고 어떻게 포설린블루에 검은색이 조금씩 더해지면서 마지막에는 다크그레이가 되는지(무슨 일이 일어난 걸까?) 그들의 눈을 따라가 본다는 흥분이었다. 그때, 모음은 약하고 r은 강하게 발음하는 프랑스어를 쓰는 여자가 다가와서 폴라의 눈을 똑바로 쳐다보며 힘주어 악수를 한다. 폴라는 여자가 탁자 쪽으로 이동하는 동안 주변에 형성된 공간으로 미루어 보아 이 작업장의 총책임자이리라 짐작한다. 최근 실내 장식 잡지들에 건축 사무소가 자주 등장하면서 어디서나 이름이 회자되는, 거래 명부에는 폭넓게 포진한 고객 명단이 들어 있는 러시아 여인. 모스크바 교외에 있는 권력자들의 별장 외에도 랭커셔주에 있는 빅토리아 베컴의 전원주택, 오르세 미술관에서 열린 러시아 발레 전시회 큐레이팅, 또 파리 브랑리 강변길에 있는 생트트리니테 정교회 내부 장식도 그녀의 작품이다. 여자가 폴라에게 다음 계획이 있는지 묻고 핸드폰 번호를 알려 달라고 한다. 다음 작업을 염두에 둔 말일 테고, 실제로 1년 후 러시아 여인은 직원에게 〈한쪽 눈이 사시인 프랑스 여자〉에게 전화를 걸라고 하고, 폴라는「안나 카레니나」를 찍는 모스필름 촬영소에서 석 달 계약을 제안받는다.

폴라는 읽어 낼지 확신은 없지만 일단 소설을 사고, 떠나기 석 주 전에 뒤적이기 시작한다. 책이 너무 두꺼워서 싫고 페이지마다 사람 이름이 너무 많이 나와서 싫다(러시아 이름은 둘로 나뉘기도 하고 심지어 이름이 똑같을 때도 많고 때로는 영어 별명들까지 붙는다). 며칠 동안 망설이던 폴라는 마침내 어느 날 아침에 창문 블라인드를 내린 방에서 단번에 가장 이상적인 자세를 찾아낸다. 푹신한 소파에 머리를 수직으로 하고 무릎을 세워 앉아서, 물과 비스킷을 가져다 놓고(그녀가 좋아하기 때문에 집에 오레오가 많이 있다), 램프의 불빛이 연극 무대의 스포트라이트처럼 책장을 향하도록 맞추고 읽기 시작한다. 그녀는 곧 외부는 견고하고 내부는 넓고 정교한, 마치 강력한 마법의 힘으로 단번에 창조된 듯 완벽한 안나 카레니나의 저택을 파악한다. 천천히 책장을 넘기다가 이따금 이야기의 흐름을 놓치면 끈이 떨어진 지점으로 돌아가 다시 시작하며 이야기와 하나가 된다. 폴라는 구석기 시대의 주먹 도끼처럼 한 조각씩 잘려 나가면서 다듬어지던 사랑이 소리 없이 심장을 가를 수 있는 예리한 칼날이 되고 결국 다색성의 먼지 입자, 어느 각도에서 바라보느냐에 따라 색이

달라지는 광물 입자가 되는, 마침내 영원한 수수께끼로
사람을 미치게 만들어 버리는 과정에 매료된다.

폴라는 『안나 카레니나』를 통해 생각하게 되고, 이제
『안나 카레니나』가 그녀의 삶을 비춘다. 그녀는 몇 달
전 어느 오후에, 자기 집 아래, 가로등 앞에, 한쪽 발에
체중을 싣고 비스듬히 서 있던 조나스를 떠올린다(보
다 정확히 말하자면, 그녀의 눈이 조나스를 보기 전에
이미 마치 일상적이지 않은 무엇인가, 있어야 하는 것
이상의 무엇인가가 배경 속에 들어와서 그 본질을 바꾸
어 놓은 것처럼 그의 존재가 감지되던 순간을 떠올린
다). 곧 길을 건널 사람처럼 인도와 차도의 경계에 서
서, 입에 담배를 물고 긴 머리 위에 챙을 내려 모자를 눌
러쓰고 두 손을 베이지색 트렌치코트 주머니에 찔러 넣
고 버티는 조나스의 모습이 마치 오가는 인파 속에 팬
것 같았다. 폴라 역시 도로변 배수로 앞에 서서 단 1초
도 그에게서 눈을 떼지 않았고, 잠시 후 인도 한가운데
서 그들은 둘의 키와 체격이 적정 관계를 이루도록 마
주 서는 방식을 찾아냈다. 폴라가 조나스의 한쪽 뺨에
손을 가져다 댄다. 맞네. 조나스가 어깨를 으쓱하며 미
소 짓는다. 어때? 잘 지내? 응, 아주 좋아. 그들은 말없
이 마치 유황 처리한 유리 공 같은 홍채를 빙빙 돌린다.
그리고 폴라의 방. 이전에 한집에 살 때의 습관이 되살
아난 듯, 벽이 뒤로 물러나고 공간이 넓어진 듯, 그들은

움직이는 동안 몸이 닿지 않는다. 맥주 한 캔을 나눠 마시고, 소파에 주저앉고, 네 다리가 얽히고, 눈은 천장을 향하고, 담배 한 개비를 같이 피운다. 모든 일이 너무도 자유로운 분위기와 스스럼없는 말 속에 이루어져서(그동안 어떻게 지냈어? 나의 솔메이트?) 둘을 둘러싼 세상은 온통 거짓이 되었다. 그들은 바로 전날 브뤼셀 파름로의 아파트를 떠났고, 브뤼셀의 마지막 밤이 5년 동안 그대로 이어졌다.

하지만 메탈로 이후 그들은 달라졌다. 조나스는 여전히 마르긴 해도 전에 비하면 훨씬 땅에 발을 디딘 것 같고, 몸이 더 단단해졌고, 마치 아무리 작은 움직임이라도 그 아름다움은 잘 가늠한 거의 동물적인 에너지의 소비를 통해 얻어진다는 듯 모든 동작이 지극히 정확했다. 얼굴도 어딘가 더 밝고 환해졌다. 어쩌면 치아의 광택일 수 있고, 눈의 흰자가 전보다 신선해진 것 같기도 하다. 폴라 역시 더 예리해졌고, 몸매도 성숙해졌고, 얼굴 윤곽선도 더 뚜렷해졌다(튀어나온 이마, 긴 매부리코, 가는 입, 턱의 작은 혹). 그녀는 이제 잘 흔들리지 않고, 황금빛 머리칼을 어깨 위까지 차분히 땋아 내렸고, 목소리는 침착하다. 보다시피 인내심과 요령을 키웠고, 이제는 무거운 짐을 들 수 있고 재빨리 작업대에 올라갈 수 있고 오랫동안 칠할 수 있다. 하지만 지켜보는 조나스의 눈에는 폴라가 물 흐르듯 자연스럽게 방 안을 돌아다니고 외투를 걸고 핸드폰에 충전 케이블을 꽂고 전등들을 켜는 모습이 마치 햇빛을 받아 색이 바뀌듯 계속 다르게 보이고, 그럴수록 그의 얼굴이 불붙은 듯 붉어진다.

파리에서 뭐 해? 일하는 거야? 폴라가 단도직입적으로 묻는다. 조나스는 감정이 과소평가되어 마음이 상한 사람의 표정이다. 너 보러 왔지! 그러면서 고개를 치켜들고 손가락을 펼쳐 가며 센다. 몇 년 만이지? 5년인가? 폴라가 웃고, 그 웃음이 주위에 빈자리를 만들며 그들을 나머지 세상과 분리한다. 나 만나러 왔다고? 응, 그렇다니까. 그러다 갑자기 조나스가 선언한다. 나 트롱프뢰유 그만뒀어. 장식 미술 그만두고 이젠 화가야. 그 순간 대답할 말을 찾지 못한 폴라가 긴장하고, 마치 어깨에 얼음 망토가 씌워진 듯 몸이 떨린다. 그녀를 가짜들 쪽에 버려둔 채, 그녀가 알지 못하는 진실로 다가가기 위해, 조나스가 공식적으로 육체와 정신의 분리를 선언했다. 폴라는 기계인형처럼 고개를 끄덕이고, 조나스가 느릿하게 덧붙인다. 그래도 한 번은 더 해야 해. 돈이 필요하니까. 마지막이야, 진짜 마지막! 그러면서 흥분해서 주먹을 들어 올렸다. 조나스는 폴라에게 작년 한 해 브뤼셀에서 지내는 동안 있었던 일을 들려주었고, 그림 속에서 모든 게 정지하는 순간을 설명했다. 화가에게 세상을 이루는 성분 하나하나가 아무런 위계 없이 다가와. 가장 단편적인, 가장 사소한, 가장 희미한, 가장 미소한 것들까지도 모두 똑같이. 각기 그 자체가 하나의 세상이고, 바로 그런 그림의 연속성 때문에 난 다시 돌아보게 됐어. 하지만 춥고 어두컴컴한 아틀리에에서 1년 동안 준비한 조나스의 전시회는 실패했다. 사람이 별로 없었고, 개최 첫날의 특별 초대 행사 때도 사람이 거의 없었다고, 메탈로의 옛 친구 몇 명이 왔다가 금방 가버린 게 전부였다고 했다. 정말, 최악이네! 조나스는 갤러리의 여자가 아무도 손대지 않은 감자튀김과 땅콩을 검은색 쓰레기 봉지에 버리면서 악을 썼다면서, 엉덩이가 좁고 마음도 좁은, 그림 일을 하지만 그림에 대해서는 꽉 막힌 부르주아 여자가 잔뜩 실망해서 내뱉던 말을 흉내 냈다. 조나스는 소파에 드러눕는다. 피부는 도자기색이고 속눈썹이 노루를 닮아서 길다. 그가 담배 연기를 한 번 내뿜고 다시 말한다. 넌 진짜로 그리고 싶지 않아? 폴라가 벌떡 일어서서 창문을 열고 바깥 공기에 얼굴을 적신다. 한쪽 시선이 옆으로 미끄러지고 있고, 앞에서는 하늘이 들끓고, 그 희미한 소리가 등 뒤에서 나는 사랑스러운 목소리를 덮는다. 조나스가 열에 들뜬 목소리로 선언한다. 너와 가까이 있고 싶어. 파리에서 살 거야. 그 말에 폴라가 뒤돌아본다. 왼쪽 눈은 눈구멍 가장자리를 구르고 오른쪽 눈은 마치 핀으로 꽂아 둔 것같이 정면을 향하며, 그녀의 두 눈은 그 어느 때보다 멀리 벌어졌고 그 어느 때보다 밝았다. 이제 모든 게 투명하다. 진짜로 그리기, 진짜로 사랑하기, 진짜로 서로 사랑하기, 다 같은 거다. 폴라가 소파로 돌아오고, 그들은 마주 보고 모로 누웠다. 그리고 눈을 크게 떴다. 먼저 깜빡이는 사람이 지는 거다. 그녀가 먼저 눈을 감았다.

『안나 카레니나』는 사랑을 바라보는 좋은 광학 기기다. 폴라가 책을 덮으며 생각한다. 그녀는 일어서서 블라인드 사이에 두 손가락을 넣어 벌리고, 거리와 교차로와 인도와 가로등 주변을, 지난번 조나스가 나타났던 자리를 살핀다. 지금 조나스는 두바이에 가 있다. 그곳 에미르[46]의 사촌이 소유했다는 별장의 인테리어 작업을 위해 지난봄에 비행기에 올랐다. 1천 제곱미터를 전부 트롱프뢰유로 꾸미기 위해 각국 장식 미술 전문가와 예술가 들을 공들여 뽑아 꾸린 팀에 냉소적인 미소와 천재적인 손놀림을 가진 조나스도 합류했다. 폴라는 손목시계를 보며 모스크바행 비행기 시간을 확인한다.

---

46 일곱 개의 토후국으로 이루어진 아랍에미리트에서 두바이를 포함하여 각 토후국을 다스리는 통치자를 말한다.

우주 배경 복사 속에서

파리의 오스테를리츠역 플랫폼을 걷는 폴라를 따라
가 보자. 회색 모직 롱 코트, 노란색 목도리, 기모 안감
의 가죽 부츠, 무스탕 장갑, 숄더백. 그리고 모스크바에
서 돌아와서 미처 정리할 시간이 없었던 블레이즈오렌
지색 캐리어를 끌고 있다. 아직 밤이다. 역에는 사람이
거의 없고, 새해 파티들이 끝났고, 폴라는 페리괴행 첫
열차에 오르고, 전부 열댓 명이 타고 있고, 매섭게 추운
겨울이다. 열차가 흔들리고 밝아 오는 날이 흔들릴 때
폴라의 얼굴이 환해진다. 그녀가 창유리 쪽을 돌아보
고, 그러자 처음 자리에 앉을 때는 감지되지 않았던, 숨
겨져 있던 것이 모습을 드러낸다. 몽상적이고 메마른
어떤 것, 고독한 어떤 것이다. 기차는 곧 무성하고 창백
한 잡초를 자르며 달리고, 폴라는 최대한 멀리까지, 계
곡 안쪽의 소실점까지 풍경 깊숙이 눈길을 보내며 선을

그어 보려 한다. 자동차 한 대가 커브 길을 돌아 사라지고, 도시 가까운 곳에서는 누군가 기차가 지나가는 모습을 보려고 창밖으로 고개를 내민다. 얇은 막처럼 성에가 낀 차창에 1월의 숲이 달라붙는다. 네 시간 후 도르도뉴다.

궁극의 복제. 조나스가 자기는 거절할 수밖에 없었던 라스코 동굴 복제 작업을 설명하며 한 말이다. 자정 넘어서 전화가 왔고, 조나스는 차분하고 실무적인 어투로 가능한 보수의 범위를 알려 주었고, 작업장이 도르도뉴의 몽티냐크고 그곳에서 지내야 한다고도 했다. 내일 정오 전에 답을 줘야 해. 그리고 조용히 덧붙였다. 딱 네 일이야. 폴라는 라스코 얘기를 할 때면 흔히 등장하는 말들, 굴곡진 내벽, 붉은색과 검은색 그림들, 황소, 순록, 〈선사 시대의 시스티나〉를 머릿속으로 되짚어 보았고, 방 한구석 대각선 방향에 놓인 여행 가방을, 그 지퍼 위에 붙은 스티커의 키릴 문자를 쳐다보았다. 다시 떠나고 싶지 않아. 적어도 이렇게 빨리는. 모스크바에서 돌아온 지 석 주밖에 안 됐잖아. 다음 일은 좀 시간을 두고 생각하고 싶었다. 이해해. 잠시 말이 없던 조나스가 대답했다. 하지만 폴라는 통화를 끝내지 않기 위해, 그를 더 잡아 두기 위해 말을 바꾸었다. 어떤 일을 하는 건데? 그 순간 조나스는 무척 기뻤을 테지만, 마치 몸

숨길 곳을 찾지 못해 풀밭에 가만히 서 있는 노루에게 다가오라고 손바닥을 내미는 사람처럼 아무런 내색도 하지 않았다. 그냥 가만히 뜸을 들였다. 폴라는 두 발을 휘저어 이불을 밀쳐 내고는 창가로 달려갔다. 하늘이 뿌옇고 별도 없었다. 조나스가 성냥을 그어 불을 붙이면서 말했다. 선사 시대를 살아 볼 기회잖아.

다시 침대에 누운 폴라는 마음을 정하지 못했고, 몸을 일으켜 베개를 등에 받치고 기대앉았고, 무릎을 세우고 배 위에 노트북을 얹어 전원을 켜고는 아침까지, 밀랍처럼 매끈한 살갗에 관자놀이 정맥이 밧줄처럼 팽팽해지도록, 파란 얼굴로, 밤새도록 인터넷 검색을 했다. 그 밤 동안에 라스코라는 이름은 시간의 바닥을 정교하게 감아 긁어 올리는 파도가, 너울이 되었고, 한 번도 가본 적 없는 땅 밑 세상으로 폴라를 내던졌다.

이튿날 아침, 폴라의 아버지. 커피 잔을 손에 들고 개수대에 기대서 게리 쿠퍼처럼 두 다리를 꼬고 서 있다. 폴라는 헐렁한 줄무늬 남자 잠옷을 입고 부엌 안을 왔다 갔다 한다(커피 주전자와 설탕, 찬장에서 꿀, 냉장고에서 치즈, 서랍에서 나이프). 기욤은 딸의 부스스한 머리카락과 무거운 눈까풀을 보며 간밤에 제대로 못 잤구나 짐작한다. 폴라가 식탁에 앉고 곧바로 조나스가 제안한 일을 요약한다. 아버지가 커피 잔을 헹군 뒤 돌아선다. 난 봤어, 라스코, 진짜 동굴. 폴라가 놀란다. 정말? 진짜? 언제? 기욤이 천장을 쳐다보며 대답한다. 1969년, 열세 살 때. 심카 1100 차를 타고 갔지. 끔찍하게 더운 날이었어. 폴라가 고개를 젓는다. 말도 안 돼. 1963년에 폐쇄되었는데. 봤을 수가 없어. 아버지는 당황하며 엄지와 검지를 눈가에 가져다 대고 잠시 말이 없다. 그리고 느린 목소리로 다시 말한다. 아냐, 1969년 맞아. 그때 내가 동굴을 발견한 애들하고 같은 나이였거든. 내가 그 이야기를 얼마나 좋아했는데. 처음에 개가 구멍을 찾아내고, 그 뒤로 일어난 일 전부 말이야. 폴라가 얼굴을 찌푸린다. 아니라니까. 미안하지만, 아빠가 혼동하는 거야.

이후에 헐렁한 통 원피스 같은 날염 기모노 가운 차림으로 부엌문에 나타난 마리의 얼굴이 딸과 남편의 눈길을 모으고 그렇게 가정이 중심을 되찾기까지, 이 부엌에서 일어난 일은 늘 안전 규칙을 지키며 달리던 작은 자동차가 갑자기 길을 벗어난 사고에 비유할 수 있다. 폴라의 어조(여지를 두지 않는, 엉터리라고 밀어붙이는, 자기가 다 안다고 주장하는 아가씨), 게다가 말할 때 살짝 움직이는 턱, 아버지의 유년기 기억에 이의를 제기하는, 나아가 기억 능력, 제대로 기억할 수 있는 능력마저 부정하는 딸 앞에서 기욤은 마치 형태 없는 과거 속을 방황하는 것 같았고, 분명 그렇게 느꼈고, 더 이상 딸과 같은 세상에 있는 것 같지 않았다. 이 모든 것이 그를 도발하고, 기욤이 팽창하고 가열되고, 안경이 흘러내리고 목에는 붉은 반점이 나타난다. 봤다니까. 계단을 내려갔어. 거기서 짠, 〈황소의 방〉이 나왔고, 짠, 맞은편 통로, 그리고 또 다른 측면 통로에 커다란 검은 암소와 다른 동물도 많았어. 정말 봤다고. 아버지는 길을 몰라 헤매는 여행객을 안내하듯 이야기를 이어 갔지만, 딸은 아랑곳없이 빵 위로 흘러내리는 꿀만 쳐다보면서 다시 단호하게 말한다. 아빠가 본 건 진짜 동굴이 아니야. 말로[1]가 1963년에 폐쇄 결정을 내려서 그 이후엔 들어갈 수 없었단 말이야. 냉정하기만 한, 무엇보다 혼란에 빠진 아버지를 도와주지 않고 오히려 멀찌감치 서서 내려다보듯 하면서 무언가를 내미는 딸을 아버지는 용납하지 못한다. 결국 목소리가 솟구치고, 군 복무 시절 내무반 점호 때(이름을 부르면 〈넷!〉 하고 크게 대답한다! 크게!) 이후로는 한 번도 위로 올라가 본 적 없는 보이지 않는 표면을 뚫어 버린다. 주위가 다 떨릴 만큼, 카페오레의 표면이 흔들려 잔물결이 생길 만큼 크고 흥분한 목소리다.

분노가 다이너마이트가 되어 기욤의 과거를 폭파하고, 부서진 날카로운 조각들이 폴라 앞에 쏟아진다. 폴라 역시 눈앞에서 마그마처럼 불안정하게 끓는 아버지

<hr>

1 작가 앙드레 말로가 당시 문화부 장관이었다.

의 지하를 보며 뾰족하고 날카로워진다. 기욤이 라스코를 기억하는 것은 그날 가족에게 일어난 사소한 사건 때문이다. 내밀한 기억이 고유의 서열을 창조한 탓에, 그의 기억 속에서 동굴 예술을 처음 접한 날의 충격은 다른 일화, 분명 사소하지만 강렬했던 다른 일화와 경쟁하는 처지가 되어 심지어 자리를 빼앗겼다. 그렇게, 메리 포핀스가 딱! 손가락을 한 번 튕기는 순간에 뱅크스 집 아이들의 방이 변하듯이, 물론 구문이 흔들리고 욕설이 몇 번 끼어들기는 했지만(무슨 멍청한 소리야!) 아버지의 이야기가 질서 정연하게 구성된다. 그날 어머니는 장딴지 쪽으로 두 군데가 트여 있는 레깅스 바지와 흰 물방울이 그려진 빨간색 블라우스를 입었어. 꼭 알광대버섯 같았지. 차 안은 옥스블러드색이었고, 플라스틱이 타는 것처럼 지독한 냄새가 나서 모두 속이 울렁거렸고 낡은 차가 커브 길을 돌 땐 토하고 싶었어. 아버지가 동굴을 보고 나서 레몬아이스크림을 먹자고 했고, 우리 다섯이 동굴로 내려가는 계단 앞에 줄을 섰고, 그다음에 황소들을 보고 중국 말들과 붉은사슴도 전부 봤어. 그런데 형이 들고 있던 오피넬 주머니칼로 벽에 낙서를 하려다가 들켰어(이미 다른 사람들이 해 놓은 낙서도 있었는데. ⟨Marcel + Simone = AE²⟩, ⟨로

---

2 ⟨영원한 사랑⟩을 뜻하는 ⟨Amour Eternel⟩ 혹은 ⟨미래를 함께⟩라는 뜻의 ⟨Avenir Ensemble⟩의 축약어.

베르 왔다 감〉 이런 거). 아버지가 사람들이 보는 데서
형의 따귀를 두 번 때렸고, 사정을 모르는 가이드가 아
버지의 행동을 이해하지 못해서 결국 아버지만 이상한
사람이 됐지. 난 고개를 숙였어. 창피해서 죽을 것 같
거든. 그리고 동굴 밖으로 나왔는데 형이 안 보이는 거
야. 화장실 갔나 보다 하고 주차장에서 기다리는데, 얼
마나 목이 마르던지! 아버지가 차 문을 열고 그냥 타라
고 했어. 맘대로 하라고 해, 그냥 가자. 알아서 찾아오
겠지. 날 우습게 보는 거야. 허풍 떠는 거라고. 누나가
아무리 그래도 50킬로를 어떻게 걸어오느냐면서 놀랐
고, 어머니는 차를 안 타겠다면서 아버지한테 왜 사람
이 유난스러우냐고, 애가 어떻게 그 먼 길을 걸어오냐
고 비난했어. 결국 아버지와 어머니에 누나와 나까지
넷이 전부 찾으러 나섰어. 사냥꾼들처럼 10미터씩 떨
어져서 줄지어 걸어가면서 두 손을 확성기처럼 입에 대
고 이름을 불렀는데 그래도 대답이 없었지. 날이 저물
기 시작했고, 동굴은 저 아래고, 난 겁이 났어. 그런데
차로 돌아가니까 형이 와 있는 거야. 철조망에 후드가
찢겼고 피도 나 있었어. 엄마가 파상풍 접종을 제대로
했는지 정확히 기억나지 않는다면서 브리브로 가서 약
국에 들르자고 했어. 아버지는 안 된다고, 이제 말썽은
끝이라고 했고. 아버지가 시동을 켜고, 엄마가 울고, 난
그때 형이 죽는 줄 알았는데, 누나는 창유리에 얼굴을

대고 콧노래를 불렀어. 아무도 레몬아이스크림 얘기는 꺼내지 못했지.

이야기가 끝날 때쯤 마리가 부엌으로 들어오면서 시퀀스가 끝나고 추억은 풍화된다. 다시 평온해지고, 몸들은 각기 일상의 동작들을 완수한다. 부엌을 나설 때 폴라는 빙산에 에스키모들이 뚫어 놓은 구멍 속으로 긴 검은색 물고기가 지나가는 것을 본 것 같은 기분이다. 방으로 돌아온 그녀는 조나스에 전화를 걸어 분명한 목소리로 말한다. 할게. 그리고 라스코로 내려갈 채비를 한다.

희미한 빛 속으로 들어가서 소리와 공기 흐름을 가늠하고 철근 구조물 뒷면을 따라 불 켜진 곳으로 가면, 그곳 벽 앞에 가냘프다시피 한 폴라가 있다. 머린 스웨터와 밀리터리 바지를 입은 남자가 그녀에게 자리를 알려 준다. 계속 이것만 하는 건 아니야. 그가 모음들을 부풀려 발음하는 허스키한 목소리로 말한다. 여기선 누구나 모든 그림판을 다 맡을 수 있어야 해. 한 명이 시작하고 다른 사람이 이어 가는 식으로 진행되지. 어느 하나를 자기 것으로 삼지 못하게, 어느 한 곳에 개인적인 흔적을 남기지 못하게 하려는 거야(폴라가 희미한 미소를 짓는다. 익히 아는 말이다. 훤히 알고 있다). 해석이 개입되면 안 되거든. 그대로 옮겨 그려야지. 라스코 앞에서 자기 자신을 지워야 해.

작업장은 이전에 몽타냐크 기차역이 있던 곳으로, 언덕 아래 세워질 복제 동굴 안에 원형 동굴 거의 전체를 똑같이 복원해 낼 그림판 쉰세 개의 거대한 퍼즐을 제작하는 특별한 작업에 걸맞게 거대한 공간이다.

폴라는 백지상태의 굴곡진 벽 앞에 서 있다. 맨몸을 드러낸 가로 7미터에 세로 4미터의 거대한 암벽 앞에서 신기해하며 다가가 본다. 말도 안 돼! 그러자 뒤에 서 있던 남자가 마치 멀리 떨어져 있는 사람처럼 큰 소리로 설명한다. 동굴 내부를 3D로 촬영해서 그 자료를 가지고 컴퓨터 수치 제어 프레이즈반(盤)으로 복제 동굴 내벽을 채울 블록 수백 개를 만들었고, 아주 가는 물줄기를 고압으로 쏴서 폴리스티렌에 모양을 새겼지. 그다음에 조각과 조소를 맡은 사람들이 역시 3D 모형을 바탕으로 블록의 표면을 일일이 수작업으로 손질했어. 아주 작게 팬 곳, 아주 조금 튀어나온 곳까지 펄프를 사용해서 전부 다듬으면서. 그다음에 탐침(探針)으로 동굴 속 그림 1천5백 개를 새겨 넣었고. 정말 엄청난 일이었지. 세밀하고 섬세한 일이고. 그다음에 벽에 실리콘 탄성 중합체를 발라서 굴곡을 본뜨고, 동굴 내벽의 음화(陰畫)를 얻고, 그런 뒤에 각각의 판에 합성수지를 발라 단단하게 만들고 철제 뼈대까지 보강한 거야. 남자가 불쑥 친근한 목소리로 결론을 내린다. 이제 알겠지? 어디다 작업을 하는지, 어떤 매체 위에 그리는지 알고 해야 하잖아.

남자가 말하는 동안 폴라는 벽 앞에 더 가까이 다가가 있다. 얼굴을 바짝 가져다 대서 확인하고 손가락으로 만져 본다. 돌가루로 만든 막이야(등 뒤에서 같은 목소리가 다시 들리고, 남자도 폴라가 서 있는 곳까지 다가온다). 흰색 대리석 가루를 바탕으로 특수 혼합물을 만들고 거기다 합성수지와 유리 섬유를 넣고 틀 속에 얇게 펴서 양화(陽畵)를 만들었지. 동굴의 광물적 양상, 그러니까 우툴두툴한 표면과 촉감을 복원한 초박형 막이야. 복제 동굴의 기후 조건에 버텨 낼 수 있는 재료이기도 하고.

남자가 두 손을 허리에 얹고 눈으로 벽면을 훑어 나가고, 그러다가 포효하듯 내뱉는다. 이제 칠장이들이 나설 때이지! 폴라가 고개를 돌려 그를 쳐다본다. 예순 살쯤 된 것 같고, 몸이 길쭉하고 구부정하고, 금속 테 안경을 끼었고, 폴라에게 할 일을 배당해 주는 목소리는 꼭 시골 전도사 같다. 여기에 구석기 시대의 그림들을 그리기 위한 바탕을 칠해야 해. 위에 형체를 그릴 수 있도록 구석기 시대 벽화의 고색 바탕을 만들 것. 점으로 찍지 말고 아주 조금씩, 정확히 0.25밀리미터 두께로 살살 칠해 나가야 해. 그가 천천히 말을 잇는다. 시각적인 분위기를 만드는 일이지. 동굴의 환경을 이루는 한 부분이고, 제일 어려운 일이야. 시간이 느껴지도록 해야 해. 그는 표현할 수 없는 것을 표현하기 위해 두 손을 들어 양쪽 엄지손가락을 나머지 손가락들에 비비고, 폴라는 자신을 기다리고 있는 거대한 상상력의 작업을 아주 짧은 순간 엿본다. 남자가 여세를 몰아 단언한다. 마지막 한 가지, 우린 전체를 만드는 셈이야. 바탕은 형체 못지않게 핵심적이니까. 더 자세히 설명할 필요 없지? 필요 없다, 폴라가 생각한다. 전혀 필요 없다.

폴라의 주변, 은근한 조명을 밝힌 배경이 친근한 느낌이다. 이동식 비계, 사다리, 발판, 궤짝, 자재 운반용 수레, 등받이 없는 의자, 콘솔 위 책과 사진과 컴퓨터, 스웨트 셔츠와 방울 달린 털모자, 그리고 물병 하나. 촬영장 영사기들도 있어서 폴라가 지난 7년 동안 쉴 틈 없이 거쳐 온 세트장의 분위기가 난다. 꼭 파름로에 온 것 같네. 폴라가 생각하고, 그러자 그녀의 기억 속에 벨기에의 아파트가 다시 또렷이 새겨진다. 어디를 가고 어디에 살든, 그 기억은 언제나 폴라의 발밑에서 움직이는 내밀한 마룻바닥이고, 그 벽에는 언제나 조나스의 그림자가 드리워 있다. 때마침 사람들이 작업장으로 들어오고, 마치 극단 단원들 같은 목소리와 발소리가 철근 구조물 아래 메아리로 울려 퍼진다. 그들은 폴라 곁을 지나가며 차가운 손을 내밀고, 다른 방향으로 향한 그녀의 한쪽 눈, 축을 벗어난 아름다움에 소리 없이 놀란다. 폴라는 단숨에 그들 모두가 친근하게 느껴진다. 페인트가 튄 바지, 건조한 손바닥, 거무스름한 눈자위 속 타오르는 눈빛, 점심 식사의 중요성, 능선 위를, 두 세계 사이의 선 위를 걸어가는 균형이 느껴졌다. 우린 가짜를 만드는 사람들이야. 마호가니적갈색 머리카락의 키 큰 여자가 장난스럽게 말한다. 그녀는 폴라에게 다가와서 두 어깨를 잡고 뺨에 입을 맞추며 인사한 뒤에 다운 점퍼를 벗는다. 나도 메탈로 출신이야. 우리 둘이 같은 판을 맡았어.

대략 스무 명이고, 폴라는 모두 아는 사람 같은, 자기 무리를 만난 것 같은 기분이다. 모두 복제 작가, 현실을 훔쳐 내는 자들, 허구를 암거래하는 자들로 라스코 복제 동굴을 위해 고용되었다. 그들은 무대 장식가이고 스테인드글라스 제작자이며 무대 의상 디자이너이자 모형 제작자이고 주물공이며 분장사이고 수채화가고 영화감독이자 성상(聖像) 복원가이며 금도금공이고 모자이크 제작자다. 그들은 무대 위에 서서 막이 오르기를 기다리는 배우들처럼 각자 자기 자리로 흩어져서 각기 위에서 내려오는 조명이 만든 동그란 빛의 원 안에 서 있다. 그들 앞에 벽이 있고, 이제 모두의 집중력이 공간을 메워 나갈 것이다. 매혹에 빠진 폴라는 왈칵 행복해진다.

잠시 후 그녀는 구석 창고이자 실험실로 사용되는 창문 없는 골방에 가서 흰색 플라스틱 양동이들, 선반에 늘어선 표본병들을 하나하나 살핀다. 수첩을 꺼내 들어 조회 사항을 기록하고 해독한다. 석회 가루, 유리 분말, 도르도뉴 동굴들에서 나온 점토와 석회, 그리고 동굴 안에 쓰인 염료들과 유사한 천연 염료들인 일산화 망가니즈의 검은색, 황토의 갈색(갈철광)과 붉은색(적철광)과 노란색(침철석). 원료, 토양, 풍부한 재료. 그녀는 동굴학자들이 채취해 온 것을 참조해서 만들어진 색 견본 카드들을 탁자에 늘어놓는다. 마호가니적갈색 머리카락의 여자도 옆에 와 있다. 두 여자는 각기 사용할 분말을 준비한다.

라스코에서는 열다섯 가지 색상환이 사용된다. 적갈색 머리카락의 여자가 벽에 압정으로 붙여 놓은 수채화용 색상표의 복사본을 가리킨다. 그리고 마음속 생각을 소리 내서 말한다. 그들은 동굴 어디로 가면 망가니즈 층이 있는지 알고 있었어. 황토는 몸만 숙이면 언제든 구할 수 있었을 테고. 유일하게 알 수 없는 건, 〈중앙 홀〉[3] 왼쪽 벽에 그려진 큰 암소의 발밑에 사각형으로 칠해 놓은 보라색이야. 알아? 여자는 폴라에게 단 한 번도 눈길을 주지 않으면서 말을 이어 간다. 그들은 작업

---

3 라스코 동굴에 들어선 후 입구에서 제일 가까운 〈황소의 방〉을 지나면 〈통로〉를 거쳐 〈중앙 홀〉과 〈후진〉, 〈우물〉로 이어진다.

을 미리 준비했어. 뭘 어떻게 그릴지 미리 생각하고 색
도 미리 만들어 놓았지. 시간이 꽤 필요한, 적어도 몇
시간은 걸리는 일이었을 텐데. 재료에 뭔가를 더해서
진하게 만들고, 혹은 액체 상태로 만들 방법을 찾아내
야 했을 거야. 염료를 데우기도 했겠지. 그들은 지금 우
리가 하는 것과 똑같이 했어. 폴라는 움직이지 않는다.
머릿속에 너무 많은 정보가 쏟아져 들어와서 조금 혼란
스럽다. 하지만 가장 큰 혼란은 정보가 아닌 다른 곳에
서, 언어의 내부에서 온다. 적갈색 머리카락 여자의 말
속에 계속 등장하는 말, 두 여자가 함께 있는 공간의 이
벽 저 벽을 마법의 공처럼 튕겨 다니는 말, 〈그들〉이다.
〈그들〉이 왔고, 〈그들〉이 이걸 했고, 〈그들〉이 저걸 했
다. 지칭하는 대상을 알 수 없는, 한 덩어리로 뭉쳐 놓
은 직접적인 대명사, 우리와 가까운, 하지만 오래전에
살았던 이들을 지칭하는 대명사다. 〈그들〉이라니, 마치
폴라가 눈으로 〈보고〉 있는 사람들 얘기를 하고 있는 것
같다. 머리채를 틀어 올려 자개 빗핀들로 고정한 여자
는 입술이 두툼하고 볼이 납작하고 넓은 이마 가운데로
머리카락 선이 V 형태로 내려와 있고 목이 짧고 홍채는
위스키 방울을 닮은, 한마디로 로마 여신의 얼굴이다.
여자가 계속 말한다. 〈그들〉의 그림에 대해 말하려면
그 스타일에 앞서서 기술적 제약을 알아야 해. 물리 환
경의 제약, 재료의 제약, 매체의 제약.

진짜 동굴 본 적 있어요? 폴라가 감정이 고조될 때면 늘 그러듯이 살짝 거칠게 묻는다. 여자는 흡족한 표정으로 대답한다. 봤지, 20분 동안. 하지만 그 20분이 내 인생을 바꾸었어. 조형 예술가 대여섯 명이 동굴로 내려갈 때 나도 거기 끼었거든. 다시 땅 위로 올라오고 나서는 그 어떤 것도 이전과 같지 않았지. 선사 시대 예술가들과 함께 살다 왔잖아. 그들의 눈 속에 들어가 있었고. 그 20분의 계약이 2천 년보다 길었어. 폴라는 여자의 말에 귀를 기울이면서 손으로는 황토를 골라 아크릴 접착제와 섞는다. 바로 그 순간에, 세르퐁텐 대리석의 구멍들과 베르사유 연못의 잉어들과 토리노 박물관의 진열장 속에 있던 카의 채색된 두 눈과 치네치타 제5스튜디오의 바닥이 전부 섞인다. 모두 동시에 존재한다. 〈시간이 느껴지도록 해야 해.〉조금 전 머린 스웨터와 밀리터리 바지를 입은 남자가 엄지손가락을 나머지 손가락들에 비비며 말했고, 그의 손가락 사이에서 시간은 담배를 마는 종이만큼 얇아지고 거의 투명해져서 정말로 존재하지 않았다.

자기 자리로 돌아온 폴라는 이제 춥지 않고 조명에도 익숙해졌다. 적갈색 머리의 여자가 미소를 짓는다. 지금 이 작업장에 있는 우리하고 동굴 속에 있던 그들하고 좀 비슷해. 겨울 온도가 13도로 비슷하고, 빛의 상태도 비슷하지. 같은 조건에서 작업하는 거야. 폴라는 부채 붓과 브러시, 부드러운 스펀지를 꺼내 놓고, 극세필붓을 황토물에 담근다. 이어 오버헤드 프로젝터를 켜고 돌가루 막으로 다가간다. 그리고 칠하기 시작한다.

작업장을 나선 폴라는 핸드폰에서 몽티냐크 지도를 열어 주소를 입력했고, 인적 없는 거리에 여행 가방 바퀴 소리를 퍼뜨리며 베제르강 건너편으로 향했다. 그녀는 어느 오래된 집의 벨을 눌렀다. 라스코 복제 동굴 작업장에서 일하던 젊은 조각가가 스페인으로 돌아간 뒤 그가 쓰던 방이 크리스마스 전부터 비어 있었다. 회색 트레이닝복을 입은 10대 남자아이가 문을 열었고, 폴라를 위층의 방으로 안내한 뒤 옷장과 전등 스위치들과 수도꼭지의 위치를 알려 주었다. 볼이 발그스레하고 귀가 튀어나오고 얼굴이 동글동글한 아이는 심각한 표정에 어른스러운 말투로 지시 사항을 전달했다. 난 옆집에 살아요. 필요한 게 있으면 나한테 말해요. 내 이름은 발미예요. 폴라는 침대에 올려놓은 여행 가방을 열면서 고개를 끄덕였다. 알았어. 그렇게 할게. 이어 폴라가 창밖을 바라보자 소년이 말했다. 저기 앞쪽이 라스코 언덕이에요. 진짜 동굴이 있는 곳. 저 안에 있어요. 폴라는 먼 언덕의 모습을 보려고 창에 바짝 다가섰다.

차라리 잠시 머물다 가는 방들이 으레 그렇듯이 상자처럼 좁은 방, 겨우 둥지를 틀 만한 공간이 나았을 것이다. 폴라의 방은 인상적이었다. 호두 염료 칠이 된 마룻바닥, 역시 사냥 장면(사냥꾼들과 엽총, 사냥개, 토끼, 주위를 경계하는 사슴, 게다가 파스토랄[4]에 나올 법한 목동들과 작은 피리와 그네까지)이 그려진 주이 면[5]으로 장식된 벽, 그리고 옛날식으로 가리개를 놓고 그 뒤에 수반 형태 세면대가 있었다. 침대를 보자마자 폴라는 떡갈나무 단면의 나뭇결을 알아보고 핸드폰으로 사진을 찍어 곧바로 조나스에게 보냈다. 생각나는 거 없어? 단 1센티미터도 옮길 수 없을 만큼 육중한 침대였지만 워낙 넓어서 그 위에 책들과 브로셔들, 가져온 색견본 카드들을 늘어놓을 수 있었다. 폴라는 천천히 방 안을 둘러보고 다시 창가로 와서 바깥 풍경을 향해 창을 열었다. 얼음처럼 차가운 밤공기가 철분이 함유된

4 17~18세기에 유행한 목가적 풍경화로, 궁정이나 대저택의 벽화로 많이 그려졌다.
5 한 가지 색조로 사람이나 전원 풍경을 넣어 날염한 인도 사라사 면. 18세기에 파리 근교의 주이앙조자스에서 생산되기 시작하고 유행하면서 〈주이 면〉이라고 불린다.

냄새를 신고 방 안으로 밀려들었지만, 폴라는 한참 그
대로 창밖으로 몸을 내밀고 있었다. 천체 가득 퍼져 있
는 전자파의 웅얼거림을, 아주 오래된, 138억 년이 담
겨 있는, 엄청난 섬광과 함께 물질을 벗어나서 우주 전
체로 흩어져 나간 빛 속에 우리의 존재를 적시는 우주
배경 복사 전자기파를 느끼려는 걸까. 그녀는 라스코
언덕을 바라보았고, 그러다 갑자기 창문을 닫은 뒤, 옷
을 그대로 입은 채 이불 속으로 들어갔다.

깨고 나서 보니 정면의 언덕이 생각보다 높고 가깝다. 언덕이 거의 손으로 만져질 것 같고, 폴라는 어제 소년이 말한 얘기를 떠올린다. 바로 그 순간부터 동굴을, 마치 그릇 속의 힘이 들어 올린 탓에 불룩해진 뚜껑을 닮은 저 언덕이 분명하게 발산하는 동굴의 존재를 감지할 수 있고, 폴라는 곧바로 조나스에게 전화해서 말한다. 당연하지, 조나스가 대답한다. 그곳에 동굴이 있으니까. 아무도 볼 수 없지만 모두 생각하니까. 누구나 항상 그 동굴을 생각하잖아.

폴라는 자전거를 타고 시내를 지난 뒤 베제르강을 따라 달리며 몽티냐크를 벗어난다. 날씨가 춥고 공기 속에 미세한 얼음 조각이 쐐기처럼 박혀 있는 것 같다. 도랑들에는 물이 차 있고 들판에서는 김이 피어오른다.

동물들은 눈에 띄지 않지만 흔적이 남아 있다. 여우나 오소리 혹은 산토끼가 지나갔는지 풀밭 가장자리에 풀이 꺾여 있고, 울타리 철책에는 지나가다 걸려서 뜯긴 털이 보인다. 이렇게 강을 따라가며 자연과 하나가 되어 달려 본 게 얼마만인가. 사실 자전거를 타는 것 자체가 오랜만이다. 자꾸 폴라의 생각이 조나스를 향해 간다. 처음에는 제 길을 벗어나는 것처럼 느릿하고 조용하게 조나스로 빠지더니, 점점 더 빠른 속도로 조나스를 향해 달려간다. 그녀가 라스코에서 일하기로 한 뒤로 조나스와의 통화가 잦아졌다. 하루에 몇 차례 연락하고, 연락의 간격도 점점 짧아지고 있다. 이제 그가 찾아오는 일만 남았다.

숲을 가로지르는 길이었다. 엔진 소리가 들리고, 폴라는 금방 소리의 정체를 알아챘다. 조용한 시골에서 더욱 증폭되어 들리는 모터크로스 레이스용 오토바이 소리였다. 오토바이 세 대가 나무들 사이로 달리고, 땅에 두껍게 쌓여 분해되고 있는 나뭇잎들 위로 미끄러지듯 나아갔다. 폴라는 계속 자전거 페달을 밟았고, 그녀의 등 뒤로 오토바이 소리가 작아졌다. 하지만 자전거가 굽잇길을 돌자마자, 언덕 경사면에 다시 나타난 오토바이 세 대가 마치 세 마리 말처럼 길을 내려다보며 나란히 서 있었다. 폴라는 속도를 늦췄다. 가운데 오토

바이, 아이스블루 빛깔의 작은 야마하 오토바이에 불꽃
이 그려진 헬멧을 쓴 아이는 발미였다.

괜찮아요? 발미가 으스대며 물었다. 폴라는 한 발을
땅에 디뎠다. 괜찮아. 보다시피, 한번 돌아보는 중이야.
동굴은 저쪽이지? 폴라가 묻고, 발미가 두 친구를 쳐다
보며 키득댔다. 더 가야 해요, 하지만 가도 아무것도 없
어요. 닫혀 있다고요. 말했잖아요. 아이들이 액셀러레
이터를 잡은 손목을 세차게 돌리자 오토바이가 부릉부
릉거렸고, 그 순간, 폴라의 귀에 열두 살 무렵에 좋아했
던, 최대한 가까이 가고 싶었던 소리가 다시 들려온다.
사촌 오빠들이 근방에서 제일 조용한 큰 집을 골라 그
뒤편 숲속에 모일 때 폴라도 따라갔다. 오빠들은 주문
대로 개조된 오토바이 주위로 몸을 웅크리며 모여 섰고
어른 흉내를 내며 피스톤, 컴프레서, 케이블, 디스크에
대해 이야기했고 액셀러레이터와 브레이크를 작동시
켜 보았다. 그들은 어린 폴라의 존재를 무시했지만, 스
톱, 내가 데리고 탈게, 큰오빠가 말했다. 그는 풀페이스
헬멧을 쓰고 오토바이에 올라앉고 선옐로 빛깔의 셔츠
를 마치 깃발처럼 나부끼며 숲속으로 달려갔다. 차례를
기다려야 하는 사촌들은 제일 먼저 오토바이에 오르는
특권을 차지한 큰형이 뒷사람들을 위한 기름을 남겨 두
지 않고 계속 탈까 봐 초조해했다. 폴라는 등 뒤에 붙어
있으라는, 떨어질지 모르니 허리를 꽉 붙잡고 머플러에

서 나오는 배기가스에 장딴지를 델 수 있으니 발을 앞으로 뻗고 있으라는 오빠의 말대로 바짝 붙어 앉았고, 오토바이가 자갈에 부딪히며 흔들리고 제멋대로 지그재그를 그리기 시작하자 입술을 깨물었다. 입 안으로 들이닥치는 먼지바람 때문에, 오빠의 뒤에 바짝 붙어 앉은 탓에 바로 앞에 놓인, 최근에 이발해서 하얀 살 위에 머리카락이 잘려 나간 자국들이 마치 반짝이는 점들처럼 늘어선 목덜미 때문에 숨이 막힐 것 같았다. 오빠가 오토바이 앞바퀴를 들고 〈꽉 붙잡아!〉라고 소리칠 때 어린 폴라는 비명을 지르지 않으려고, 울지 않으려고 버텼다. 오토바이가 결국 넘어졌고, 다리 한쪽이 멍든 폴라는 몇 주 동안 절뚝거리며 다녔다. 그리고 진흙투성이 청바지 차림으로 오토바이를 타고 숲속을 누비는 오빠들에게 다시는 가까이 갈 수 없었다.

폴라는 몽티냐크로 돌아온 뒤 내친김에 오른쪽 언덕 방향으로 들어섰고, 라스코 IV[6] 건설 현장이 곧바로 나타났다. 폴라는 담 너머를 두리번거려 보았지만 공사가 어느 정도 진척되었는지 알 수 없었다(쌓여 있는 자재들, 원색의 기계들, 설치되어 있는 크레인들). 전날

6 1983년, 라스코 동굴 가까운 곳에 복제 동굴 〈라스코 II〉가 공개되고 〈라스코 III〉가 해외 전시를 위해 만들어졌다. 일부만을 복제한 〈라스코 II〉와 달리 거의 대부분을 다시 복제한 〈라스코 IV〉는 2016년에 공개되었다.

작업장의 홀에 붙은 투시도와 건축 설계도에서 본 대로, 근방에 많이 발견되는 바위 그늘집 유적의 형태로 옆으로 길쭉하게 생긴 콘크리트와 유리 전면을 짐작할 수 있을 뿐이었다. 자전거를 세우고 서 있다 보니 한기가 들었다. 그만 돌아가야 했지만, 멀리서 오는 충동의 힘에 떠밀려 폴라는 계속 페달을 밟았고, 굽잇길을 지나 다시 왼쪽으로 틀어 숲으로 들어섰다.

　길 위로 안개가 떠다니고, 좁고 길게 뻗은 숲(소나무, 떡갈나무, 밤나무)이 그야말로 장관이었다. 공기 속에 이끼와 버섯의 냄새, 층층이 쌓여 부패해 가는 나뭇잎들 아래 나무뿌리들 사이에서 번식하는 것들의 냄새가 났다. 잠시 후 역사 유적지 표시를 붙여 봉인한 문이 나타났고, 높은 철책도 보였다. 그녀는 좀 더 살펴보기 위해 자전거에서 내려섰다. 저쪽으로 몇 미터 가면 동굴로 내려가는 입구가 있을 것이다. 사방이 고요했기에 더욱 명료했지만, 폴라는 동굴의 문으로 이어지는 완만한 경사의 계단을 곧바로 찾아내지 못했다. 한참 바닥을 살펴본 뒤에야 눈에 잘 안 띄게 숨어 있는 통로를 간신히 찾아냈다. 폴라는 혹시 올라갈 만한 나무가 없는지 두리번거리며 살폈다. 2미터 정도의 나무면 충분하다. 그녀는 동굴로 들어가는 문을 보고 싶었다. 하지만 나무들마다 철조망이 감겨 있었고, 결국 포기하고 까치발을 들어 보니 문 제일 윗부분의 가로대가 보였다. 그 순간, 생각했던 것과 너무 달라서, 그녀는 아주 큰 충격에 빠졌다(보이는 모습대로는 그야말로 아무것도 아니었다). 어떤 형태의 부재는 존재만큼이나 강렬하다. 이마를 철책에 붙이고 바로 앞에, 10미터도 안 되는 거리에서 열릴 세계, 예술의 탄생을 품은 신비스러운 동굴을 보면서 폴라는 그렇게 느꼈다.

폴라는 땅 아래 동굴을, 구석진 곳에 숨어 있는 아름다움을, 마그달레니아기[7]의 밤을 달리던 동물들을 상상했다. 그리고 생각했다. 동굴 속의 그림을 더 이상 보는 사람이 없을 때 그 그림은 존재하는 걸까?

7 후기 구석기의 마지막 단계인 기원전 17000~기원전 12000년 시기로, 특히 서유럽 지역의 구석기 문화를 지칭한다.

관광객을 맞을 준비를 마친 라스코 동굴은 1948년 7월 14일부터 1963년 4월 20일까지 일반 사람들에게 공개되었다. 방문객들은 창구에서 입장권을 사고 계단을 내려가서, 마치 신전의 입구처럼 동굴을 지키고 있는 청동 문으로 향했다. 어찌나 많은 차들이 언덕을 올라오는지 뒤차의 범퍼와 앞차의 범퍼가 맞닿았고, 숲속에 대기하는 줄이 이어졌다. 동굴을 볼 날을 애타게 기다리던 사람들, 지역 주민들과 선사 시대 역사 애호가들이 제일 먼저 달려왔고(동시에 둘 다 해당되는 사람들도 있었다), 거대한 자석에 끌린 듯 점점 더 멀리서 몰려들고 심지어 오로지 동굴을 보기 위해 국경을 넘어오기도 하면서, 라스코 동굴은 몽생미셸 수도원이나 베르사유궁처럼 꼭 봐야 하는 국가의 문화유산이 되었다. 해가 갈수록 방문객 수가 늘어나서 1955년 3만 명이던 것이 1962년에는 12만 명이 왔고, 하루 최대 입장객은 5백 명, 1962년 여름에는 1천8백 명에 달했다. 가히 열광적이었다. 당시 방문객들의 모습은 쉽게 떠올려 볼 수 있다. 여름휴가를 보내는 가족, 1950년대의 가족이다. 반팔 셔츠를 입은 아버지가 병아리노란색 도핀이나 하늘색 프레가트 때로는 연녹색 아롱드 같은 연한 색깔의 자동차를 몰고, 어머니는 퍼케일 면으로 만든 민소매 원피스를 입고, 마섬유 반바지에 캔버스화를 신은 아이들은 음흉하고 산만한 눈길로 숲속을 살피면서 밑으로는 서로 발을 걸고 발로 차고 있다. 벙거지 모자 혹은 납작한 밀짚모자를 쓴 할머니가 너무 덥다고 불평을 하기도 한다. 동굴을 별로 좋아하지 않았던 사람들은 어둡고 습기 찬, 미로처럼 이어진 긴 통로로 들어가야 한다는 생각에, 하물며 우리와 완전히 닮은 존재라는 사실을 아직은 인정할 수 없는 구석기 시대 인간들이 살던 동굴에 들어간다는 생각에 마음이 불편해진다(잘못된 생각이지만 여전히 이렇게 믿는 사람들이 많다). 그들은 줄 서서 기다리는 동안에 목깃을 올리고, 사피엔스, 팔레올리티크, 클로스트로포비[8]같이 복잡한 라틴어와 그리스어에서 온 단어를 입에 올리고, 반쯤 벌거벗고 힘이 세고 짐승에 가까운 조상들을 떠올리면서

---

[8] 팔레올리티크는 구석기 시대를, 클로스트로포비는 폐소 공포증을 뜻한다.

호모 에렉투스에 대해 농담을 한다. 가까이 선 사람들과 다음 차례에 같이 들어가게 되리라 느끼면서 함께 신경질적으로 웃음을 터뜨리고, 혹시 모를 악운을 쫓아내기 위해 크게 소리친다(안에서 못 나오면 안 되지!). 동굴 안내인에게 입장권을 건네면서 만에 하나 동굴이 무너져 출구가 막혀 버릴 수 있다는 걱정과 산 채로 땅에 묻힐지 모른다는 오래된 두려움이 솟아오른다. 운이 좋으면, 동굴을 찾아낸 네 명 중 하나, 그러니까 마르셀이나 자크[9]를 안내인으로 만날 수 있다. 마침내 한 줄로 동굴 속으로 들어선 사람들은 앞사람과 머리가 닿을 만큼 바짝 붙어 서서, 아이들이 벽화를 볼 수 있도록 안고서, 천천히 나아간다. 눈만 뜨고 있으면 저절로 눈앞에 펼쳐지는 광경에 굴복당해 온몸이 흥분에 휩싸이고, 신비한 수수께끼에 할 말을 잃고, 수많은 질문들이 떠오르고, 마치 성소에 들어온 듯 목소리를 낮추게 된다. 사방에 사나운 짐승들이 살아 있을 것 같은 공포심도 스멀댄다. 이곳에 와 있다는 사실이 자랑스럽기도 하다. 어린 자식들에게 이 장소를 보여 주기 위해, 문화를 누리기 위해, 그래야 제법 제대로 사는 것 같았기에, 때로는 강둑 혹은 시립 수영장 혹은 호두나무 그늘을 마지

9 1940년 9월 8일, 라스코 숲에서 잃어버린 개를 찾던 열여덟 살 마르셀 라비다가 처음 땅속으로 난 구멍을 발견했고, 며칠 후 그가 자크 마르살, 조르주 아니엘, 시몽 코엥카스를 데리고 다시 동굴 안으로 들어갔다.

못해 버렸고 또 때로는 〈호통에 떠밀려〉 나설 수밖에 없었지만, 어쨌든 자랑스럽게 이 자리에 와 있다.

15년 동안 대략 약 1백만 명이 동굴을 보러 왔다. 1백만 명이 동굴 속 그림을 보았다. 세상에 공개되었던 그 15년을 그림이 동굴 속에서 존재해 온 2만 년의 시간에 대어 보면, 2만 년이 하루 스물네 시간이라면 15년은 겨우 1분 3초다. 그 1분 3초는 긴 시간이다. 그것은 사라지는 섬광의 순간이 아니고 사진의 플래시가 터지는 순간도 아니다. 긴 정지의 시간이고 빛이 서서히 배어드는 시간이다. 성냥 열세 개가 연달아 타는 시간. 눈부심이 이어진다. 경이로움. 동굴과 사귀는 시간. 동굴과 접촉하는, 관계를 맺는 시간, 동굴에 전설을 부여하는 시간.

폴라는 라스코의 전설들이 담긴 책을 골라서 곧바로 읽기 시작한다. 라스코 동굴의 발견과 관련하여 서로 포개지고 나란히 놓이고 한데 섞이는 몇 가지 버전, 대부분 암흑에서 빛으로 향하는 극적 구성으로 펼쳐진 이야기들이 폴라를 자극한다. 동굴을 처음 찾아낸 아이들이 전한 설익은 이야기, 그 아이들의 말을 들어주고 제대로 증언하게 한 어른들, 그러니까 교사 혹은 선사 시대 연구자이던 사제들 이야기, 그리고 학자들, 현장으로 달려간 기자들, 시인들, 지역 의회 의원들, 그리고 또 뒤늦게 등장한, 13일에 동굴에 들어갔지만 전설 속에 남지 못하고 사라져야 했던 알자스 소년들[10]의 이야

---

10 9월 12일에는 네 소년(마르셀, 자크, 조르주, 시몽)이 동굴에 들어갔지만, 이튿날에는 다른 알자스 소년들이 네 명 더 들어갔기 때문에 동굴 벽화를 발견한 것은 네 명이 아니라 여덟 명이라는 주장도 있다.

기, 마지막으로 〈그 이야기를 얼마나 좋아했는지 모른다〉던 폴라의 아버지 기욤의 이야기. 그 모든 라스코 이야기의 고리 속에 폴라도 한자리를 차지한다. 주현절이었고, 갈레트를 실컷 먹고 술도 조금 취해서 방으로 돌아온 날이었다(작업 추진 일정이 여러 차례 변경되었고 도르도뉴도 의회의 대표자 두 명과 세미투르[11]의 국장 한 명이 『쉬드우에스트』[12]의 기자를 대동하고 작업장을 찾아왔다가 경탄하며 돌아간 그날, 모두 일과를 마친 뒤 긴장을 풀고 왕을 뽑았다).[13] 폴라는 조나스에게 전화를 걸었다. 라스코 이야기를 들려줄게. 그 순간에 폴라의 얼굴과 목소리는 횃불을 밝혀 든 소년의 얼굴과 목소리가 된다.

폴라는 곧 자신의 이야기를 역사의 한 순간으로 동기화하고, 동굴이 있는 언덕을 그 언덕을 둘러싼 세상에 봉합한다. 나치의 밤이 유럽에 들이닥치고, 프랑스가 치욕스럽게 패주하고, 원수가 비시에 자리 잡고,[14] 경

11 1998년에 도르도뉴도 의회의 결정으로 세워진 회사로, 페리고르 지방의 문화재들과 관광 산업을 관리한다.
12 남서쪽이라는 뜻으로, 프랑스 남서부 지역의 중심지인 보르도에서 발간되는 일간지다.
13 가톨릭의 축일인 주현절에는 〈왕의 갈레트〉를 굽고 빵을 나누어 먹을 때 자신의 조각 안에서 잠두콩(18세기 말부터 작은 도자기 인형을 대신 넣는다)이 나온 사람이 왕이 된다.
14 제2차 세계 대전 중에 프랑스 땅은 독일군이 주둔한 북쪽 점령 지

계선이 그어지며 몽티냐크는 자유 지역에 남고, 피난민들이 이주해 왔고, 그중에 몽트뢰유에서 온 유대인 코앵카스 가족이 있었고, 알자스 엘젠하임의 거의 전 주민, 당시 도르도뉴 인구의 두 배에 해당하는 40만 명 가까이가 옮겨 왔다. 폴라는 핸드폰 마이크를 입 가까이 대고 조용히 라스코 이야기를 시작한다. 그녀의 목소리가 밤의 어둠 속에 퍼져 나간다. 여름이 끝나 갈 무렵이었어. 네 명의 소년이 숲속을 걷고 있었지.

카르스트 지형의 9월. 소년들은 언덕 능선을 오른다. 메마른 흙이 알갱이 같고, 신발 밑창에 작은 자갈들이 밟힌다. 메아리치는 발소리, 함성처럼 울려 퍼지는 목소리가 멀리서도 들린다. 잿빛 잡목들이 바스락대고, 흔들림 없이 서 있는 떡갈나무에서 새들이 졸고 있고, 독뱀들이 때를 기다리며 도사리고 있고, 개미들이 부지런히 돌아다닌다. 대기는 목말라 있다. 1940년 9월 12일, 목요일이다. 언덕을 오르는 소년들은 더 이상 아이가 아니지만 여전히 보물을 찾는다(유년기는 원래 쉽게 떠나지 않는 걸까?). 폴라는 잠시 이야기를 멈춘다. 지치지 않고 온갖 재료를 복제하느라 바빴던, 목재를 문지르고 대리석을 파고들고 세상을 긁어내던 자신의 모습을 떠올린다. 나 역시 보물을 찾는 거야. 그녀가

역, 비시를 수도로 삼아 페탱 원수가 통치하는 남쪽의 친독 자유 지역으로 분리되었다.

생각한다. 나에게 주어진, 어디선가 나를 기다리고 있는 보물.

폴라가 이야기를 이어 간다. 소년들 중 한 명이 다른 아이들보다 나이가 많다. 큰 키와 넓은 어깨, 들고 있는 짐만 봐도 알 수 있다(테칼레미트사 오일펌프를 조립해서 만든, 심지가 튼튼한 석유램프도 있다). 소년은 목적지를 알고 있다. 앞장서서 일행을 안내한다. 몽티냐크의 자동차 정비소에서 일하는 열여덟 살 난 수습공, 이름이 마르셀이고, 1930년대의 영화 「레 미제라블」에서 장 발장 역을 맡았던 아리 보르를 닮은 외모 때문에 별명이 바냐르[15]였다(배우들의 이름과 작중 인물들의 이름이 이미 사람들 입에 오르내렸고, 바냐르는 몽티냐크 주민들의 눈앞에 영화가 되어 다시 나타난 문학의 이름이었다). 마르셀 라비다, 이야기의 주인공이다. 그가 이야기를 끌어간다. 다른 셋은 더 어리다. 조르주 아니엘은 열일곱, 자크 마르살은 열넷, 시몽 코앵카스는 열세 살이다(아이들 맞나?). 사실 그들은 우연히 그 길에 들어섰다. 몽티냐크 거리에서 마주친 마르셀이 같이 가자고 한 것이다. 이 얘기를 하면서 폴라는 발미와 그의 친구들, 옛날 동굴을 찾은 소년들처럼 라스코의 숲 속에서 신나게 즐기는 아이들을 떠올린다.

마르셀은 생각해 둔 계획이 있다. 나흘 전, 그러니까

15 프랑스어로 도형수라는 뜻이다.

9월 8일에 〈소리를 들어 본〉 구멍에 다시 가보려 한다. 나흘 전에 친구들과 몽티냐크에서 남쪽으로 1킬로미터 쯤 떨어진 언덕 위 라스코성 뒤편으로 갔는데, 데리고 올라간 개 로보가 갑자기 사라졌다. 덤불에 가려진 구멍, 전에 돌풍이 불 때 커다란 나무 한 그루가 뿌리째 뽑히면서 생긴, 그가 이미 알고 있던 약 1미터 깊이의 구멍에 빠진 것이다. 로보를 찾던 마르셀은 원래 구멍보다 더 좁은 다른 구멍을 보게 된다. 그는 돌멩이를 떨어뜨리고, 돌이 몇 초 후에 바닥에 닿는지 귀를 기울여서 구멍의 깊이를 가늠해 본다. 바닥에 닿았다가 튀어 오른 돌이 이후에 흙더미 위를 구른 것에 미루어 땅속의 모양도 짐작할 수 있다(움푹하고, 넓고, 공기가 통한다. 그 정도면 들어갈 만한 자리가 있다. 저 안에 무언가 있고, 모험이 기다린다). 이후에 이어진 모든 것은 구멍에 던져진 돌멩이가 야기한 청각적 반향에서, 좁은 수직 통로로 떨어지는 돌이 마르셀의 귓속에 만든 끊임없는 떨림에서 비롯된다(폴라를 달아오르게 만든 가설이다). 돌멩이 소리가 너무도 고집스럽고 너무도 아름답게 떨림을 이어 갔기에 마르셀은 나흘 낮과 나흘 밤 뒤 필요한 물건을 챙겨 들고 다른 친구들과 함께 다시 나선 것이다. 폴라의 목소리도 조나스의 귓속에 반향을 일으키며 이미지들, 그녀의 얼굴, 그리고 말소리와 함께 움직이는 그녀의 두 손을 불러들인다.

네 소년은 마치 이마로 길을 내려는 듯 고개를 숙이고 걷고, 빠르지만 그렇다고 지나치게 서두르지는 않는 걸음으로, 막대기를 주워 든 뒤 알 수 없는 손짓으로 휘두르면서 나뭇잎을 후려쳐 가며 걷고, 작은 소리로 말을 주고받는다. 불알을 치고받고 한 얘기, 침 뱉고 욕한 이야기, 알자스와 로렌에서 온 사람들 이야기다. 아무도 보물 이야기는 꺼내지 않는다. 소년들이 숲을 지나서 오솔길을 오르는 장면을 상상하면서 폴라는 견장정에 볼드체로 제목이 쓰어 있던 로즈 총서[16]의 『다섯의 클럽』[17] 이야기를 떠올린다. 그 얘기 알아? 조나스? 폴라가 불쑥 묻는다. 용감한 아이들이 서 있고 그 사이에서 개 다고베르가 짖던 거 생각나? 알지. 조나스가 말한다. 계속해 봐.

마르셀은 다른 아이들에게 라스코성의 지하 통로를 찾은 것 같다고 말했다. 그 말만으로도 아이들은 어쩔 줄 모른다. 마을에서 언덕까지 비밀 지하 통로가 있다는 소문이 오래전부터 있었기에 모두 그 통로가 정말 있다고 믿고 있었고, 마르셀의 말에 귀를 기울이는, 마르셀에게 깊은 인상을 받은 아이들은, 마을 어린애들 대부분과 옛 향토 사료를 연구하러 오는 베레모를 쓴

16 프랑스의 아세트 출판사가 발간한 아동 청소년 총서 중 하나로, 6~12세를 대상으로 한다.
17 영국의 동화 작가 이니드 블라이턴이 쓴 모험 시리즈로, 네 명의 아이들과 개 한 마리가 함께 떠나는 이야기다. 원제는 〈The Famous Five〉다.

학자들이 그러듯이, 지하 통로를 꼭 찾아내고 싶다(여름에, 방학 중에, 뜨거운 마당을 이리저리 뛰어다니는 강아지처럼 방황하는 열세 살 아이에게 무언가를 하자고 나서는 열여덟 살짜리가 얼마나 강한 인상을 주는지 폴라는 정확히 알고 있다). 그들은 망설이지 않고, 중세 때부터 있어 온 오래되고 신비스러운 금지된 땅으로 들어간다. 관리인 따위는 신경 쓰지 않는다. 귀족들, 파리 사람들, 주인들, 그들은 어차피 오지도 않는다. 소문은 흔히 그렇듯이 비틀리고 집요한 전설의 논리와 합쳐진다. 원래 성이 있으면, 그런데 성이 있으니, 그러니 지하 통로가 있다. 포위 공격이 이어져서 식량과 물과 양초가 부족해질 때를 대비해서 파놓은 지하 통로가 분명히 있고, 적이 성벽에 불을 지르며 침략하고 무거운 갑옷을 입고서도 빨리 싸움을 끝내기 위해 큰 탑의 좁은 나선 계단으로 들이닥칠 때를 대비한 탈출로, 아버지를 업고 한 손으로 아이를 안고 다른 손으로 횃불을 들어 길을 비추면서 빠져나가기 위한 길이 틀림없이 어디엔가 있다. 천장이 너무 낮아서 고개를 숙인 채 걸어가고, 벽에 물기가 배어 나오고 작은 짐승들이 푸드득거려도 계속 나아가고, 막다른 공간에 막히고 혹은 똑같은 갈림길 앞에 놓이는 미로의 불안과 싸우면서, 횃불이 꺼지지 않을까 산소가 고갈되지 않을까 함정에 걸리지 않을까 산 채로 묻혀 버리지 않을까 공포에 시달리며 그래도 가야 하는 길이 있다. 성이 있으니 분명 탈출로가 있다. 긴 통로, 계속 따라가면 영롱한 바깥세상의 빛을, 희미한 햇빛 혹은 달빛 없는 밤의 어둠을, 얼굴에 와 닿는 신선한 공기를 만날 수 있는 곳, 가시덤불, 진창, 흙이 보이고 세상으로의 귀환이 보이는 곳으로 이어진 길. 마르셀의 귓속에서 돌멩이가 떨어질 때 환히 모습을 드러낸 이미지들이다.

포커 마지막 판에 남은 판돈을 다 걸어 버리는 노름꾼들처럼, 판에서 밀려나지 않기 위해, 살아오면서 한 약속들을 지키기 위해, 소년들은 〈어디 해보자〉며 언덕을 오른다. 드디어 시작 지점에 이른다. 폴라는 바닥을 내려다보는 네 쌍의 눈을 그려 본다. 조그만 검은 구멍에 대고 뭔가 물어보겠다는 듯 뚫어져라 바라보기. 어이, 어이, 누구 없어요? 소리치기. 머리를 들이밀기에는 너무 좁고, 하지만 흙냄새, 사람 살갗의 주름 사이에서 나는 냄새만큼이나 내밀한 냄새를 발산할 수 있을 만큼 넓은 구멍이다. 잠시 후 마르셀이 자동차용 완충 스프링을 꺼내고, 한 사람씩 번갈아 그 스프링으로 구멍을 넓힌다. 한 시간 넘게 이어진다. 제일 큰 마르셀이 끈기를 보이고, 그 모습에 고무된 아이들도 힘을 보여 줄 기회를 놓치지 않는다. 잠시 후 구멍이 넓어지고, 소년들은 목표를 실행하러 간다. 그들은 내려간다. 다시 말하면, 그곳이 지하 통로라고 믿는다.

동굴은 발견된 순간에 이미 상처 입는다(폴라는 이야기를 잠시 멈춘다. 핸드폰을 그대로 손에 쥐고서 신발과 양말을 벗고 침대로 올라간다). 깊이 팬 구멍을 통해 바깥과 안이 이어지고(처음 발견 당시는 가로 약 20센티미터였는데 한 달 후에는 가로세로 5미터가 되었다), 그 접촉으로 인해 무언가 사라진다. 그렇게 오랜 세월 동안 쌓여 온 원추형 돌무더기가 내려앉고, 바깥 기후와 물과 공기를 막아 주던 마개가 사라지고, 동굴 내부 공간의 안정성이 흔들리고, 공기와 물과 암석 사이에 빈틈없이 존재하던 관계가 깨진다. 2천 년 동안 지속되어 오던 것이 무너진다.

남의 집을 털러 들어가거나 동굴을 탐사하러 갈 때 보통은 키가 제일 작고 호리호리한 사람이 앞장서서 정찰병 역할을 하지만, 이번에는 마르셀이 먼저 들어가고 나머지 셋은 위에서 귀를 기울이며 기다린다. 마르셀의 발이 바닥에 닿고, 동굴 안에 무사히 내려선다. 특별히 빌려 온 피종 램프도 내려온다. 마르셀은 주변을 비춰 본다. 그가 내려선 곳은 원추형으로 쌓여 있는 돌무더기다. 그는 엎드려서, 배를 돌에 긁혀 가며, 종유석이 등에 닿지 않도록 조심하며 벽 사이를 기어 내려간다. 아주 천천히 내려간다. 램프는 어떻게 들고 갔을까? 조나스가 궁금해한다. 드디어 통로가 넓어지고 방처럼 생긴 공간이 나타난다. 마르셀이 나머지 일행을 부르고,

모두 내려온다. 동굴 내벽에 아이들의 그림자가 희미하게 어른대고, 아이들은 목소리를 낮춘다. 돌멩이 때문에 아팠겠네. 조나스가 생각한다. 끝까지 가늠하기 힘든 것은 소년들이 도중에 돌아 나오지 않고 계속 어둠 속을 기어 내려간 대담한 용기다. 바닥에 다시 모인 소년들의 눈에 장소가, 비현실적인 벽의 굴곡과 웅덩이들과 평평한 석회석이 나타난다. 여긴 라스코성의 지하통로가 아니다. 이 상태로 보면, 분명 동굴이다. 선사시대의 터가 집중적으로 분포된 지방이니 터무니없는 생각은 아니다. 소년들이 조심스레 나아가고, 양쪽 벽사이가 좁아지고, 좁고 긴 통로가 이어진다. 그들은 아직 아무것도 보지 못했다. 여기까지 내려와도 아직 그림은 없다. 그 순간에도 그림들은 어둠에 묻힌 채로, 살아서, 멈춰서, 아주 희미한 불빛만 다가와도 움직일 준비를 하고 있었으리라 생각하며 조나스는 전율한다. 그때다. 자크가 고함을 지르며 머리 위를 가리킨다. 임시로 조립한 램프 불빛에 비친 흰색의 둥근 천장에, 그야말로 강렬한 형체들이 모습을 드러낸다. 바다에서 펄럭이는 돛처럼 흔들리는 불빛 때문일까, 동물들이 정말로 줄지어 달려가는 것 같다. 소년들은 겁먹지 않고 램프를 높이 치켜들어 그림들을 본다. 사슴, 작은 말, 황소. 소년들은 동물의 행렬을 호위하며 벽을 따라 계속 나아가고, 그 길의 끝에 이르렀을 때 마치 이제 돌아 나가야 한다는 신호인 듯 말 한 마리가 네 다리를 허공에 둔 채 나자빠져 있다. 달아오른 램프가 뜨거워져서 어차피 그 만 나갈 수밖에 없다. 조나스는 약해져 갔을 램프 불빛 을 떠올리며 어쩌면 그림이 직접, 동굴에 들어온 소년 들에게 자기들을 바라볼 시간을 제한한 것일지 모른다 고 생각한다. 눈부심의 시간, 그 시간이 지나면 그 자체 에 각인된 존재인 어둠이 기억의 항적 위에 다시 형성 되고, 그만 돌아가고 싶어진다.

해 질 무렵에 동굴을 나서는 소년들의 얼굴, 주고받 는 말, 언덕을 내려가는 길 위에 울려 퍼지는 신발 소리. 조나스는 계속 생각한다. 폴라가 이어 간다. 전부 달라 졌다. 워낙 익숙해서 지붕과 창문 모양까지 알고 있는 집, 아주 작은 나무 덤불까지 전부 알고 있는 풍경이 더 이상 전과 같지 않다. 표면적으로는 달라진 게 없지만, 이제 그 풍경 안에는 그들만이 알고 있는 은밀한 세계 가 숨어 있다. 아이들이 집에 돌아왔을 때 어른들은 알 아차렸을까? 그 아이들에게 무슨 일이 일어났음을, 모 든 게 움직였음을, 소년들의 중력의 중심이 언덕 아래 로 옮겨 갔음을 알아차렸을까? 아이들은 저녁 식사 자 리에 늦게 나타났다. 옷은 흙투성이고 싸움이라도 벌인 듯 몸에 멍 자국도 보였다. 분명 피곤하고, 많이 놀랐 고, 여전히 어리벙벙했다. 머릿속에는 오로지 낮에 본 광경과 내일 다시 가기로 한 약속뿐이다. 그래도 소년들은 몽티냐크의 다른 아이들과 달라 보이지 않았다. 모습이 변하지 않았고 말을 더듬지도 열에 들뜨지도 않았다. 어떤 종류의 상처도 그 어떤 강렬한 경험의 흔적도 없고, 기껏해야 평소보다 조심스럽고 조용했을 뿐이다. 어쩌면 그 아이들은 그 첫째 날 저녁에 이미 자신들이 더없이 귀중한 무언가를 찾아냈음을 직관적으로 알지 않았을까? 조나스가 묻는다. 폴라는 알 수 없다. 그저 모두 놀라고 동시에 혼란스러운 흥분에 빠졌으리라고, 보물을 찾았다고 굳게 믿었으리라 상상해 본다. 소년들은 비밀을 지키기로 하고, 동굴의 보호자이자 수호자로 나선다. 그리고 그 비밀과 함께 영원한 4인조가 탄생한다. 마르셀, 자크, 조르주, 시몽. 그들은 몽티냐크의 정비공이고 카페 레스토랑 르 봉 아쾨유의 아들이고 방학을 맞아 할머니 집에 놀러 와 있던 노장쉬르마른의 소년이고 몽티냐크에 피난 와 있던 유대인 소년이다.

이튿날인 9월 13일에는 다섯 명이 언덕으로 향했다. 시몽이 동생을 데려오는 바람에 비밀 수호자 모임이 커져 버린 것이다. 그들은 동굴 안을 체계적으로 탐험하려고 카바이드등 몇 개와 삽과 밧줄도 가져왔다. 그리고 한 줄로 서서 입구의 좁은 길을 지나고 천장이 낮은 경사진 길을 조심스레 내려간다. 흥분이 몰아쳤던 전날과 달리 아찔한 현기증이 느껴진다. 마법 같은 환희다.

정찰이 시작되고, 환희 속에서 체계적 방법은 설 자리가 없다. 폴라는 생각한다. 소년들은 빨리 걷고 흩어지고 서로를 불렀으리라. 감탄이 점점 커지고, 아마도 영원히 이어질 기세였으리라. 저기, 첫 번째, 이상한 동물은 말인데 길쭉하고 가느다란 검은색 뿔이 달려 있다. 뿔만 보아도 움직이고 있음을 알 수 있고 방향도 알 수 있다. 또 저기, 황소들, 작은 검은색 말들, 그리고 달려가는 사슴 네 마리, 야생 염소 한 마리. 또 저기, 검은색 사슴, 그리고 황소 옆구리에 곰 한 마리. 말 두 마리의 목 사이로 다른 말 머리들이 솟아올라 있고, 말 엉덩이들이 옆으로 삐져나오고, 갈기들이 곤두서 있다. 모든 게 뜨겁고 움직이고 살아 있고 소리를 낸다. 아름다움은 마침표가 없고, 아름다움은 끝나지 않는다. 소년들은 계속 옆길로 빠지고 다른 공간들을 더 찾아낸다. 조르주가 첫 번째 방에서 옆으로 이어지는 길을 발견하고 일행을 부른다. 이쪽으로 계속 이어져 있어! 그는 좁은 길로 들어서고, 15미터쯤 가자 다시 좁고 긴 방이 나온다. 그곳은 높고 경사가 심해서 코니스처럼 튀어나온 자리까지 올라가야 그림을 볼 수 있다. 이번에도 말, 몸에 화살이 꽂힌 들소, 살찌고 커다란 검은 암소, 등을 맞댄 들소, 사슴 머리 네 개이다(어쩌면 사슴 한 마리의 이동을 표현한 게 아닐까?). 그런 뒤에도 이어진다. 그림이 계속 나온다. 다시 오른쪽으로 좁은 통로가 있다.

비스듬히 불을 비춰 보니, 둥근 천장에 여기저기 동물 형상들이 가득 새겨져 있고 어찌나 빼곡하고 어찌나 활발하게 한 덩어리로 움직이는지 하나하나 알아보기 힘들 정도다. 아름다움은 계속된다. 듣고 있어, 조나스? 폴라가 묻는다.

셋째 날, 소년들은 다시 동굴로 간다. 아직 아무한테도 말하지 않았다. 삶에 새로운 측지 좌표가 부여된 뒤로 그들은 겉모습과 행동거지와 잠과 식욕이 달라졌다. 전쟁 중이었고, 나라가 어수선해 개학도 늦춰졌고, 누구도 아이들에게 신경 쓸 여력이 없이 어른들의 관심은 다른 데 가 있었다. 아무도 걔들을 건들지 않았어. 폴라가 결론 맺는다. 그날 소년들은 위험을 무릅쓰기로 한다. 마르셀은 전날 갔던 곳, 동물이 가득 새겨진 둥근 지붕 아래쪽으로 더 이상 가지 못하고 포기한 구멍 속에 내려가 보기로 한다. 5미터 정도 되는 깊은 구멍이고, 밧줄이 너무 짧아서 뛰어내려야 한다. 램프를 떨어뜨리면 안 된다. 무모하게도 마르셀은 뛰어내린다. 그가 몸을 일으켜서 램프를 비추자 벽에 사람 형상이 나타난다. 지극히 섬세하게 그려진, 머리가 새이고 손가락이 네 개고 성기가 발기된 남자다. 그 남자 앞에는 상처 입은 들소가 쓰러져 있고, 뒤편으로 코뿔소 한 마리가 멀어지고 있다. 이곳, 어두운 〈우물〉 속은 다른 곳과 분위기가 다르고, 수수께끼 같고, 죽음이 나타난 것 같다. 여전히 폴라의 말을 듣고 있는 조나스는 마르셀이 눈앞의 광경에 사로잡혀 걸음을 멈추고 전율했으리라고, 다른 세 명이 뛰어내리기 전에 어서 위로 올라가야 할 것만 같은 불안을 떨쳐 내야 했으리라고 상상한다. 이것이 동굴을 찾아낸 소년들의 마지막 일화이고, 이제 아이들은 어른들한테 말하기로 한다.

사흘 동안 동굴 속을 돌아다닌 소년들은 다시 사흘 동안 자신들의 세계를(자신들이 알게 된 공간과 시간을), 대단했던 일을 펼쳐 놓았다. 배낭, 밧줄, 조립한 램프, 찢어진 옷, 육체적 위험, 그리고 동굴로 내려가는 순간에 드러낸 젊음, 어려움을 헤쳐 나가는 힘, 상상력, 그리고 어둠 속을 더듬어 탐사하기로 동의한 모든 것.

케이트가 다시 등장한 날 낮게 내려앉은 반사광 없는 하늘에서 눈이 내렸고, 아스팔트에 닿은 물컹한 눈송이들은 부드럽게 땅을 토닥인 뒤 곧바로 풍경 속에 흡수되어 사라졌다. 작업장에 다 와갈 때쯤 폴라의 손안에서 핸드폰이 조용히 진동했다. 화면 위에 이모티콘들이 연달아 등장하고(태양, 비키니, 물고기) 곧이어 동영상 링크가 나타났다. 폴라는 그 링크를 누른 뒤에 제대로 보기 위해 작업장 입구의 지붕 밑으로 갔다. 핸드폰 화면에 잠수 클럽, 타일 깔린 탈의실, 네오프렌 합성 고무 잠수복 슈트를 밑에만 입고 위쪽은 허리 밑으로 늘어뜨려 놓은 사람들이 있다. 폴라는 곧바로 케이트를 알아본다. 이어 바다 한가운데 떠 있는 보스턴 웨일러 보트 갑판의 덮개 아래 모인 사람들이 나타났다. 여덟 명에서 열 명 정도, 얼굴이 불그스레하고 배가 하얀 사람들.

케이트는 삼각형 비키니 브래지어를 입었고(그녀의 가슴 무게를 떠받치기에는 적합하지 않은 형태다) 팔에서는 이미 고래들이 활기를 띠고 있다. 허리에서 끈을 묶는 수영 팬츠를 입고 낡은 흰색 티셔츠를 걸친 남자가 마르세유 억양으로 사람들에게 안전 수칙을 일러 주고, 케이트가 남자의 말에 귀 기울이는 동안 그의 레이밴 에비에이터 선글라스에 하늘이 비친다. 보트가 흔들리면서 동영상 화면도 올라갔다 내려갔다 하고, 폴라는 속이 울렁거려 멀리 라스코 언덕으로 시선을 돌린다. 케이트는 바다에서 고래들과 함께 헤엄치기 위해 레위니옹에 가 있었다. 보트 가장자리 밧줄에 걸터앉은 케이트가 카메라를 향해 엄지를 들어 올렸고, Let's go to the real world(실제 세계로)!라고 또박또박 외쳤다. 그녀는 흉곽과 어깨를 부풀리는 과장된 심호흡을 하면서 잠수 마스크를 들었고, 앞서 출발한 두 사람을 따라 곧바로 물에 뛰어들었다. 한 사람씩 뛰어들 때마다 하늘과 바다 사이에 점 같은 구멍들이, 거품 이는 분화구들이 생겼다. 동영상은 물속, 심연처럼 깊은 신화적인 바닷속에서 이어졌다. 대성당만큼 거대한 혹등고래 한 마리, 그리고 그 고래의 등 위쪽 10미터 정도 되는 곳에 케이트가 떠 있다. 고래는 천천히 지그재그를 그리며 헤엄쳐 짙푸른 바닷속으로 사라지고, 잠시 후 다른 쪽에서 암흑처럼 짙고 육중한 몸집이 다시 나타난다. 너무

나 거대한(무게 25톤에 길이 15미터, 5층 건물 한 채 크기다) 고래가 세상의 척도를 바꾸어 버렸기에 케이트는 그야말로 하찮은 존재, 반투명 천장에 역광으로 비친 그림자 하나, 해초 하나에 지나지 않는다. 고래는 대양 전체를 집으로 삼아 거대한 고요 속을 오가고, 고래의 존재는 단절 없는 세상, 모든 것이 공존하는 유동적인 연속성, 시간의 왕국을 드러내 보인다. 이따금 고래가 물 위로 올라오면 한순간 고래의 등이 케이트의 시야 전체를 차지하고, 그럴 때 케이트는 겁먹지 않고 숙지한 지시 사항을 따라 마치 인어가 된 듯 오리발을 끼운 두 다리를 붙이고서 가만히 움직인다. 고래는 햇빛에 살갗을 씻어 내고 돌기를 턱뼈 쪽으로 밀어 올려 물을 뿌리며 숨을 내쉬고 다시 물속에 들어가기 전에 창백한 배, 그 충격적인 배를 드러내 보인다. 바로 눈앞에서 고래가 분명하게 모습을 드러낼 때, 유령 같은 그림자가 단 몇 초 만에 뚜렷해지고 치명적이 될 때, 폴라는 공포심에 침을 삼킨다. 하지만 화면에서 케이트는 그 거대한 물고기에 매혹되어 가까이 다가가려 하고, 인간의 모습을 벗어던져 케이트가 아닌 존재가 되고, 부유하는 생물들과 함께 떠다닌다. 마침내 고래가 노래를 시작하고, 턱없이 먼 거리까지 닿을 수 있는 초음파 탐지로 1천 해리 밖에 있는 먹이를 찾고 혹은 장애물을 감지할 수 있는 저주파 소리가 울려 퍼지고(심지어 고래의 소리가 대양의 한쪽 해안에서 반대편 해안까지 가 닿을 수 있으리라고 믿는 사람들도 있었다), 잠수 마스크의 유리에 김이 서렸다. 폴라는 케이트가 울고 있다고 생각한다.

배 위에서 사람들이 흥분하기 시작한다. 이미 배 위로 올라온 사람들은 물속에서 찍어 온 동영상과 사진을 비교하고, 자기 카메라가 기술적으로 어디까지 가능한지, 저장 용량과 픽셀 수가 얼마인지 떠벌였다. 그렇게 시끌벅적한 흥분이 이어지는 동안 케이트는 여전히 물속에 있고, 고래가 사라진 자리, 바다가 스스로를 향해 돌아선 자리, 터무니없이 어두컴컴한 그곳을 살피고 있다. 잠시 후 그녀가 보스턴 보트의 갑판 위에서 마스크를 올리고 호흡관을 뺏고 한 남자에게 진한 키스를 할 때, 폴라는 곧바로 상대가 포슈 거리의 조합 관리자임을 알아보았다(머리에 벌겋게 붉거져 나온 혈관들, 가운뎃손가락에 낀 문장 반지, 잠수 슈트의 등 지퍼를 내려 주는 섬세한 손). 동영상이 끝날 무렵, 케이트는 두 손을 허리에 얹고 넓적다리를 드러낸 채로 뱃머리 의자에 앉아 있고, 카메라에 대고 급하고 불규칙한 영어로 자기가 본 것을 말한다. 폴라는 전부 다 이해하지는 못했지만 핵심적인 내용을 파악한다. 케이트는 바닷속은 크기의 차원이 달랐다고, 큰 것과 작은 것이, 크기의 질서가 완전히 달랐다고 말한다. 그리고 고래의 눈까풀

주름 아래 눈이 자기를 올려다보았다고, 안와 위쪽을
향했다고, 자기는 5미터 혹은 6미터를 내려갔다고, 그
렇게 이루어진 eye contact(시선의 마주침)가 모든 것
을 바꿔 버렸다고 말한다. 지금 케이트는 동공이 풀려
있고, 검은색 잠수복 슈트가 마치 허물벗기를 하고 난
뱀이 남긴 껍질처럼 흐늘거리며 발아래 바닥에 널브러
져 있다.

전체를 똑같이 만들기, 완벽한 복제. 심지어 〈클론〉을 만든다고 말하기도 했고, 폴라는 조나스가 라스코 IV 작업장의 일을 제안하느라 전화한 날 밤에 사용한 궁극의 복제라는 말을 다시 생각했다. 그는 평생 한 번 만나기 쉽지 않은 기회라고도 했다. 폴라는 지금까지 원본을 접하지 않은 상태로 복제를 그려 본 적은, 구해 볼 수 없거나 한 번도 보지 못한 대상을 그린 적은 없었다. 말해 두는데, 앞으로도 볼 기회는 없을 거야. 폴라와 팀을 이룬 적갈색 머리카락의 여자가 진짜 동굴을 본 사람의 자부심으로 으스대며 말한다. 폴라는 어깨를 으쓱거리고, 언젠가 진짜 동굴에 들어가 보리라 다짐한다. 기다리자. 앞으로 시간은 얼마든지 있으니까. 딱 1분 30초만 안에 들어가 있기. 그거면 된다.

이 일에서 클론은 디지털 자료야. 머린 스웨터와 밀리터리 바지를 입은 남자가 폴라가 참고할 동굴 내벽의 3D 그래픽 소프트웨어 자료를 분할해 주면서 설명한다. 동굴 벽의 외피, 동굴의 살갗을 만들기 위해서 초고성능 스캐너를 들고 들어가서 30억~40억 개 지점을 기록했어. 그렇게 동굴 내부의 고해상도 사진 2만 장을 얻었고, 그중엔 복제 작업에서는 제외된 좁은 〈고양이의 방〉[18]까지 포함되어 있지. 남자는 스캐너로 얻은 정량적 자료와 사진 영상을 합해서 라스코의 3D 모형을 얻었다는 뜻으로 자기 두 손을 포갠다. 그러더니 갑자기 목소리가 급해지면서 한 손바닥을 가슴에 가져다 댄다. 어찌 보면 복제가 원본보다 더 진짜야. 진짜보다 더 정확하지. 예를 들어 원상태 그대로의 동굴 입구, 그곳에 원추형으로 쌓여 있던 흙더미는 처음 동굴을 발견한 아이들이 기어 내려갈 때 이미 무너졌잖아. 당연히 스캔 자료와 사진이 없는데, 한 동굴학자가 형태를 추정하고 조형 예술가들이 그대로 제작했어. 그 입구 쪽은 복제 동굴에서 유일하게 상상력이 개입된 부분이지. 폴라가 말없이 도면들을 내려다보는 동안, 머린 스웨터와 밀리터리 바지를 입은 남자가 턱수염을 쓰다듬으며 덧붙인다. 라스코 IV에 일하러 오는 조형 예술가들은 어

18 길게 이어진 라스코 동굴의 제일 안쪽 구석에 있는 곳으로, 좁게 뻗은 25미터에 동물 수십 마리가 그려져 있고 그중 여섯 마리가 고양이다.

떤 점에서는 복제 동굴을 잘 아는 동굴학자가 되어야
해. 이미지들의 궤적을 되짚어 올라가야 하지.

  라스코 동굴의 제일 첫 이미지는 1940년 9월 16일 혹
은 17일에 동굴로 내려간 또 한 소년이 넷으로 접어 바
지 뒷주머니에 넣어 나온 그림일 것이다. 그 종이는 은
퇴한 몽티냐크의 교사이자 고고학을 좋아하기로 정평
이 나 있던 레옹 라발에게 갔다. 자크가 라발을 찾아가
서 동굴 이야기를 했고, 그대로 믿을 수 없었던 라발이
아이들 무리 중에 그림을 잘 그리던 조르주 에스트르길
을 보내 스케치해 오게 한 것이다. 레옹 라발은 조르주
의 그림을 보고 깜짝 놀랐고, 이튿날 직접 동굴에 내려
갔다가 다시 나올 때는 넋이 나간 얼굴이었다. 두 번째
이미지는 9월 20일에 어느 자전거의 짐받이 가방 속에
서 흔들리며 브리브로 향한 그림이다. 페달을 밟은 모
리스 타옹은 서른 살이었고, 그는 역시 동굴에 내려가
서 그려 온 그림을 당시 선사 시대 연구의 최고봉이자
동굴 벽화의 국제 권위자이던 먼 친척 브뢰유 신부에게
가져갔다. 그림은 이번에도 행동을 낳아서, 9월 21일에
브뢰유 신부가 라스코로 달려와 동굴의 진가를 확인했
다. 그가 〈고양이의 방〉에서 그린 고양이와 곁방[19]에서

19 동굴 입구의 〈황소의 방〉에서 이어지는 통로 이전에 곁주머니처럼
불거져 구석진 방이다.

그린 말이 바로 세 번째 이미지다. 브뢰유 신부는 동굴 속 그림들을 프랑스 남서부 지방의 동굴들과 알타미라 동굴을 탐사하며 이미 연마한 방식으로 반투명 종이(꽃집에서 꽃을 포장할 때 쓰는 종이)에 옮겨 그렸다. 하지만 그는 그해 7월에 숲을 걷다가 개암나무 가지에 오른쪽 눈을 찔렸고 왼쪽 눈도 이미 약해진 상태였기에 시력이 좋지 않았다. 그러니 제대로 보였겠는가(폴라는 한 손을 오른쪽 눈에 대어 본다. 어떤 상태인지 알 것 같다). 이제 다음 단계는 라스코를 문화재로 등록하는 일이다. 한 달 후에 브뢰유 신부가 금석문(金石文) 문학 아카데미에 보고서를 제출했고, 라스코 동굴을 〈페르고르기의 시스티나 성당〉이라고 이름 붙인 그 보고서에 아마도 그가 직접 그린 그림이 첨부되었을 것이다.

이미지들이 동굴보다 먼저 세상에 나와 종횡무진 퍼져 나가고, 폴라는 그 이미지들을 따라가 본다. 동굴을 발견했다는 소식이 라디오에서 조금 뻣뻣한, 콧소리 섞인 목소리들을 통해 전해지고, 방문객이 밀려온다. 몽티냐크 사람들은 말할 것도 없고 근방 사람들까지 전부 라스코 언덕으로 몰려들어서, 1940년 10월에는 하루에 1천 명이 넘는 사람들이 찾아왔다. 호기심으로 온 사람, 친구들과 온 사람, 마을의 할머니들, 저명한 선사 시대 연구자들, 성당의 참사회원들, 신부들, 지역 유지들이 왔고, 그 행렬에 곤충과 벌레와 꽃가루와 미생물, 그리고 아주 작아서 맨눈으로 볼 수 없는 것들이 따라왔다. 동굴을 발견한 소년들이 계속 현장에 머물며 지켰고, 입장료 2프랑을 받고 안내하기도 했다. 기자들도 오고, 첫 기사들이 〈선사 시대의 베르사유〉를 들먹이고, 흑백 사진들이 동굴의 전설을 빛내기 시작한다. 라스코 숲은 자유로운 삶을 추구하는 젊은 모험가들의 야영지가 되었고, 그들은 텐트에서 자고, 머리카락이 눈을 가리고 파이프 담배를 입에 문 모습으로 학자들 혹은 시인들과 동등한 입장에서 토론한다. 머지않아 동굴을 발견한 네 소년 중 〈파리 사람〉 둘이 돌아가고 두 명만 남는다. 조르주가 10월 개학을 맞아 파리로 올라가고, 시몽은 이미 몽티냐크를 떠나 몽트뢰유로 돌아간 것이다(시몽의 가족은 모두 드랑시[20]를 거쳐 아우슈비츠에서 죽고 시몽과 여동생만 살아남게 된다).

찬란한, 원래 모습 그대로의 동굴이 있고, 그 경이로운 신선함이 시간을 없애 버리고, 그곳에 우리와 가깝지만 미지의 존재인 선사 시대 인간들이 있다. 이보다 더 흥분되는 일이 있을까? 동굴이 관광객들에게 본격 개방되기 전까지는 화가와 사진가, 리포터, 다큐멘터

---

20 파리 북동쪽에 위치한 교외 지역으로, 제2차 세계 대전 당시 프랑스를 점령한 독일이 이곳의 건물들을 유대인 강제 수용소로 사용했다.

리 감독, 영화감독 들의 황금기였다. 그들은 1940년 10월부터 라스코를 마음대로 들락거리고 장비들도 가지고 들어가고 카바이드등을 들이대고 몸을 비틀어 가며 사진을 찍었다. 동굴 속 그림들을 전부 베껴 그리기도 했는데, 대부분 브뢰유 신부가 요청한 일이다(프랑스 학술원의 미술 아카데미에 제출하기 위해 모리스 타옹이 동굴 벽화를 체계적으로 모사했고, 출판업자이자 사진작가로 몽티냐크에 피난 와 있던 페르낭 웽들이 동굴에 폴딩 카메라를 들고 내려갔다). 1942년에 영화 「시간의 밤」[21]이 나오고, 동굴을 발견한 소년들과 레옹 라발이 영화 속에서 자기 역할을 그대로 맡았다. 그리고 언론계. 1941년 1월, 『릴뤼스트라시옹』에 실린 피에르 이샤크의 첫 르포 기사에는 베레모를 쓰고 막대기를 든 브뢰유 신부가 〈선사 시대의 교황〉다운 자태로 동굴 벽을 바라보는 사진이 있다. 1947년 사진작가 랠프 모스와 그의 아내 루스가 영국에서 수입해 온 발전기를 동굴 속에 설치한 뒤 구석기 시대 그림들의 화려한 색채를 처음으로 세상에 알렸고, 『라이프』에 실린 그의 르포를 통해 라스코의 명성은 프랑스 밖까지 퍼져 나갔다. 1948년에 메이너드 오언 윌리엄스의 르포가 권위 있는 『내셔널 지오그래픽 매거진』에 실리면서 동굴은 정식으로 인정받게 된다. 그런데 모두가 행복에 젖어

---

21 라스코 동굴 발견 이야기를 담은 로제 베르디의 단편 영화.

있느라 당시 동굴의 소유주 측에서 동굴을 관광지로 개발하기 위해 공사를 벌이고 있음을, 돌이킬 수 없는 훼손이 시작되었음을 아무도 알지 못했다(이상한 일이지만, 그때까지도 라스코 동굴은 라 로슈푸코 가문의 사유지였다). 그들은 입구에 벽돌을 쌓아 청동으로 만든 문을 달고 갑실과 계단을 설치하고 바닥을 낮추어 시멘트 탐방로를 만들고 조명을 달았고, 10년 뒤에는 환기 시스템까지 설치했다. 최초 상태의 라스코에 대한 증언을 마지막으로 남긴 사람은 대작 『라스코 혹은 예술의 탄생』을 쓰기 위해서 1954년에 그곳에 들어간 조르주 바타유다. 그때 사진들을 보면 바타유는 〈황소의 방〉에서 출판업자 알베르 스키라와 함께, 그리고 두 사람의 아내인 디안과 로자비앙카까지 같이 테이블에 앉아 있고, 혹은 그림이 그려진 벽을 혼자 바라보고 있고, 혹은 자크 그리고 마르셀과 함께 그 아이들이 그림을 처음 본 자리, 그들의 눈에 예술이 처음 나타난, 예술이 탄생한 자리를 확인하고 있다. 동굴 속에서 그들은 만들고 쓰고 비추고 폴딩 카메라로 찍고 담배도 피운다. 시인 바타유가 움직이고 있는 동굴은, 한순간, 2만 년 전처럼 작업장이 된다.

동굴은 발견된 순간부터 이미지를 만들어 낸다. 폴라는 꼭 마법 공장 같다고 생각한다. 동굴이 열리니까 이미지들이 나오고, 동굴이 닫힌 뒤에도 문틈으로 새어 나온다. 이미지는 동굴의 존재를 바깥으로 끌어내기 위해 고안된 수단이다. 폴라는 동굴에 새겨진 조각화들을 1952년부터 10여 년에 걸쳐 모사해 놓은 글로리 신부[22](이번에도 신부다!)의 작업 파일을 다운받았다. 아마도 신부는 성격이 까다롭고 편집증이 심한 사람이었을 텐데, 그래도 폴라는 그가 일하는 모습을 직접 볼 수 없어서 아쉽다. 글로리 신부는 방문객이 모두 돌아가길 기다리느라 늘 밤에 일했다. 그는 고요한 동굴 안에 조명을 켜고 투사지를 펼쳐 놓은 뒤 선과 기호를 하나씩 옮겨 그렸고, 새벽 3시에 밖으로 나와 기진맥진해서(허리 한쪽이 아프다) 숲길을 걸어 가까이에 구해 놓은 집으로 돌아갔다. 매일 그는 밤이면 동굴로 내려갔다 올라오고, 낮에는 집에서 양말만 신고 바닥을 기어 다니면서 투사지들을 퍼즐처럼 맞추어 널빤지에 붙이고 손질하고 사진을 찍고, 다시 현장에 가서 정확한지 확인해서 연필로 고친 다음에 카메라 루시다를 써서 축소했다. 그는 모든 과정을 강박적이고 세심하고 열정적으로 해냈다. 수천 시간이 걸린 일이다. 염료를 써서 벽에 그린 그림들만큼 화려하지는 않지만 그에 못지않게 훌륭한 조각화들의 목록은 〈지하 생활자〉였던 글로리

---

22 프랑스 중남부 지역의 아르데슈에서 아벤도르냐크 동굴을 발견한 프랑스의 사제이자 고고학자, 동굴학자.

신부의 작품이다. 하지만 그런 글로리 신부도 관광객들 때문에 동굴이 망가지는 것을 무력하게 보고만 있었다. 1957년 〈황소의 방〉에서 찍은 사진에서는 인부 네 명이 해머 드릴을 쓰고 있고, 피복을 씌운 전선을 깔기 위한 작은 통로를 내느라 땅이 패어 있고, 글로리 신부는 왼쪽에 낙심한 표정으로 서 있다.

1963년에 축제가 끝난다. 동굴 내부 온도가 계속 올라가고 수증기에 산성이 가미되고 벽이 산화되고 해조류까지 번식했다. 그렇게 시작된 〈녹색병〉에 이어 〈흰색병〉도 닥친다(벽화에 석회질 막이 끼어 혼탁해지기 시작한다). 수많은 방문객이 동굴을 더럽히고 오염시키고 망친 것이다. 문화부 장관이던 앙드레 말로가 소유주에게 동굴 폐쇄를 명하고, 그해 여름에 동굴을 관람하려고 예약해 놓은 사람들의 항의가 빗발친다. 우린 어쩌라고! 몽티냐크 군청은 기회를 빼앗긴 관광객들을 위해, 그리고 마을을 찾는 관광객들을 잃지 않기 위해, 동굴을 영상으로 볼 수 있게 한다. 슬라이드 영사기가 동굴 사진을 보여 주는 동안 마르셀과 자크가 설명을 한다. 동굴 폐쇄는 소유주에게도 큰 경제적 손해를 안기는 일이었기에 그에 대한 해결책도 필요해진다. 1971년에 괜찮은 다른 자연 동굴들을 찾아 그 안에 라스코 벽화들의 복제 그림을 붙이려는 첫 계획이 수립되지만, 진짜와 가짜를 섞는 기이한 방식은 곧 무산된다. 1972년에 동굴 속 그림들에 대한 복제 배포 권리는 계속 소유주가 갖는 방식으로 동굴이 국가에 매각되고, 아예 동굴 자체를 새로 만드는 계획이 수립된다. 진짜 라스코 동굴에서 몇십 미터 떨어진 곳에 세워진 라스코 II는 동굴의 본래 성격을 이어간다. 정밀한 모사화나 사진이 아니라, 예술 작품인 것이다. 복제 동굴은 조각가들과 화가들의 작품이고, 특히 모니크 페트랄은 선사 시대 화가들 앞에서 〈자기 자신을 지우는〉 대신 스스로 그 화가들이 되고 그들의 예술을 자기 것으로 만들려 한다 (폴라는 눈살을 찌푸린다). 페트랄은 선사 시대의 화가들의 기법대로 그렸고, 그들과 접촉하고 그들 속에서 지내고 그들이 사용한 것과 비슷한 염료를 사용했고, 그렇게 동굴 속에 빠져 있는 시간이 길어지면서 아예 선사 시대의 여인이 되었다. 도중에 재원 조달이 어려워져 작업장이 일시 중단되었다가 다시 열리고, 결국 일부분만 복제하게 된다(동굴의 한쪽 축, 그러니까 〈황소의 방〉과 그 방에서 직선으로 이어진 곁방까지 두 곳이다). 하지만 그것만으로도 너무도 훌륭했기에, 1983년 7월에 문을 연 라스코 II를 보면서 소년일 때 동굴을 발견한 주인공들마저도 경탄하며 고개를 숙였다. 다시 방문객이 몰려오고 주차장이 가득 차고 대기하는 줄이 길어지고 언덕이 점령된다. 사람들은 가짜 동굴을 보러 기꺼이 라스코까지 길을 떠나왔다. 아무도 가짜라는 사실에 신경 쓰지 않고, 별로 생각하지도 않았다. 라스코라는 이름은 이미 몇십 년 전부터 불가사의의 이름이 되었기에, 그냥 라스코에 왔다. 그해 첫 시즌이 끝났을 때 판매된 입장권은 진짜 동굴의 연간 방문객 수를 넘어섰다.

그때까지도 진짜를 볼 수 있다는 희망은 사라지지 않았다. 문화부의 대기 리스트에 신청한, 인내력과 지구력을 지니고 국가를 신뢰하며 미래를 준비한 사람들에게 하루 다섯 명씩 입장이 허가되었기 때문이다. 심지어 1969년과 1970년 두 해 여름 동안에는 소규모 단체 여행객들에게도 개방되었다. 폴라는 아버지가 옳았다고, 진짜 동굴을 본 게 맞다고 생각하고, 전화해서 얘기하기로 한다. 아버지가 말한 그때까지만 해도 라스코는 완전히 사라지지는 않은 채로 소멸을 앞두고 있었고, 아직 파괴되어 사라진 절대적 무(無)는 아니었다고. 하지만 2001년에는 정말로 끝났다. 완전히 끝났고, 라스코는 출입할 수 없는 성소가 된다. 동굴에서 버섯이 자라고 벽이 흰 얼룩으로 덮이고 천장에 검은 얼룩이 생긴 뒤였다. 동굴 속 벽 위를 달리는 동물들의 행렬은 이제 땅속에 갇혔고, 그 뒤로 동굴에 들어가 본 사람은 극소수의 학자, 복제 동굴 작업을 위한 일부 조형 예술가와 3D 작업 기술자, 그리고 정해진 의례에 따른 프랑스 대통령뿐이었다(카메라 셔터 세례를 받으며 동굴 속으로 사라진 대통령은 일순간 전 국민을 위한 증인이 되어, 모든 사람이 동굴에서 나온 대통령의 얼굴, 그림이 잘 있고 조각들이 그대로 있음을 확인하는 그 눈의 광채를 살폈다). 그게 마지막이었다.

모든 암석 표면에 미치는 대기의 작용, 모든 생물학적 조건에서 존재하는 유기체의 작용이 그곳 동굴 벽만은 피해 갈 수 있기라도 한 듯, 처음에 사람들은 동굴이 영원하리라고, 파괴되지 않는다고, 시간의 흐름에 무관하다고 믿었고, 그래서 동굴이 어느 정도로 살아 있는지, 다시 말해 어느 정도로 죽음을 피할 수 없는 취약한 상태인지 깨닫지 못했다. 이후로 동굴의 이야기는 동굴 보존의 이야기가 된다. 여러 차례 위기가 찾아오고 다시 안정을 되찾았고, 자칫 재앙에 이를 뻔한 2007년의 경계경보를 끝으로 동굴은 회복 중이다. 이제 동굴에는 과학자들, 동굴을 살피고 관찰하고 측량하고 모사하는 사람들만 들어갈 수 있고, 그나마도 안에 머물 수 있는 시간이 동굴 보호를 위해 정해진 강력한 규정으로 철저히 통제된다.

하지만 더 이상 볼 수 없게 되니 더 보고 싶어진다. 결국 새로운 복제 동굴들이 만들어진다. 우선 동굴을 체외 배양하듯 이동 가능한 벽 형태로 만든 라스코 III로 세계 순회 전시를 한다. 그리고 최종 작업, 벽화뿐 아니라 광물적 바탕까지 동굴 전체를 그대로 복제하는 라스코 IV 작업이 시작된다. 복제의 대상이던 동굴은 서서히 복제 기술의 실험실로 변하고, 점점 더 섬세한 기술을 촉발한다. 이제 동굴은 방위를 측정하고 주어진 수치를 파악하고 그림을 베껴 놓고 냄새를 똑같이 만들고 빛도 그대로 흉내 낸 세상, 종이 혹은 수지로 만든 그림판을 조립한 퍼즐 형태의 세상이다. 선사 시대 연구자들이 예술가가 되고 조형 예술가들이 학자가 되고 고고학자들이 무대 장식을 상상하면서, 너도나도 원래 자리를 벗어나고 누구나 다른 사람의 풍경 속으로 옮겨 간다. 동굴을 〈복제하기〉, 그것은 동굴을 보이게 해서 초상화를 만드는 것이다. 동굴이 돌아오게 하기. 또한 여진(餘震)을 느끼듯 동굴을 느끼기.

동굴 그림들에 정신을 빼앗긴 탓에 폴라는 점심때부터 계속 울리는 핸드폰 진동 소리를 듣지 못했다. 고개를 들었을 때는 이미 일몰의 푸른 하늘빛이 방 안까지 퍼져 있었다. 그녀는 현기증이 났고, 눈이 뻑뻑해서 그림과 사진이 뚜렷하게 보이지 않았다. 잔뜩 모아서 침대 위에 쌓아 놓은 온갖 자료들은 그저 하나의 연속체로 동시에 밝고 어두웠다. 핸드폰이 소리 없이 환해졌고, 한 번 진동했고, 확인해 보니 문자가 열 통 넘게 와 있었다(케이트가 보낸 것 하나에 대부분 조나스가 보낸 문자였고, 하나같이 급한 상황을 알리는 느낌표들이 달려 있다). 폴라는 불을 켜기 전에 전화부터 걸었고, 조나스가 받았지만 말소리가 잘 들리지 않고 사람들이 많이 모인 곳에 있는지 주변이 소란스러웠다. 무슨 일이야? 폴라의 목소리를 들은 조나스는 그녀가 아무것도 모르고 있음을, 아직 다른 세계에 있음을 알아차리고, 곧바로 그날 아침에 파리의 니콜라아페르로에서 일어난 일을 알려 준다.『샤를리 에브도』[23] 테러. 경기관총으로 무장한 테러리스트 두 명이 편집실에 들이닥쳤고, 열두 명이 사망했다. 만화가들이 살해되었다.

23 프랑스의 주간지로, 수위 높은 풍자가 담긴 만화, 르포 등을 주로 싣는다. 2015년 1월 7일, 마호메트에 대한 만평에 분노한 이슬람 원리주의자들의 공격을 받았다.

조나스는 아침에, 느슨해진 밤이 새들의 노래를 풀어
놓을 즈음에 왔다. 폴라는 조나스가 도착 전에 보낸 문
자 메시지를 받았고, 메탈릭 도트 장식이 달린 숄을 걸
치고 맨발에 부츠를 신은 채로 차가운 공기를 얼굴에
맞고 머리카락을 사방으로 휘날리며, 집 아래쪽 광장으
로 이어진 내리막길을 단숨에 달려 내려갔다. 여명 속
에서 벽에 기대서 있는 그녀를 자동차 헤드라이트 불빛
이 금방 찾아냈고, 이어 시동이 꺼지고 차 문이 열리고
트렁크 소리가 났고, 그리고 조나스가 나타났다. 여전
히 어깨를 흔들며 걷는 걸음걸이로, 상제유의 보샤토
채석장에 함께 갔을 때 입었던 털 점퍼 그대로의 조나
스가 폴라를 향해 걸어왔다. 둘의 거리가 가까워질수록
폴라는 자신들 주변에 모종의 공간이 형성되는, 자신들
이 마치 디스크 플레이어 위에서 돌아가기 시작하는 레

코드판 회전축처럼 그 공간의 중심이 되는 기분이 들었다. 그들은 서로의 얼굴과 관자놀이와 눈가에 닥치는 대로 키스를 했고, 폴라는 그의 손을 잡고 자기 집 쪽으로, 오르막길 쪽으로 끌어당겼다. 이쪽이야, 여기.

방에 들어온 조나스는 가방을 내려놓고 창밖으로 막 윤곽을 드러내기 시작한 언덕에 눈길을 던졌고, 얼굴과 목덜미에 차가운 물을 끼얹고 나서는 그대로 침대에 누워 눈을 감았다. 밤새 운전을 해 왔다. 내가 갈게, 그가 썼고, 정말 왔다. 폴라가 그를 바라본다. 전에 파름로에서 그랬듯이 조나스의 존재와 함께 방이 완성되고, 조나스가 있음으로써 이 장소, 사실상 그가 늘 함께 있었던 장소가 완전해진다. 폴라는 조나스 옆에 눕고, 그녀의 머리가 베개에 닿자 조나스가 눈을 뜨고 그녀를 향해 돌아눕는다. 그 순간 그들은 동시에 당황해서 아무 말도 못 하고, 서로 바라보면서, 아주 미세한 몸의 움직임 하나하나를, 내려가고 올라가고 파이고 빨라지는 모든 것을 기록한다. 시간이 조금씩 흘러가고, 하지만 마음대로 붙잡아 둘 수 있는 시간이 아니라 빨리 따라잡아야 하는 시간이다. 갑자기, 동시에, 그들이 눈을 깜박이고, 억제되었던 모든 것이 휘몰아친다.

그들은 급히 옷을 벗고 몸을 살짝 들어 올려 벗은 옷을 치운다. 집중되고 응축된, 하지만 둘로 나뉜 시간 속으로 두 가지 속도가 흘러든다. 전날의 충격에 이어진,

마치 장례식을 치른 뒤 섹스가 하고 싶어질 때처럼 한 몸이 되고 싶은 욕망에 이어진 포옹이 있고, 우주의 포옹, 악보처럼 선이 그어진 하늘에서 소용돌이치는 음표들로부터 나오는 공명의 포옹이 있다. 놀람이 명료함을 만들어, 그들은 명료하다. 거친 명료함. 새로 날을 간 둘 모두 온몸을, 살갗과 손바닥과 혀와 속눈썹을 사용하고, 마치 감각 능력을 갖춘 벽을 탐색하듯 쾌락을 탐색한다. 서로를 칠하고, 서로가 붓이 되어 어루만지고 문지르고 비비고 투사하면서 파란 정맥과 점들과 사타구니 주름과 무릎 안쪽을 찾아낸다. 이제 그들은 명확해지고 응축된다. 살갗이 같은 빛에 둘러싸이고 같은 온화함으로 반들거린다. 벽지 속의 코끝이 불그스레한 작은 사냥꾼들, 멀찌감치 서 있는 사슴들, 산사나무 숲에서 냄새를 맡는 개들이 놀란 눈으로 그들을 바라본다. 폴라와 조나스는 측면 통로로 회랑에 들어왔다가 더 넓은 방을 발견한 것처럼, 오직 한 번밖에 오지 않을 일인 것처럼, 처음 발견한 방에 들어와 있는 것처럼, 그렇게 섹스를 한다.

그들은 오후가 시작될 무렵 밖으로 나오고, 그사이 날씨가 따뜻해졌고 공기가 축축하고 하늘은 은회색이다. 폴라는 자동차 보닛 너머로 조나스를 바라본다. 나 오늘 일 안 해. 내가 한 가지 보여 줄게. 그들은 레제

지로 향한다. 라디오도 켜지 않고 핸드폰에 쏟아지는
문자 메시지도 확인하지 않고(케이트가 깨진 하트, 눈
물 젖은 얼굴, 화난 얼굴의 이모티콘들과 함께 일요일
에 둘 다 파리에 있을 거냐고 물었다) 선사 시대 인간들
이 살던 땅, 흰색 석회암 층에 형성된 동굴들과 바위 그
늘집들의 땅, 구멍 숭숭 뚫린 바위 낭떠러지들이 이어
진 카르스트 지형 속을 계속 달린다. 베르니팔, 퐁드곰,
콩바렐. 폴라가 최근에야 알게 된 이곳의 경이로운 지
명들이다. 일부러 지은 이름들 같네. 소설 주인공들 같
아. 속도를 내서 달리면서 조나스가 말하고, 폴라가 덧
붙인다. 크게 소리 내서 발음해 보면 꼭 누군가하고 춤
추고 있는 기분이야. 잠시 후 자동차가 로주리바스[24]라
는 곳의 한 식당 앞에 서고, 폴라가 조나스에게 기다리
라고 말한 뒤 식당으로 들어간다. 잠시 후 흰색 숄을 어
깨에 두른 폴라가 생기발랄한 표정으로 열쇠 꾸러미를
들고 나오고, 조나스는 문득 그녀를 끌어안고 싶어진
다. 고르주당페르[25]로 가! 폴라가 차에 오르며 말한다.

눈앞에서 세상이 반으로 쪼개지며 열리는 것 같다.
길에는 아무도 없고, 풍경 속에 오직 폴라와 조나스뿐

24 레제지드타이야크의 절벽 위에 있는 구석기 시대 바위 그늘집 유
적지 중 하나다.
25 〈지옥의 목구멍〉이란 뜻으로, 깊고 외진 계곡을 지칭한다. 도르도
뉴의 고르주당페르에는 선사 시대의 동굴 유적지들이 있다.

이다. 잠시 후 갓길에 차를 세우고 내려서는데 비가 쏟아지기 시작하고, 차가운 빗방울이 땅에 부딪치는 소리가 텅 빈 허공에 더욱 부풀려져 퍼져 나간다. 폴라가 골짜기로 들어서는 큰 문을 열고, 그들은 버려진 귀족의 호화 저택에 발을 들여놓는 기분으로 안으로 들어선 뒤더 깊이, 풀들이 무릎까지 와 닿는 곳까지 가고, 이어 야생 수풀과 가시덤불 사이로 난 좁은 오솔길로 들어선다. 폴라가 앞장서서, 식당 주인이 열쇠를 주면서 가르쳐 준 곳으로 향한다. 오른쪽에 바위 그늘집을 둘러싼 담의 문을 발견한 폴라가 말한다. 저기네. 그녀가 문을 열자 바위 집 안으로 햇빛이 쏟아져 들어가고(눈까풀의 열림), 고개를 들어 머리 위의 물고기를 본 그들은 동시에 놀라움에 휩싸이고, 그 놀라움은 외진 낭떠러지위에 홀로 둥지를 틀고 있는 장소의 은밀함 때문에 더욱 증폭된다.

조나스가 횃불 대신 성냥불을 천장으로 들어 올리자물고기가 움직인다. 폴라, 저기. 네 보물이 저기 있네. 조나스가 말하고, 바위 집 입구에서는 땅에 떨어진 빗방울들이 튀어 오른다. 어부의 그물에 잡힌 황금 물고기.

폴라와 조나스의 선조인 최초의 인간들이 유럽 땅에나타난 제4기에서 온, 그러니까 2천 살이 넘은 물고기다. 길이 1미터가 넘는 물고기를 잡은 최초의 인간들은 이미지로 새겨 그 대단하고 희귀한 일을 기리려 했고 (폴라는 낚시꾼이 자기가 잡은 물고기를 렌즈 앞에 높이 들어 올리며 사진기 앞에서 자랑스럽게 포즈를 취하는 장면을 떠올린다) 저렇게 천장에 입체로 새겨진, 붉은색으로 부각된 아름다운 이미지를 만들어 냈다. 물고기를 떼어 내서 가져가 팔고 싶어 한 사람들이 있었고, 약탈을 시도하느라 뚫어 놓은 구멍들이 액자가 되었다. 액자 속 물고기의 형상은 흔히 눈을 뜨고 있는 옆모습으로 상세하게 그리는 박물학 복제화를 예고하는 것 같다. 턱이 구부러져 있으니 기운 센 수컷 연어다. 구석기 시대에 베제르강이 이곳을 지났음을, 이 자리가 강물이 떨어져 내리는 비탈이었음을, 이곳이 연어들의 산란지였음을 말해 준다.

폴라와 조나스는 시간 앞에 서 있다. 머리 위의 물고기는 대양들의 바닥에 쌓인 기억을, 석회암의 침식을, 강의 이동을, 인간들의 이주를 말해 주고, 그 지속의 시간이 지금 온 나라에 휘몰아친 충격과 분노와 슬픔과, 두 명의 테러리스트가 치명적인 도주를 계속하는 동안 온종일 뉴스를 쏟아 낸 채널들과 공존한다. 천장의 물고기는 세계의 역사와 인간의 삶을 연결한다.

1분 3초 후에 폴라가 침묵을 깨고 이제 나가야 한다고, 열쇠를 돌려줘야 한다고 나지막하게 말하고, 그들은 손을 잡고 비가 쏟아지는 밖으로 나선다. 계곡 입구의 문을 다시 닫는 동안, 조나스가 폴라의 얼굴에 양손을 가져다 대며 말한다. 인간들이 아주 오랜 기억에 지나지 않게 될 때를, 신화와 전설일 뿐인, 나중에 지구에 사는 생명들이 전하는 이야기 속 존재일 뿐이게 될 때를 상상해 봐. 폴라. 인간이 있었다고 누가 믿을까?

정오의 고요한 작업장. 폴라 혼자 검은색 사슴의 모습들을 관찰하고, 앞치마 끈을 묶으며 시작할 채비를 하고, 자신의 그림판이 될 벽을 향해서 벽의 숨소리가 들릴 때까지 다가간다. 가까워질수록 벽은 생김새가 너무 복잡해서 더없이 미세한 입자에서 무한한 공간이 반향한다. 폴라는 오버헤드 프로젝터를 켜고, 돌 캔버스의 좌표를 잡아 3D 디지털 도면에 담긴 첫 그림의 위치를 맞춘다. 이어 프로젝터에 사슴 사진을 얹는 순간 눈앞에 사슴이 나타난다. 너무 진짜 같은, 당장이라도 펄쩍 뛸 것 같은, 선으로만 그려진 우아한 사슴이 앞다리 하나에 몸무게를 싣고 고개를 뒤로 젖힌 채 별 모양의 끝부분이 소용돌이치는 나선 또는 접시 안테나를 닮은 검은 뿔을 길게 뻗고 있다. 코 주변에 붉은 너울이 어린 것으로 보아 뜨거운 숨결을 내뿜고 있고 소리도 내고 있다. 짧고 목쉰 듯한, 존재를 드러내는 울음소리, 혹은 의기양양한 승리의 울음소리, 도발의 소리. 폴라는 사슴의 눈을 응시한다. 홍채의 검은 점을 정교하게 둘러싼 흰자가 그날 아침에 동료들과 함께 올라갔던 계곡만큼 하얗다. 그들 사이에 처음으로 일원으로 받아들여진, 오랫동안 기다려 온 날, 새벽에 출발했고, 폴라는 필요한 물건들을 가죽 케이스에 말아 넣었다. 최근에 내린 눈이 땅에 가루처럼 쌓여 있다가 바람에 날리면서 시야를 가렸고, 폴라는 입고 있는 털옷이 무거웠지만 빨리 걸었다. 그녀는 혼자 뒤처질까 봐 무서웠고, 겨울 동안 굶주렸을 털코뿔소가 무서웠다. 동료들은 대비가 되어 있고, 조용히 걸었다. 그들은 목적지를 알았다. 언덕 밑의 바위 더미에 오르고 급경사면을 기어올라 어느 동굴의 입구에 이른 뒤, 제일 강하고 제일 능숙한 이들이 먼저 들어가서 살피고 곧 나머지가 따라 들어가서 동굴 안에 작업장을 차렸다. 우선 불을 피우고(전에 와서 그려 놓았을 그림들과 비계들이 눈에 띈다), 몇 명은 불쏘시개와 심지로 쓰려고 가져온 초목 더미(노간주나무, 지의류)와 움푹하게 팬 돌들을 꺼내고 다른 사람들은 직접 모아서 만든다. 돌에 기름을 얹고 불을 붙이자 동굴 안이 환해지고, 모두 흩어진다. 폴라는 긴장하고, 몸이 더워진다. 동료들이 폴라를 데리고 방해석으로 덮인 하얀 벽으로 간다. 이 자리를 맡아. 팀장의 지시를 받은 폴라는 무릎을 꿇은 채로 가죽 케이스를 펴서 준비해 온 것들을 펼쳐 놓는다. 가죽 형판(型板), 패드 뭉치, 여러 가지 붓, 물감을 섞고 동굴 벽에 대고 입으로 불어 주는 데 필요한 구멍 뚫린 막대. 그녀는 전날 오랫동안 만든 황토 염료, 지난여름 강가를 따라 돌아다니며 모은 망가니즈석도 꺼내고, 회반죽을 만들기 위해 돌멩이를 찾아 재료들을 빻고 얇은 규석 날로 긁어 정확한 동작으로 가루를 모은다. 팔레트를 만들기 위해 가죽 케이스에서 조개껍데기 혹은 거북 등딱지를 꺼낸 뒤 밖으로 나가 쌓여 있는 눈을 조금 퍼 와서 그 위에 놓고 눈이 녹으면 염료를 붓고 섞는다. 젊은 남자 하나가 그녀 옆에 나타난다. 폴라와 그 남자 사이에는 이미 오래전부터 말없이 사랑이 오갔다. 남자는 벽의 움직임을 따라, 바위의 굴곡을 따라 달려갈 검정 갈기의 말을 그리러 왔다. 폴라와 남자는 서로 바라본다. 그 순간, 오버헤드 프로젝터의 광선에 비친, 프로젝터 위에 놓인 사진의 환한 투사지를 투과한, 주름들과 더 환한 맥으로 짜인 그녀는 그림의 바탕 속에 하나가 된다. 이제 그녀의 몸속에 지하의 강이 흐르고 어두운 통로가 지나고 그림이 그려진 방들이 자리 잡는다. 폴라는 선사 시대 동굴 벽의 그림 안에 녹아든다.

옮긴이의 말

 마일리스 드 케랑갈은 1967년에 프랑스 해군 기지가 있는 지중해의 항구 도시 툴롱에서 태어났다. 아버지와 할아버지 모두 해군 장교였던 마일리스는 툴롱 이후에도 대서양의 또 다른 항구 도시 르아브르에서 성장했다. 루앙에서 고등학교를 마친 뒤 파리로 가서 사학, 철학, 민족학을 공부했고, 대학 졸업 후 몇 년간 출판사에서 일하다가 미국에 잠시 체류하기도 했다. 이후 EHESS(프랑스 사회 과학 고등 연구원)에서 수학한 뒤 2000년에 『구름 낀 하늘 아래를 걷다 *Je marche sous un ciel de traîne*』를 발표하며 소설가의 길에 들어섰고, 이후 『떠도는 삶 *La Vie voyageuse*』(2003), 『꽃이나 화환은 사양합니다 *Ni fleurs ni couronnes*』(2006), 『케네디 해안 절벽로 *Corniche Kennedy*』(2008), 『다리의 탄생 *Naissance d'un pont*』(2010), 『동쪽으로 뻗은 접선 *Tangente vers l'est*』

(2012), 『살아 있는 자를 수선하기 *Réparer les vivants*』
(2014), 『이 밤 이 순간 *À ce stade de la nuit*』(2014), 『식
탁의 길 *Un chemin de table*』(2016) 등 꾸준히 작품 활동
을 이어 왔다. 특히 메디치상, 프란츠 헤셀상을 수상한
『다리의 탄생』과 에르테엘 리르 대상, 오랑주 뒤 리브
르상, 웰컴 북 문학상 등을 수상한 『살아 있는 자를 수
선하기』는 케랑갈의 이름을 세계 무대에 알린 대표작
이다.

　『닿을 수 있는 세상 *Un monde à portée de main*』
(2018)은 『살아 있는 자를 수선하기』 이후 4년 만에 발
표된 본격 장편소설이다(그 사이 발표된 『이 밤 이 순
간』과 『식탁의 길』은 1백 쪽 안팎의 짧은 글이다). 이야
기는 스무 살의 주인공 폴라 카르스트가 프랑스어로
〈눈속임〉을 뜻하는 트롱프뢰유를 배우기 위해 브뤼셀
의 장식 미술 학교에 입학하는 2007년 10월에 시작해
서 이듬해 졸업 후 파리, 토리노, 로마, 모스크바 등으
로 이어진 폴라의 일터를 7년 동안 따라가다가 2015년
1월, 프랑스 몽티냐크의 라스코 복제 동굴 작업장에서
끝난다. 인간과 세상에 대한 진지한 성찰과 언어를 통
한 치열한 탐구라는 마일리스 드 케랑갈 특유의 세계는
전작들과 그대로지만, 대표작 『다리의 탄생』과 『살아
있는 자를 수선하기』가 주어진 한 시기에 여러 인물의
이야기들이 한 사건 공간(다리를 짓는 공사장 혹은 장

기 이식 수술이 이루어지는 병원)으로 수렴되는 구조였던 것과 달리, 『닿을 수 있는 세상』은 한 주인공이 장소를 바꾸어 이동하는 여정을 따라간다. 그 7년의 여정 동안, 시원찮은 바칼로레아 성적을 손에 쥐고 갈팡질팡하던, 입학 후에도 화판 앞에서 끝없는 열등감에 시달리던 폴라 카르스트는 직업에 대한 소명을 지닌 유능한 프리랜서로 거듭난다. 한 편의 교양 소설로 읽을 수 있을 이 이야기에서 폴라의 성장을 이끌어 간 것은 우선적으로 학교와 일터들이지만, 두 친구 케이트와 조나스와의 우정과 사랑, 그리고 딸의 성장을 지켜보며 응원한, 어쩌면 딸과 함께 성장해 나간 폴라의 부모 기욤 카르스트와 마리 카르스트와의 관계도 중요한 역할을 한다. 무엇보다 『닿을 수 있는 세상』의 주인공 폴라 카르스트는 지금까지 마일리스 드 케랑갈이 창조한 인물들 중에서 저자와 가장 가까운 인물이라고 말할 수 있다. 굳이 소설 속에서 저자의 자전적 요소들을 찾으려고 애쓸 필요 없이, 폴라 카르스트는 사실상 마일리스 드 케랑갈의 분신과 같다. 폴라 카르스트가 자신의 시선으로 세상을 바라보고 세상을 그대로 그려 내는 트롱프뢰유에 대해 이야기하는 동안, 마일리스 드 케랑갈은 폴라의 시선을 빌어 세상을 바라보고 세상을 허구 이야기로 그려 내는 자신의 소설에 대해 말한다.

『닿을 수 있는 세상』은 프롤로그 형식의 짧은 글 이후, 대모거북을 뜻하는 〈임브리카타〉, 중세 피렌체의 로렌초 데 메디치가 기마 창 깃발에 새겼다고 기록된 구절 〈때가 돌아오도다〉, 빅뱅 이후 우주 공간을 가득 채웠던 빛의 흔적을 소환하는 〈우주 배경 복사 속에서〉라는 제목이 붙은 세 부분으로 이루어진다. 연결 관계가 쉽게 그려지지 않는 이 낯선 제목들은, 세 친구가 각기 졸업 작품으로 선택한 대모거북 각질판과 떡갈나무와 포르토로 대리석이 세상을 이루는 동물과 식물과 광물을 대표하듯, 인간을 둘러싼 자연과 역사와 우주로 향한다. 이야기를 여는 프롤로그는 2014년 말, 각자 일터를 옮겨 다니던 세 친구가 오랜만에 파리에 모인, 〈천체들이 한 줄로 늘어서는 더없이 아름다운 합(合)의 순간〉이다. 모스크바에서 막 돌아온 폴라가 들려주는 「안나 카레니나」 세트장 이야기 속에 세 친구가 벨기에에서 함께 보낸 젊음의 시간, 그리고 앞으로 그려 나갈 궤도가 집약된다. 이어진 「임브리카타」는 과거로 돌아가서 2007년 10월부터 2008년 3월까지 벨기에 미술 학교에서 보낸 치열한 배움의 시간을 보여 주고, 이어진 「때가 돌아오도다」에서는 폴라가 맡은 첫 의뢰, 파리의 좁고 초라한 아기 방 천장에 그린 하늘 그림(폴라는 그 천장을 시스티나 성당의 천장화처럼 그려 낸다!) 이후 이탈리아에서 본격적으로 펼쳐진 폴라의 작업장들이 차례로 등장한다(그 과정에서 제일 큰 비중을 차지하는 곳은 섬처럼 폐쇄된 공간인 세트장 안에 하나의 세상을 세우는 영화 제작소 〈치네치타〉이다). 마지막으로, 시간적으로 프롤로그에서 곧바로 이어지는 2015년 1월을 그린 「우주 배경 복사 속에서」에서 폴라 카르스트는 복제 동굴 작업장을 찾아 프랑스 원시의 땅 페리고르의 한 작은 마을에 와 있다. 그리고 그곳에서 2만 년을 존재해 오다 15년 동안 세상에 모습을 드러낸 뒤 다시 땅속으로 사라진 라스코 동굴을 되살리려는 〈궁극의 복제〉는 소설의 제사로 제일 앞에 나왔던 간화선 구절에 조응한다. 〈듣는 이 없으면 나뭇잎 흔드는 바람 소리가 있는가?〉

토리노 박물관, 모스필름, 치네치타, 그리고 라스코 동굴…… 폴라 카르스트가 거쳐 가는 곳은 모두 실제 존재하는 장소들이고, 『살아 있는 자를 수선하기』를 쓰기 위해 심장 이식 수술을 참관했다는 마일리스 드 케랑갈은 이번에도 그 장소들을 직접 찾아가서 자신의 〈눈으로〉 확인했다. 그래서인지, 폴라가 다니던 메탈로의 미술 학교는, 물론 〈판 데르 켈렌〉이라는 학교 이름은 책속에 한 번도 나오지 않고 주소도 원래의 30번지가 아니라 30-1번지로 바뀌었지만, 〈계단형 박공, 철물이 아주 많이 달린 창문, 엄청나게 큰 출입문, 쇠창살을 대놓은 문구멍, 마치 허리띠처럼 건물 중간을 감싼 등나무

덩굴까지〉 실제의 건물 모습 그대로다. 비평가들로 하여금 〈다큐 픽션〉까지 언급하게 만든 이러한 방식은 단순히 현실과의 일치라는 사실주의적 재현의 문제라기보다는, 〈보는 법〉을 배우는 데서 출발하는 트롱프뢰유 세계에 대한 암시로 보아야 한다(주인공 폴라의 눈이 사시인 것은 미숙함의 상징이지만, 동시에 자기만의 고유한 방식으로 세상을 보는 시선의 상징이다). 중요한 것은 얼핏 사물의 표면에 머무는 것처럼 보이는 시각적 표상들이 곧 독자의 심장과 머리로 파고들어 독자의 뇌리에 강한 잔상을 남긴다는 사실이다. 프랑스어를 모국어로 사용하는 독자들마저도 혀를 내두르게 만드는 전문적인 어휘들로 인해 그러한 효과는 더욱 강화된다. 『살아 있는 자를 수선하기』가 수많은 의학 용어들을 쏟아 낸 것처럼, 『닿을 수 있는 세상』을 손에 들고 미술학도 폴라의 삶을 따라가는 독자는 일상생활에서 접할 수 없었던 색깔 이름들(티타늄화이트, 머미브라운, 마조렐블루, 마르스블랙, 알리자린레드……), 도구들과 기법들의 명칭, 대리석의 수많은 종류(포르토로, 카라라, 세르퐁텐, 폴체베라, 스키로스……), 동굴학과 목재학의 전문 용어 목록 앞에서 당혹감을 피할 수 없다. 〈세상이 미끄러져 움직이고 복제되고 똑같이 재생산될수록 폴라의 근거지, 현실과의 접촉점은 언어 안에 놓이게〉 되듯이, 작가 마일리스 드 케랑갈에게 하나의 작품은 하나의 세상에 입문하는 방식이며, 그 세상에서 사용되는 전문적인 어휘들은 그녀가 독자들로 하여금 그 새로운 세상을 경험하게 해주는 수단이다.

자신만의 독특한 문체를 통해 고유한 세계를 일구어내는 마일리스 드 케랑갈의 힘은 폭포처럼 쏟아지는 낯선 어휘들에서 끝나지 않는다. 그녀의 소설들에서 독자를 가장 당혹스럽게 만드는(번역자에게 떠안기는 괴로움에 대해서는 굳이 말할 필요가 없다!) 특징은 연결 관계를 설정해 줄 접속사 없이 대등한 문장들이 조금은 낯설게 병치되거나(예를 들어, 〈역에는 사람이 거의 없고, 새해 파티들이 끝났고, 폴라는 페리괴행 첫 열차에 오르고, 전부 열댓 명이 타고 있고, 매섭게 추운 겨울이다〉.) 혹은 앞뒤의 연결 관계를 따라가기 힘들 정도로 끝없이 이어지는 구문들의 호흡이다. 하물며 그런 문장들 사이로 괄호들까지 수시로 끼어들어서(원문에는 괄호 대신 줄표를 썼다), 주어와 동사 사이는 한없이 벌어진다. 인물들의 말 역시, 자유 간접 화법은 물론 직접 화법까지도 아무런 표시 없이 문장 속에서 불쑥 고개를 내민다. 〈그의 시선이 두 사람 주변을 살핀다. 오리지널 벽화야. 아. 그가 몸을 당겨 똑바로 앉으며 못을 박는다. 창작.〉 창작과 복제, 예술가와 장인의 구별에 민감한 세 친구의 대화에서(예술가의 입장에서 보자면 복제하는 장인은 〈위작자〉다) 오리지널 벽화를 그리게 되었다고 선언하는 조나스에게 대답하는 폴라 혹은 케이트 혹은 두 여자의 의미심장한 〈아.〉는 바짝 다가앉아 귀를 기울이지 않으면 그냥 지나칠 정도로 짧고 간결하게 주어진다. 인물들의 움직임을 말하는 동사들이 부사의 수식을 최대한 멀리하는 것 역시 같은 맥락이다. 아예 명사가 문장을 대신하기도 한다. 예를 들어, 학교 현관에 처음 들어선 폴라의 당혹감은 〈신전의 냄새와 작업장의 냄새〉라는 두 개의 명사구로 그려지고, 세 친구가 만나는 카페의 분위기 역시 〈장터의 소음과 성당 안의 어슴푸레한 빛〉이라는 두 명사구로 묘사된다. 그리고 종업원이 쟁반을 쏟는 순간은 〈와장창, 고요, 박수갈채〉라는 세 개의 명사로 집약된다. 또 다른 예. 어두운 밤 가로등 아래서 폴라와 조나스가 서로의 상한 손을 바라볼 때, 인물들의 동작은 액자 혹은 화면 밖의 시선으로 잡아낸 한 폭의 그림 혹은 영화의 한 장면이 된다. 〈폴라와 조나스가 한참 이마를 맞대고 서로에게 펼쳐 보이는 손바닥이 밤의 어둠이 이루는 바탕 위에 조금 밝은 도형을 그린다. 스텐실, 스탬프, 데칼코마니.〉 가쁜 호흡으로 따라오던 독자는, 한순간 땀이 식고 차가워진 몸으로, 소리를 최소로 줄여 놓은 영화의 클로즈업 장면 앞에 바짝 다가앉게 된다.

『닿을 수 있는 세상』의 서술은 독자로 하여금 영화를

바라보듯 외부에서 바라보게 만드는 방식이 주를 이루지만, 이따금 화자가 개입하기도 한다. 주로 일반적인 사람들을 지칭하는 대명사 〈on〉을 사용하여, 예를 들면 〈폴라는 도대체 무슨 생각으로 세르퐁텐을 골랐을까〉 궁금해하고, 폴라와 조나스가 처음 가까워지는 장면에서는 〈지난 몇 주 동안 무슨 일이 있었을까? 이제 때가 왔나 보다〉라고 목소리를 낸다. 그리고 아주 드물게, 〈나는 폴라의 머릿속에 들어가서 (……) 그 순간을 보고 싶다〉라면서 화자가 〈나〉라고 스스로를 지칭하기도 한다. 또한 이러한 서술은 전작들이 그랬듯이 많은 부분이 현재형으로 주어진다. 숨 가쁘게 이어지는 문장의 나열과 현재형의 조합은 특유의 긴장을 낳고, 시제를 나타내야 할 동사를 밀어내면서 이어지는 명사, 형용사, 분사 들을 한참 동안 따라가다 보면 독자는 문득 시제 자체가 지워진(시간 감각이 사라져 버리는) 느낌을 받기도 한다. 〈과거와 미래가 풍화되고〉 현재는 〈연성(延性)과 탄성(彈性)〉을 지니는 특유의 시간이 만들어지는 것이다.

교통사고에서 뇌사 판정, 이식 수술까지 스물네 시간 동안을 그린 『살아 있는 자를 수선하기』의 현재형이 문제의 스물네 시간을 지속적 현재로 늘이는 시간성을 잘 보여 준다면, 『닿을 수 있는 세상』의 현재는 무엇보다 폴라가 지나는 장소들을 거쳐 간 과거의 사람들까지 현재로 불러내는 데 위력을 발휘한다. 그렇게 「임브리카타」에서는 옛 대리석 채석장에서 착취당하던 노동자들과 그렇게 얻어진 대리석으로 자신의 집을 장식하던 사람들이, 「때가 돌아오도다」에서는 중세 피렌체의 로렌초 데 메디치를 맞이하던 산타크로체 광장의 군중과 뉴욕의 파이브포인츠로 모여들던 이민자들이 되살아난다. 그리고 마지막 「우주 배경 복사 속으로」에서는 제2차 세계 대전 중에 라스코 언덕이 있는 몽티냐크에 모인 사람들의 이야기, 라스코 동굴을 발견하고 알린 사람들의 이야기가 고증에 가까울 정도의 정확한 역사적 사실들로 되살아난다. 장소를 매개로 되살아나는 과거는 라스코 동굴에서 절정에 이르러, 먼 옛날 그곳에서 〈돌멩이를 찾아 재료들을 빻고 얇은 규석 날로 긁어 정확한 동작으로 가루〉를 모아 동굴 벽에 그림을 그리던 〈최초의 인간들〉에 이른다. 〈시간의 침식과 깎여 나간 돌과 지하로 흐르는 강과 좁고 긴 어두운 통로와 석회질 바닥에 장식된 방〉을 떠올리게 하는 카르스트라는 이름을 가진 폴라가 카르스트 지형의 땅속에 남겨진 흔적들을 되짚어 나갈 때 〈그녀의 몸속에 지하의 강이 흐르고 어두운 통로가 지나고〉, 그녀는 그 땅과 하나가 된다. 시간의 구별이 희미해지고 〈거의 투명해〉진 시간 속에 모든 장소와 인물이 〈동시에 존재〉하는 것이다.

마지막으로, 다시 트롱프뢰유. 트롱프뢰유를 그리는 복제사는 이 책의 주인공들이 자조적으로 말하듯이 〈진짜 화가〉가 아니다. 과거가 있던 자리에서 지워진 과거를 보충하는 복원사와도 다르다. 그리는 사람의 존재가 개입되지 않도록 화판 앞에서 자기 자신을 지운다는 점에서는 복원사와 같지만, 실제 세계의 대상을 되살리는 복제 작업은 원본을 보충하는 것이 아니라 또 다른 실재를 만들어 내는 일이라는 것이 바로 폴라의 믿음이다. 새것을 남기는 순간 사라지는 세포의 생식과 달리 〈궁극의 복제〉는 원래의 세상을 두고 또 다른 세상을 낳는, 말하자면 〈클론〉 복제다. 진짜 세상은 아니지만, 다가갈 수 없는 진짜 세상을 〈여진〉처럼 느끼게 해주는, 손이 닿을 수 없어서 정말로 있는지조차 말할 수 없는 세상을 〈손이 닿을 수 있는 세상〉으로 바꾸어 놓는 것이다.

　　그러한 트롱프뢰유가 만들어지기 위해서는 폴라의 스승이던 〈검은색 터틀넥의 여인〉이 말한 것처럼 〈처음에 눈이 속고 이어 속았음을 깨닫는〉 두 단계가 필요하다. 그래서 트롱프뢰유의 세상은 진짜는 아니지만 손이 닿을 수 없는 곳에 갇힌 거짓 혹은 환영과도 다르다. 두 단계를 포함하는 트롱프뢰유만이, 절대로 〈진짜 세상〉이 될 수 없는 트롱프뢰유 때문에 갈등하는 케이트 앞에서 폴라가 하는 말처럼, 〈상상하는 데〉 쓰일 수 있다.

만든 사람이 자기를 지우면서 세상에 내어놓는 트롱프뢰유를 통해 우리가 미처 알 수 없는 세상으로의 길이 열리는 것이다. 폴라의 믿음처럼 트롱프뢰유는 〈단순한 시각적 체험〉에 머물지 않고 〈사유를 흔들 수 있고 환상의 본질에 대해 질문할 수 있는 감각적 체험〉이며, 이 점에서 트롱프뢰유의 〈가짜〉는 우리가 직접 겪을 수 없는, 과거와 미래 속에 존재하는 삶들을 〈손이 닿을 수 있게〉 재현해 놓은 문학과 예술의 〈허구〉로 이어진다. 마일리스 드 케랑갈은 폴라 카르스트가 그리는 트롱프뢰유를 통해 예술과 현실의 문제, 허구와 실재의 문제를 이야기하는 셈이다. 우리가 몸담고 있으나 우리 마음대로 할 수는 없는 세상을 〈손이 닿을 수 있는 세상〉으로 만들어 주는 것이 바로 트롱프뢰유이고, 그것은 마일리스 드 케랑갈이 독자들에게 건네주는 이 소설의 세상이기도 하다.

2023년 9월
윤진

옮긴이 윤진 아주대학교와 서울대학교 대학원에서 프랑스 문학을 공부했으며, 프랑스 파리 3대학에서 박사 학위를 받았다. 전문 번역가로 활동 중이다. 필립 르죈의 『자서전의 규약』, 라클로의 『위험한 관계』, 베르나노스의 『사탄의 태양 아래』, 곰브로비치의 『페르디두르케』, 모파상의 『벨아미』, 졸라의 『목로주점』, 유르스나르의 『알렉시·은총의 일격』, 알베르 코엔의 『주군의 여인』, 뒤라스의 『태평양을 막는 제방』, 『물질적 삶』, 『평온한 삶』, 피에르 미숑의 『사소한 삶』, 프루스트의 『질투의 끝』, 『알 수 없는 발신자: 프루스트 미출간 단편선』, 시몬 베유의 『중력과 은총』, 조르주 바타유의 『에로스의 눈물』 등을 옮겼다.

닿을 수 있는 세상

발행일	2023년 9월 15일 초판 1쇄

지은이	마일리스 드 케랑갈
옮긴이	윤진
발행인	홍예빈 · 홍유진
발행처	주식회사 열린책들

경기도 파주시 문발로 253 파주출판도시
전화 031-955-4000 팩스 031-955-4004
www.openbooks.co.kr

ISBN 978-89-329-2348-2 03860